鲁迅全集

第十五卷

鲁迅　著

王德领　钱振文　葛涛　等 审订

近代美术史潮论

艺术论

中国科学技术出版社

·北　京·

图书在版编目（CIP）数据

鲁迅全集. 第十五卷 / 鲁迅著. -- 北京 : 中国科学技术出版社, 2024.3

ISBN 978-7-5236-0206-5

Ⅰ. ①鲁… Ⅱ. ①鲁… Ⅲ. ①鲁迅著作—全集 Ⅳ. ①I210.1

中国国家版本馆CIP数据核字（2023）第073735号

目 录

近代美术史潮论

艺术论

附录

近代美术史潮论

[日]坂垣鹰穗

序言

将从法兰西大革命起，直到现代的欧洲近世的美术史潮，作为全体，总括底地处理起来，是历史学上的极有深趣，但同时也极其困难的题目。在这短短的时期内，有着眩眼[1]的繁复而迅速的思潮的变迁。加以关涉于这样的创造之业的国民的种类，也繁多得很。说是欧洲的几乎全土，全都参与了这醒目的共同事业，也可以的。于是各民族的地方色彩和时代精神的各种相，也就各各[2]随意地，鲜明地染出那绚烂的众色来，所以从历史的见地，加以处理，便觉到深的感兴。但有许多困难，随伴着这时代的处理法，大约也就为了这缘故罢[3]。

在总括底地处理着这时代的现象的向来的美术史中，几乎在任何尝试上，都可以窥见的共通的倾向，是那把握的方法，只计及于便宜本位。这不消说，从中也有关于整理史料的办法等，有着许多可以感谢的功绩的工作。然而根据了一种根本概念或原理，统一底地叙述下去的，却几于绝无。但在最近，自从德、奥的学界，通行了以“艺术意欲”为基础的美术史上的考察以来，近代美术的处理法，也采用着新的方法了。如勖密特[4]的著书《现代的美术》，便是其一的显著的示例。

这书出来的时候，我于勖密特的处理法之新，感到了兴味[5]。对于

1 现代汉语常用“眩目”。——编者注
2 现代汉语常用“各个”。——编者注
3 现代汉语常用“吧”。——编者注
4 即“珂勒惠支”。——编者注
5 现译“兴趣”“兴致”。——编者注

这书的内容，虽然怀着许多不满和异议，但也起了试将这加以绍介[6]的心思。将本书的论旨抄译下来，作为那时计画[7]才成的《岩波美术丛书》的一编，便出于这意思。但是，有如在那本译书的序文上已经批评着一样，勖密特的办法，在将艺术意欲论，来适用于近代美术史潮的方法上，固然是巧妙的，然而对于计量各个作家的伟大和意义，我以为犯着颇大的错误。太只尊重那伏流于美术思潮的底下的意欲，是一般艺术意欲论者的通弊，这一点，勖密特也一样的。

抱着竭力补正这样的勖密特的著作的缺点，就用这题目，照了自己的意见，试来做过一回的希望的我，二三年来，便在讲义之际，也时时试选些关于这问题的题目。这时，适值有一个美术杂志来托做一年的连载文字了，我便想，总之，且试来写写如上的问题的一部分罢。然而那时的我的心情，要对于每月的连载，送去一定分量的文稿，是不容易的。于是回绝了杂志那一面，而单就自己的兴之所向，写起稿来。这一本寡陋的书的成就，大概就由于那样的事情。

这不待言，不过是一个肄习。是割舍了许多材料，只检取若干显著的史实，一面加以整顿的尝试。将无论从那一方面看，无不在极其复杂的关系上的这时代的丰富的史料，运用得十分精熟，在现今的我，是不可能的。

本书的出版，是正值困于一般经济界的销沉[8]和预约书的续出的出版界混乱时代。然而出版所大镫阁，却将我的任性而奢侈的计画，什么都欣然答应了。这一节，是尤应该深谢经理田中氏的尽力的。此外，关于插图的选择，则感谢友人富永总一君的援助。

6 现代汉语常用“介绍”。——编者注
7 现代汉语常用“计划”。——编者注
8 现代汉语常用“消沉”。——编者注

还有，当本书刊行之际，想到的事还多。觉得从先辈诸氏和友人诸君常常所受的援助，殊为不少。从中，尤所难忘者，是当滞留巴黎时，儿岛喜久雄氏所给与[9]的恳切的指导。在这里再一表我的谢意。

昭和二年秋，著者记于上落合。

9 现代汉语常用“给予”。——编者注

民族与艺术意欲[1]

一

"艺术意欲"(Kunstwollen)这句话，在近时，成为美术史论上的流行语了。首先将一定的意义，给与这Kunstwollen而用之于历史学上的特殊的概念者，大抵是维纳系统的美术史家们。但是，在这一派学者们所给了概念的内容上，却并无什么一致和统一。单是简单地用了"艺术意欲"这句话所标示的意义内容，即各各不同。既有以此指示据文化史而划分的一时代的创造形式的人，也有用为一民族所固有的表现样式的意义的学者。维纳系统的学者们所崇仰为他们的祖师的李格尔(Alois Riegl)，在那可尊敬的研究《后期罗马的美术工艺[2]》(*spätrömische Kunst-Industrie*)上，为说明一般美术史上的当时固有的历史底使命计，曾用了艺术意欲这一个概念，来阐明后期罗马时代所特有的造形底形式观。又，现代的流行儿沃林格(Wilhelm Worringer)，则在他的主著《戈谛克形式论》(Formproblem der Gotik)中，将上面的话，用作"与造形上的创造相关的各民族的特异性"一类的意思。还有，尤其喜欢理论的游戏的若干美学者们，则将原是美术史上的概念的这句话，和哲学上的议论相联结，造成了对于历史上的事实的考察，毫无用处的空虚的概念。载在迪梭亚尔的美学杂志上的潘诺夫斯基(Panofsky)的《艺术意欲的概念[3]》(*Der Begriff des Kunstwollens*)便是一个适

1 现译"艺术意志"。——编者注
2 现译"罗马晚期的工艺美术"。——编者注
3 现译"艺术意志的概念"。——编者注

例。但是，总而言之，倘说，在脱离了美学者所玩弄的“为议论的议论”，将这一句话看作美术史上的特殊的概念，而推崇“艺术意欲”，作为历史底考察的主要标准的人们，那共通的信念，根据是在竭力要从公平的立脚点，来懂得古来的艺术底作品这一种努力上，是可以的。他们的设计，是在根本底地脱出历来的艺术史家们所容易陷入的缺点，即用了“永远地妥当”的唯一的尺度来一律地测定，估计历代的艺术这一种独断，这一节。倘要懂得“时代之所产”的艺术，原是无论如何，有用了产生这艺术的时代所通用的尺度来测定的必要的。进了产出这样的艺术底作品的民族和时代之中，看起来，这才如实地懂得那特质和意义。要公平地估计一件作品时，倘不站在产出这作品的地盘上，包在催促创造的时代的空气里，是不行的——他们是这样想。在上文所说的李格尔的主著中，对于世人一般所指为“没有生气的时代的产物”，评为“硬化了的作品”的后期罗马时代的美术，也大加辩护，想承认其特殊的意义和价值。想从一个基本底的前提，在艺术史底发展的过程上，是常有着连续底的发达，常行着新的东西的创造的——出发，以发见[4]那加于沉闷的后期罗马时代艺术上的历史底使命。想将在过去的大有光荣的古典美术中所未见，等到后来的盛大的基督教美术，这才开花的紧要的萌芽，从这沉闷的时代的产物里拾取起来。想在大家以为已经枯死了的时代中，看出有生气的生产力。李格尔的炯眼在这里所成就的显赫的结果，其给与于维纳派学徒们的影响，非常之大。而他的后继者之一的沃林格，为阐明戈谛克美术的特质起见，又述说了北欧民族固有的历史底使命，极为欧洲大战以后的。尤其是民族底自觉正在觉醒的，与其这样说，倒不如说是爱国热过于旺盛的，现代德国的社会所欢迎。

4 现代汉语常用“发现”。——编者注

从推崇《艺术意欲》的这些历史论思索起来，首先疑及的，是当评量艺术上的价值之际，迄今用惯了的“规准”的权威。是超越了时代精神，超越了民族性的绝对永久的“尺度”的存在。历史学上的这新学说，在外形上是和物理学上的相对性原理相像的。在物理学上，关于物体运动的绝对底的观测，已经无望，一切测定，都成了以一个一定的观点为本的“相对底”的事了，美术史上的考察也如此，也逐渐疑心到绝对不变的地位和妥当的尺度的存在。于是推崇“艺术意欲”的人们，便排除这样的绝对底尺度的使用，而别求相对底尺度，要将各时代各民族的艺术，就各各用了那时代，那民族的尺度来测定它。对于向来所常用的那样，以希腊美术的尺度来量埃及美术，或从文艺复兴美术的地位来考察中世美术似的“无谋”的尝试，开手加以根本底的批评了。他们首先，来寻求在测定上必要的“相对底尺度”。要知道现所试行考察的美术，在那创造之际的时代和民族的艺术底要求。要懂得那时代，那民族所固有的艺术意欲。

这新的考察法，可以适应到什么地步呢？又，他们所主张的尝试，成功到什么地步了呢？这大概是美术史方法论上极有兴味的问题罢。还有，这对于以德国系美术史论上有正系的代表者之称的海因里希·韦尔夫林（Heinrich Wölfflin）的《视底形式》（*Sehform*）为本的学说，站在怎样的交涉上呢，倘使加以考察，想来也可以成为历史哲学上的有趣的题目。关于这些历史方法论上，历史哲学上的问题，我虽有拟于不远的时宜，陈述卑见的意向，但现在在这里没有思索这事的余闲，也并无这必要。在此所能下断语者，惟[5]自从这样的学说，惹了一般学界的注意以来，美术史家的眼界更广大，理解力也分明进步了。在先前只以为或一盛世的余光的地方，看出了

5　现代汉语常用“唯”。——编者注

新的历史底使命。当作仅是颓废期的现象，收拾去了的东西，却作为新样式的发现，而被注目了。不但这些。无论何事，都从极端之处开头的这一种时行的心理，驱遣了批评家，使它便是对于野蛮人的艺术，也尊敬起来。于是黑人的雕刻，则被含着兴味而考察，于东洋的美术，则呈以有如目下的褒辞。希腊和意太利[6]文艺复兴的美术，占着研究题目的大部分的时代已经过去，关于戈谛克、巴洛克的著述多起来了。历史家应该竭力是公平的观察者，同时也应该竭力是温暖的同情者，而且更应该竭力是锐利的洞察者。这几句说旧了的言语，现在又渐渐地使美术史界觉醒起来了。

但是，我在这里搬出长的史论上的，在许多的读者，则是极其闷气的——说话来，自然并非因为从此还要继续麻烦的议论。也不是装起了这样的议论的家伙，要给我的不工的叙述，以一个“确当的理由”。无非因为选作本稿的题目的近世欧洲的美术史潮，作为说明的手段，是要求这一种前提的。时代文化的特性和民族底的色彩，无论在那一个时期，在那里的美术，无不显现，自不待言，但在近代欧洲的美术史潮间，则尤其显现于浓厚而鲜明，而又深醰、复杂的姿态上。而且为对于这一期间的美术史潮的全景，画了路线，理解下去起见，也有必须将这宗美术史上的基础现象，加以注意的必要的。

二

凡文化的诸相，大抵被装着它的称为“社会”这器皿的样式拘束着。形成文化史上的基调的一般社会的形态，则将那时所营的文化底创造物的大体的型模[7]，加以统一。纵有程度上之差，但无论是

6 现译“意大利”。——编者注
7 现代汉语常用“模型”。——编者注

哲学，是艺术，这却一样的。这些文化的各各部门，不消说得固然照着那文化的特异性，各各自律底地，遂行着内面底的展开。但在别一面，也因了外面底的事情，常受着或一程度的支配。而况在美术那样，在一般艺术中，和向外的社会生活关系特深的东西，即尤其如此。在这里，靠着本身的必然性，而内面底地，发现出自己来的力量，是有的。但同时，被统御着一般社会的大势的基调，与其这样说，倒不如说是更表面底的社会上的权威所支配着的情形，却较之别的文化为更甚。美术家常常必需促其制作的保护者。而那保护者，则多少总立在和社会上的权威相密接的关系上。不但如此，许多时候，这保护者本身，便是在当时社会上的最高的权威。使斐提亚兹和伊克蒂诺斯做到派第诺神祠的庄严者，是雅典的政治家伯里克利；使米开朗基罗完成息斯丁礼堂[8]的大作者，是英迈的教皇尤利乌斯二世。就像这样，美术底创造之业的背后，是往往埋伏着保护者的。至少，到十九世纪的初头为止，有这样的事。

但从十九世纪的初头，正确地说，则从发生于一七八九年的法兰西大革命前后的时候起，欧洲文化的型模，突然变化起来了。从历来总括底地支配着一般社会的权力，得了解放的文化的诸部门，都照着本身的必然性，开始自由地来营那创造之业。因为一般文化的展开，是自律底的，美术也就从外界的权威解放出来，得行其自由的发展。正如支配中世的文化者，是基督教会，支配文艺复兴的文化者，是商业都市一样，对于十七世纪的文化，加以指导，催进的支配者，是各国的宫廷。而尤是称为“太阳王”的路易十四世的宫廷。现在且仅以美术史的现象为限，试来一想这样的史上历代的事实。中世纪的美术，在兰斯和夏勒图尔的伽蓝就可见，是偏注于寺院建筑的。养活文艺复兴的美术家们者，就像在斐连垂的美提希

8　现译“西斯廷教堂”“西斯廷礼拜堂”。——编者注

氏一样，大抵是商业都市国家的富裕的豪门。十七世纪的美术家，则从环绕着西班牙，法兰西的宫廷的贵族中，寻得他们的保护者。在路易十四世的拘束而特尚仪式的宫廷里，则生出大举的历史画和浓厚的装饰画来。作为从其次的摄政期起，以至路易十五世在位中，所行的极意的放纵的官能生活的产物，则留下了美艳而轻妙的罗珂珂[9]的艺术。大革命是即起于其直后的。绕着布尔蓬王朝的贵族们，算是最后，从外面支配着美术界的权力，骤然消失了。以查柯宾党员，挥其铁腕的大卫，则封闭了原是宫廷艺术的代表底产物的亚克特美。这一着，乃是最后的一击，断绝了从来的文化的呼吸之音的。

那么，在大革命后的时代，所当从新经营的美术底创造之业，凭什么来指导呢？从他律底的威力，解放了出来的美术家们，以什么为目标而开步呢？当美术底创造，得了自由的展开之际，则新来就指导者的位置的，乃是时代思想。时代思想即成为各作家的艺术底信念，支配了创造之业了。这在统法兰西大革命前后的时期中，首先是古典主义的艺术论。于是罗曼谛克[10]的思想，写实主义，印象主义，便相继而就了指导者的位置。仰塞尚、高更、梵·高、蒙克、霍德勒、马雷斯为开祖的最近的时代思潮，要一句便能够代表的适宜的话，是没有的，但恐怕用“理想主义”这一语，也可以概括了罢。属于这一时代的作家的主导倾向，在一方面，是极端地观念主义底，而同时在他方面，则是极端地形式主义底的。

然而在这里，有难于忽视的一种极重要的特性，现于近世欧洲的美术史潮上。就是欧洲的几乎全土，同时都参与着这新的经营了。法兰西、德意志、英吉利三国是原有的，而又来了西班牙、意太利、荷兰那样睡在过去的光荣里的诸邦，还要加些瑞士、瑙威[11]、

9 现译“洛可可”。——编者注
10 现译“罗曼蒂克”“浪漫蒂克”。——编者注
11 现译“挪威”。——编者注

俄罗斯似的新脚色[12]。于是就生出下面那样兴味很深的现象来——领导全欧文化的时代思想虽然只有一个，但因了各个国度，而产物的彩色，即有不同。美术底创造的川流，都被种种的地方色，鲜明地染着色彩。时代思想的纬，和民族性的经，织出了美术史潮的华丽的文锦来。时代文化的艺术意欲，和民族固有的艺术意欲，两相交叉。因此，凡欲考察近世的美术史潮者，即使并非维纳派的学徒，而对于以深固的艺术意欲为本据的两种基础现象，却也不能不加以重视了。

三

但在大体上，形成近世欧洲美术史潮的基调者，是法兰西。从十八世纪以来，一向支配着欧洲美术界的大势的国民，是法兰西人。而这国民所禀赋的民族性底天分，则是纯造形底地来看事物的坚强的力。便是路易十三世时，为走避首都的繁华的活动，而永居罗马的普珊，他的画风虽是浓重的古典主义底色彩，但已以正视事物的写实底的态度，为画家先该努力的第一义务了。逍遥于宾谛阿丘上，向了围绕着他的弟子们所说的艺术的奥义，就是“写实”。华多（Jean Antoin Watteau）的画，是绚烂如喜剧的舞台面的，而他的领会了风景的美丽的装饰底效果者，是往卢森堡宫苑中写生之赐。表情丰富的拉图尔的肖像，穆然沉著的夏尔丹（J. S. Chardin）的静物，大卫所喜欢的革命底的罗马战士，安格尔的人体的柔软的肌肤，德拉克罗瓦的强烈的色彩，即都出于正视事物的坚强之力的。卢梭、库尔贝、莫奈，顺次使写实主义愈加彻底，更不消说了。便是那成了新的形式主义的祖师的塞尚，也就在凝视着物体的面的时

12　现代汉语常用“角色”。——编者注

候，开拓了他独特的境地。

委实不错，法兰西的画家们，是不大离开造形的问题的。为解释“美术”这一个纯造形上的问题计，他们常不抛弃造形的地位。纵使时代思潮怎样迫胁地逞着威力，他们也忠实地守着自己的地盘。纵有怎样地富于魅力的思想，也不能诱惑他们，使之忘却了本来的使命。经历了几乎三世纪之久的时期，至少到二十世纪的初头为止，法兰西的美术界，所以接续掌握着连绵的一系的统治权者，就因为这国民的性向，长于造形底文化之业的缘故。

然则法兰西以外的国民怎样呢？尤其是常将灿烂的勋绩，留在各种文化底创造的历史上的德意志民族，是怎样呢？承法兰西的启蒙运动之后，形成了十八世纪末叶以来思想界的中心底潮流的，是德意志。在艺术的分野，则巴赫以来的音乐史，也几乎就是德意志的音乐史。南方的诸国中，虽然也间或可见划分时代的作家，但和光怪陆离的德意志的音乐界，到底不能比并。——和这相反，在造形底的文化上，事情是全两样的。音乐和美术，也许带着性格上相反的倾向的这两种的艺术，对于涉及创造之业的国民，也站在显然互异的关系上的罢。从北方民族中，也迭出了美术史上的伟人。望藹克兄弟、丢勒、望莱因，只要举这几个氏名，大约也就够作十分的说明了。

远的过去的事且放下。为使问题简单起见，现在且将考察的范围，只限于近代。在这里，也从北方民族里，有时产出足以划分时代的作家。而这些作家，还发挥着南方美术界中所决[13]难遇见的独自性。那里面，且有康斯特布尔似的，做了法兰西风景画界的指导者的人。但是，无论如何，那些作家所有的位置，是各个底，往往被作为欧洲美术界的基调的法兰西所牵引。北欧的美术界所站

13　现代汉语常用“绝”。——编者注

的地盘，常常是不安定的。一遇时代的潮流的强的力，便每易于摇动。（照样的关系，翻历史也知道。在十六世纪后半的德意志，十七世纪末的荷兰等，南方的影响，是常阻害北方固有的发达的。）

就大概而言，北欧的民族，在造形上的创造，对于时代思潮的力，也易于感到。那性格的强率，并不像法兰西国民一样，在实际上和造形上的“工作”上出现，却动辄以泼剌[14]的思想上和观念上的“意志”照样，留遗下来。这里是所以区分法、德两国民在美术界的一般的得失的机因。北欧民族，特是德意志民族，作为美术家，似乎太是“思想家”了。现在将问题仅限于美术一事的范围而言，则法兰西人在大体上，是好的现实主义者。北欧的人们却反是，时常是不好的理想主义者。为理想家的北欧人，是常常忠实于自己的信念的。然而往往太过于忠实。他们屡次忘却了自己是美术家，容易成为作画的哲学者。崇奉高远的古典主义的卡斯腾斯，是全没有做过写生的事的。不用模特儿，只在头里面作画。陶醉于罗曼谛克思想的拿撒勒派的人们，则使美术当了宗教的奴婢。吃厌了洛思庚的思想的拉斐罗前派，怪异的诗人画家勃来克，宣讲浓腻的自然神教的克林格尔。还有在一时期间，支配了德意志画界的许多历史哲学者们的队伙！

自然，生在法兰西的作家之中，也有许多是时代的牺牲者。有如养在“中庸”的空气中的若干俗恶的时行作家，以及将印象派的技巧，做成一个教义，将自己驱入绝地的彩点画家等，是从法兰西精神所直接引导出来的恶果。同时，在北欧的人们里，也有几个将他们特有的观念主义，和造形上的问题巧妙地联结起来的作家。梵·高的热烈的自然赞美，蒙克的阴郁的人生观不俟言，马雷斯的高超的造形上的理想主义，施温德的可爱的童话，雷特尔的深刻的

14　现代汉语常用“泼辣”。“泼剌”现形容鱼在水里跳跃的声音。——编者注

历史画，也无非都是只许北欧系统的画家所独具的才能的发露。正如谛卡诺的色彩和拉斐罗的构图，满是意太利风一样，伦勃朗和丢勒的宗教底色彩，也无处不是北欧风。北欧的人们自从作了戈谛克的雕刻以来，是禀着他们固有的长处的。但他们的特性，却往往容易现为他们的短处。如近时，在时代思想之力的压迫底的时代，则这样的特性作为短处而出现的时候即更其多。他们的坚强的观念主义，动辄使画家忘却了本来的使命。就只有思想底的内容，总想破掉了造形上的形，膨张[15]出来。但在幸运的时候，则思想和造形也保住适宜的调和，而发现惟北欧人才有的长处。

15　现代汉语常用“膨胀”。——编者注

法兰西大革命直前的美术界

以法兰西大革命为界，展布开来的近世美术史潮的最初的发现，不消说，是古典主义。在批评家有温开勒曼（注一），在革命家有大卫，在陶醉家生了卡斯腾斯的古典主义的滔滔的威力，风靡了美术界的情状，且待后来再谈。当本稿的开初，我所要先行一瞥的，是这样的古典主义全盛时代的发生以前的状态。盛于十七世纪的，以中央集权制为基础的绚烂的宫廷文化的背后，是逐渐凝结着令人预感十八世纪末叶的巨变的启蒙思想的。这启蒙主义的思潮，出现于美术界的姿态，凡有两样。就是古典主义和道德主义。

启蒙思想和古典主义之间，是原有着深的关系的。讨论改良社会的人们，就过去的历史中，搜求他们所理想的社会的实例时，那被其选取的，大抵是古典希腊和古典罗马。在十八世纪的启蒙期，往昔的古典文化的时代也步步还童，成了社会改良的目标和模范。于是美术上的古典样式，即势必至成为社会一般的趣味了。画家则于古典时代的事迹中寻题材，建筑家则又来从新述说古典样式的理论。而这时候，恰又出了一件于古典主义的艺术运动，极为有力的偶然的事件。朋卑[1]，赫苦拉尼谟的组织底的发掘事业就是。埋在维苏斐阿的喷烟之下的古典时代的都市生活，从刚才出炉的面包起，直到家犬，从酒店妓寮起，直到富豪的邸宅，具备一切世相照样的情状，都被发掘出来了。举世都睁起了好奇的眼睛。朋卑式的室内装饰流行起来，以废址作点缀的风景画大被赏玩。往意太利的旅客骤然加增，讲述古典时代的书籍也为人们所争读了。即此，也就不

1　现代汉语常用“朋辈”。——编者注

难想见那憎厌了巴洛克趣味的浓重，疲劳于罗珂珂的绚烂的人心，是怎样热烈地迎取了古典趣味了罢。温开勒曼的艺术论之风靡一世，门格斯（Raffael Mengs）和安东尼奥·卡诺瓦（Antonio Canova）的婉顺的似是而非古典样式之为世所尊，即全是这样的事情之赐。在德国美术家们之间，这倾向所以特为显著者，是不难从北欧民族的特性，推察而得的。

这时候，好个法兰西的作家们，居然并没有忘了他们的正当的使命。以巴黎集灵殿的建设者蜚声的雅克·日尔曼·苏夫洛（Jacques Germain Soufflot），以参透了伏尔泰性格的胸像驰誉的让·安托万·乌东（Jean Antoine Houdon），以妩媚的自画像传名的维热勒布伦（Vigée-Lebrun），虽说都是属于似而非古典主义时代的作家，但决不如北欧的美术家们一般，具有陶醉底的婉顺。个个都带着"时代思想的绣像"以上的健实的。这是当然的事，仰端庄而纯正的古典主义的作家普珊，为近世美术之祖的法兰西人的国民性，要无端为时代思想所醉倒，是太禀着造形上的天分了。

话虽如此，对于古典主义的思想，未曾忘了本分的法兰西国民，对于启蒙思想的别一面——道德主义，却也不能守己了。愤怒于布尔蓬王朝特有的过度的官能生活所养成的弗朗索瓦·布歇（François Boucher）所画的放浪的裸女的娇态和让·奥诺雷·弗拉戈纳（Jean Honoré Fragonard）所写的淫靡的戏事，而生了极端地道德底的迪兑罗（Denis Diderot）的艺术观。想以画廊来做国民的修身教育所的他，便奖励那劝善惩恶的绘画。成于让·巴蒂斯特·格勒兹（J. Baptiste Greuze）之笔的天真烂漫的村女和各种讽刺底家庭风俗画，便是这样的艺术论的产物。而从中，如画着父子之争之作，也不过是小学校底训话的插画。在弗拉戈纳的从钥孔窥见房中的密事似的绘画之后，有格勒兹的道德画，在布歇的女子的玫瑰色

乌东：伏尔泰

普珊：亚加逖亚的牧人[2]

2 现译"阿卡迪亚的牧人"。——编者注

的柔肌之后，有村女的晚祷，这是势所必至的。

还有，启蒙期所特有的这样的现象，也见于英吉利（注二）。将劝善惩恶底的故事，画成一副连作的威廉·霍加斯（William Hogarth），是那代表者。史家是往往称霍加斯为民众艺术之祖的，但是，有一个和典型底的北欧人的这英吉利人，成为有趣的对象的作家。带着典型底的南欧人之血的西班牙的戈雅（F. J. de Goya）就是。作为一种罗珂珂画家，遗留着肖像画的戈雅，在别方面，也是豪放的热情的画家。对于在决斗和斗牛的描写上，挖出西班牙的世态来的他，自然并无启蒙思想之类的影响。他但以南方风的单刀直入的率直，将浮世的争竞，尽量摊在画面之上罢了。

然而也有虽然生在这样眩目的时代，却以像个对于社会的艺术家似的无关心，而诚实地，养成了自己的个性的法兰西作家。这就是反映着摄政期的风雅的趣味的让·安东尼·华多，路易十五世时代的代表底肖像画家拉图尔（La Tour）和呼吸那平民社会的质朴的空气的夏尔丹。

华多的画，引起人仿佛听着摩札德的室内乐一般的心情。在风雅而愉快的爽朗中，有轻轻的一缕哀愁流衍。那美，就正如反复着可怜的旋律的横笛的声音。知道将那时贵族社会的放纵的挑情的盛会在最好的意义上，加以美化的他，是高尚的“爱的诗人”。手卷似的“船渡[3]”之图和极小幅的“羽纱”和“兰迪斐朗”，惟这些，正是布尔蓬王朝之梦的最美的纪念。

拉图尔是能将易于消逝的表情，捉在小幅的垩笔画上的画家。当时一般的肖像画，一律是深通变丑女为美人的法术的幻术师，独有他一个，却描了照样的表情。无论在什么容颜上，都写出可识的活活泼泼的个性的闪烁来。虽然也出入于显者之间，但未尝堕落在廷臣根性

3 现译“塞瑟岛朝圣”。——编者注

格勒兹：新妇[4]

4 现译“乡村里的订婚”。——编者注

霍加斯：时式的结婚[5]

5 现译“时髦的婚姻”。——编者注

的阿谀里。虽在以纤手揽了宫廷的实权，势焰可坠飞鸟的朋波陀尔夫人之前，也随便地自行其奇特的举动。虽然夹在只有成衣匠一般根性的当时肖像画家之间，而惟有拉图尔，是画着真的肖像。

为外科医生画了招牌，遂成出世之作的夏尔丹，是送了和当时贵族社会并无交涉的生涯的。生活在巴黎的质朴的平民之间的他，即从平民的日常生活中，发见好题目。有如迭出于十七世纪的泥兑兰的优秀的画家们一般，谨慎平和的日常生活的风俗画和穆然沉著的静物画，是他的得意的境地。相传眼识高明的一个亚克特美会员，曾经称赞他的静物画，以为是拂兰特尔画家的作品。夏尔丹的画风，是如此其泥兑兰式的。一面呼吸着万事都尚奢华的空气，而追随在荣盛于一世纪前的邻国的作家们之后，独自静静地凝视着碟子、鱼，果物的他，恰在一世纪后，又发见一个伟大的后继者了，这人便是塞尚。

这时的情况，大体就是这样。在这里，大概可以这样地说罢。大革命以前的时候，指导着一般社会的思潮，是启蒙主义的思想。以法兰西为中心而兴起的这思潮，在法兰西的美术界，自然也留下浓厚的痕迹的。和将起的大革命一同，这样的倾向便更加彻底，一时也获得画家的支配权。但是，另外还有几个作家，却并不为启蒙主义的思想底风潮所扰，而静静地走着艺术的本路。普珊、华多、夏尔丹，在这里，虽然隐约，却有着十七世纪以来，直至大革命止，统御着法兰西画界的强的力。

华多：兰迪斐朗

华多：羽纱

拉图尔：肖像

夏尔丹：静物

华多：船渡

古典主义的主导作家

如上文所述，和改良社会的呼声一同，渐次增加其密度的美术上的古典运动，是在一七八九年的法兰西大革命前后的时候，入了全盛期。以古典罗马的共和政治为模范的革命政府的方针，是照式照样地反映着当时的美术界的。和革命政府的要人罗拔士比合着步调的美术家，是大卫。这发挥敏腕于查柯宾党政府的大卫，其支配当时的美术界，是彻头彻尾查柯宾风。一七九三年所决行的美术亚克特美的封闭，也有置路易十六世于断头台的革命党员的盛气。以对于一切有力者的马拉式的憎恶，厌恶着亚克特美的专横的大卫，为雪多年的怨恨计，所敢行的首先的工作，是葬送亚克特美。

因为是这样的始末，所以和法兰西大革命相关连[1]的古典主义的美术运动，一面在法兰西的美术界留下最浓厚的痕迹，是不消说得的。然而在别一面，则古典主义的艺术运动中，还有属于思想方面的更纯粹的半面。还有无所容心于社会上的问题和事件，只是神往于古典文化的时代与其美术样式，作为艺术上的理想世界的思潮。还有想在实行上，将以模仿古典美术为现代美术家的真职务的温开勒曼式的艺术论，加以具体化的美术家们。较为正确地说起来，也就是想做这样的尝试的一种气运，支配着信奉古典主义的一切作家的创作的半面。但是，这样的理想主义底的古典主义的流行，较之在无不实际底的法兰西国民之间，却是北方民族间浓厚得远。如卡斯腾斯的绘画、托瓦尔森的雕刻、申克尔的建筑，即都是这浓厚的理想主义的产物。

1 现代汉语常用“关联”。——编者注

兴起于法兰西的艺术上的新运动，那动机是如此其社会运动底、实际底，而和这相对，在北欧民族之间的运动，却极端地思想底、非实际底的，从这事实来推察，一看便可以觉得要招致如下的结果来。就是，在法兰西的艺术上的新运动，以造形上的问题而言，大概要比北欧诸国的这运动更不纯，惟在北欧诸国，才能展开纯艺术底的机运罢。但事实却正相反。无处不实际底的法兰西人，对于美术上的制作，也是无处不实际底的。纵使制作上的动机或有不纯，但一拿画笔在手，即总不失自己是一个画家的自觉。但北欧的作家们，则因为那制作的动机过于纯粹之故，他们忘却了自己是美术家了。仅仅拘执于作为动机的思想底背景，而全不管实际上造形上的问题了。在这里，就自然而然地分出两民族在美术史上的特性来。而且从这些特性，必然底地发生出来的作为美术家的两民族的得失，也愈加明白。将这两民族的特质，代表得最好的作家，是法兰西的大卫和什列斯威的卡斯腾斯，所以将这两个作家的运命一比照，大概也就可以推见两民族的美术史上的情况了。

a　大卫的生涯与其事业

革命画家雅克·路易·大卫（Jacques Louis David）的生涯是由布尔蓬王朝的宠儿布歇的提携而展开的。布尔蓬王家在美术的世界里，也于不识不知之中，培植了灭亡自己的萌芽，真可以说是兴味很深的嘲弄。在卢佛尔美术馆，收藏大卫的大作的一室里，和“加冕式[2]”和“荷拉调斯”相杂，挂着一张令人疑为从十八世纪的一室里错弄进来的小幅的人物。然而这是毫无疑义的大卫的画。是他还做维安的学生，正想往罗马留学时候，画成了的画。这题为

2　现译“拿破仑一世加冕大典”。——编者注

“玛尔斯和密纳尔跋之争”的画，是因为想得罗马奖，在一七七一年陈列于亚克特美的赛会的作品。色彩样式，都是罗珂珂风，可以使随便看去的人，误为布歇所作的这画，不过挣得了一个二等奖。然而作为纪念那支配着布尔蓬王家[3]颓废期的画界的布歇和在查柯宾党全盛期大显威猛的大卫的奇缘之作，却是无比的重要的史料。描着这样太平的画的青年，要成为那么可怕的大人物，恐怕是谁也不能预料的罢。在禀有铁一般坚强的意志的大卫自己，要征服当时画界的一点盛气，也许是原来就有的，然而变化不常的时代史潮，却将他的运命，一直推荡下去了。古典主义的新人，启蒙思想的时行作家，革命政府的头领，拿破仑一世的首座宫廷画师。而最后，是勃吕舍勒[4]的流谪生活。

世称古典主义的门户，由维安（J. M. Vien）所指示，借大卫而开开。当罗珂珂的代表画家布歇，将年青[5]的大卫托付维安时，是抱着许多不安的，但这老画家的不安，却和大卫的罗马留学一同成为事实而出现了。对于在维安工作场中，进步迅速的大卫，要达到留学罗马的夙望，那道路是意外地艰难。赛会的罗马奖，极不容易给与他。自尊心很强的大卫，受不住两次的屈辱，竟至于决心要自杀。虽然借着朋友们的雄辩，恢复了勇气，但对于亚克特美的深的怨恨，在他的心里是没有一时消散的。一七九三年的封闭亚克特美，便是对于这难忘的深恨的大胆的报复。

在一七七四年的赛会上，总算挣得罗马奖的“司德拉忒尼克”，也依然是十八世纪趣味之作。但旅居罗马，知道了门格斯和温开勒曼的艺术论，又游朋卑，目睹了罗马人的日常生活以来，全然成为古

3　现译“波旁王朝”。——编者注
4　现译“布鲁塞尔”。——编者注
5　现代汉语常用“年轻”。——编者注

典主义的画家了。古典主义的外衣，便立刻做了为征服社会之用的武器。画了在毕占德都门乞食的盲目的老将“培里萨留斯”，以讽刺王者的忘恩之后，又作代表罗马人的公德的“荷拉调斯的家族”以赞美古昔的共和政治的他，已经是不可动摇的第一个时行画家了。

“荷拉调斯的家族”是出品于第一七八五年的展览会的。接着，在八五年，出品了“服毒的苏格拉底”。而在八九年，在那大革命发生的一七八九年，则罗马共和政治的代表者“勃鲁图斯”现。对于大卫陈列的作品，因那时的趣味，一向是盛行议论着考古学上的正确之度的，但“勃鲁图斯”的所能唤起于世人的心中者，却只有共和政治的赞颂。当制作这画的时候，大卫也并未怠慢于仔细的考古学上的准备，然而人们对于这样的问题，已经没有兴趣了。没有这样的余裕了。除了作为目下的大问题，赞颂共和政治的之外，都不愿意入耳。那哭着的勃鲁图斯的女儿的鬈发纷乱的头，是用罗马时代的作品巴刚忒的头，作为模特儿的这样的事，已经成为并无关系的探索了。最要紧的，只是勃鲁图斯的牺牲了私情的德行。但是，总之，投合时机的大卫的巧妙的计算，是居然奏了功。而临末，他便将自己投入革命家的一伙里去了。

作为查柯宾党员的大卫的活动，是很可观的。身为支配革命政府的大人物之一人，他的努力也向了美术界的事业。因为对于亚克特美的难忘的怨恨，终至于将这封闭起来，也就是这时代的举动。这时代，还举行了若干尝试，将他那艺术上的武器的古典主义，展向只是凑趣的空虚。但在别一面，足以辩护他是真像法兰西的美术家的几种作品，却也成于这时候。如描着在维尔赛的第三阶级的“宣誓式[6]”的庞大的底稿，被杀在浴室中的“马拉[7]”的极意的写实底

6　现译“网球场宣誓”。——编者注
7　现译“马拉之死”。——编者注

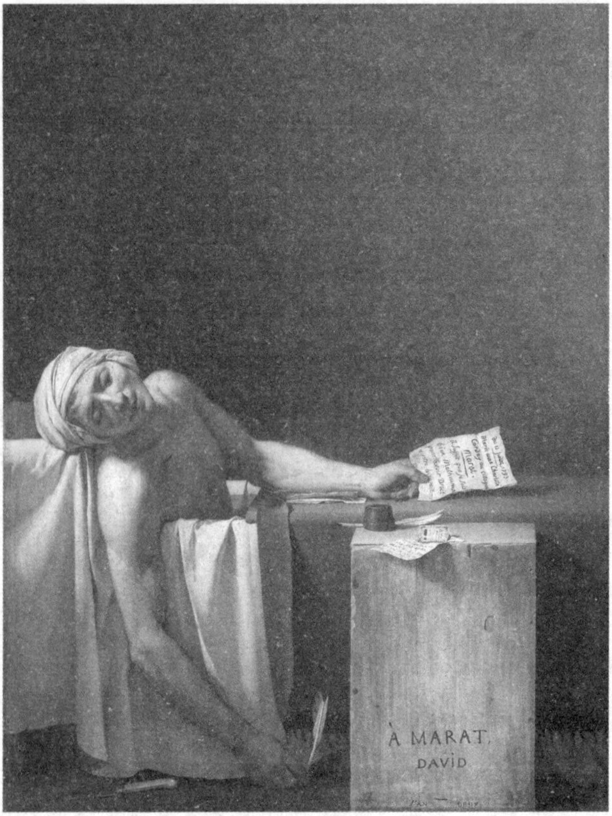

大卫：马拉

大卫：宣誓式

的画像，就都是纪念革命家的大卫的作品，而同时也是保证他之为美术家的资格的史料，和空虚的古典主义远隔，而造端于稳固的写实的他的性格，从这些作品上，可以看得最分明。说到后来的制作“加冕式”时，大概还有叙述的机会罢，但虽在极其大举的许多人集合着的构图中，也还要试行各个人物的裸体素描的那准备的绵密，以当时的事情而论，却是很少有的。想要历史底地纪念革命事业，因而经营起来的这些作品，加了或一程度的理想化，那自然是不消说，然而虽然如此，稳固的他的性格，要离开写实底的坚实，是不肯的。

和罗拔士比一同失脚的他，几乎送了性命。从暂时的牢狱生活得了解放后，他便遁出了政治上的混乱的生活，成为消日月于安静的工场里的人了。在这时候，所描的大作，是“萨毗尼的女人”，当收了大效的这作品特别展览时，在分给看客的解说中，有下面那样的句子——

> 对于我，已经加上的，以及此后大抵未必绝迹的驳难，是在说画中的英雄乃是裸体。然而将神明们，英雄们，和别的人物们，以裸体来表现，是容许古代美术家们的常习。画哲人，那模样是裸体的。搭布于肩，给以显示性格的附属品。画战士，那模样是裸体的。战士是头戴胄，肩负剑，腕持盾，足穿靴。……一言以蔽之，则试作此画的我的意向，是在以希腊人罗马人来临观我的画，也觉得和他们的习惯相符的正确，来描画古代的风习。

作为古典主义的画论，大卫所怀的意向，实际上是并不出于这解说以上的。这样的简单的想法，颇招了后世的嘲笑。“大卫所画的裸体的人物所以是罗马人者，不过是仗着戴胄这一点，这才知道的。”由这样的嘲笑，遂给了古典主义一个绰号，称为“救火夫”。大约因为罗马人和救火夫，都戴着胄的缘故罢。然而正因为大卫的教义，极其简单，所以也无须怕将他的制作，从造形的问题拉开，而扯往思想底背景这方面去。招了后世的嘲笑的他的教义的简单，同时也是救助了做画家的他的力量。

作为革命家的活动既经完结，作为宫廷画师的生活就开始了。画了“度越圣培那之崄的拿破仑”，以取悦于名誉心强的伟大的科尔细加人的大卫，是留下了一幅“加冕式”，以作纪念拿破仑一世的首座宫廷画师时代的巨制。

因为要纪念一八〇四年，在我后寺所举行的皇帝拿破仑一世和皇后约瑟芬的有名的加冕式，首座宫廷画师大卫，便从皇帝受了制作的命令。成就了的作品，即刻送往卢佛尔，放在美术馆的大厅中，以待一八〇八年的展览会的开会。画幅是大得可观，构图是非常复杂。画的中央，站着身被红绒悬衣的皇帝，举着手，正要将冕加于跪在前面的皇后的头上。有荣誉的两个贵女——罗悉福珂伯爵夫人和拉巴列忒夫人，执着皇后的悬衣的衣裾。皇帝的背后，则坐着教皇彪思七世，在右侧，是教皇特派大使加普拉拉和加兑那尔的勃拉思基以及格来细亚的一个僧正。而环绕着这些中心人物的，是从巴黎的大僧正起，列着拿破仑的近亲、外国的使臣、将军等。

然而这大举的仪式画，其实却是规模极大的肖像画。对于画在上面的许多人物的各个，是一一都做过绵密的准备的。有一些人，还不得不特地往大卫的工作场里去写照。在大卫的一生中，旋转于他的周围的社会之声的喧嚣的叫唤之间，他也并没有昏眩了那冷静的“写实眼”。他当这毕生的大作的制作之际，是没有忘却画家的

大卫：拿破仑加冕式[8]

8 现译“拿破仑一世加冕大典”。——编者注

大卫：莱凯密埃夫人[9]

9 现译“雷卡米埃夫人”。——编者注

真本分的。惟这大举的仪式画，是和“宣誓式”“马拉”，以及凯莱密埃夫人的素衣的肖像画一同，可以满足地辩护大卫之为画家的作品。即使有投机底的凑趣主义和空虚的古典主义的危险的诱惑，然而为真正的画家，所以赠贻于后世者甚大的他的面目，是在这巨制上最能窥见的。

命令于首座宫廷画师的他的制作，另外还有“军旗授与式”，“即位式”和“在市厅的受任式”等。然而已告成功的，却只有成绩较逊的“军旗授与式”。此外的计划，都和拿破仑的没落同时消灭，成为荣华之梦了。

百日天下之际，对布尔蓬王家明示了反抗之意的大卫，到路易十八世一复位，便被放逐于国外了。寓居罗马是不准的，他便选了勃吕舍勒。恰如凯旋将军一样，为勃吕舍勒的市民们所迎接的他，就在这地方优游俯仰，送了安静的余生。对于画家们，勃吕舍勒是成为新的巡礼之地了，但在往访大卫的人们之中，就有年青的藉里珂在内。惟这在一八一二年的展览会里，才为这画界的霸者所知的藉里珂，乃是对于古典主义首揭叛旗的热情的画家。

蕴在大卫胸中的强固的良心，将他救助了。使他没有终于成为“时代的插画”者，实在即由于他的尊重写实的性格。就因为有这紧要的一面，他的作品所以能将深的影响，给与法兰西的画界的。大卫工作场中所养成的直传弟子格罗，即继承着他的宫廷画师那一面，以古今独步的战争画家，仰为罗曼谛克绘画的鼻祖。照抄了大卫的性格似的安格尔（J. G. Ingres）（注三），则使古典主义底倾向至于彻底，成了统法兰西画界的肉体描写的“典谟”。然而这两个伟大的后继者，却都以写实底表现，为他们艺术的生命的。从拿破仑的军队往意太利，详细地观察了战争实状的格罗，和虽然崇奉古典主义——以他自己的心情而言，却非常憎厌“理想化底表现的”安格尔

（注四）——都于此可以窥见和其师共通的法兰西精神。只要有谁在左拉的小说《制作》里，看见了虽是极嫌恶安格尔的亚克特美主义的塞尚，而在那坚实的肉体描写上，却很受了牵引的那事实，则对于这一面的事情，便能够十分肯定了罢。十九世纪开初的法兰西风的古典主义运动，是怎样性质的事，算是由代表者大卫的考察上，推察而知大概了，那么，这一样的古典主义的思想，又怎地感动了北欧的作家呢？以下，且以卡斯腾斯为中心，来试行这方面的考察罢。

b　卡斯腾斯的生涯及其历史底使命

一七五四年，阿斯穆斯·雅各布·卡斯腾斯（Asmus Jakob Carstens）生在北海之滨的什列斯威的圣克佑干的一间磨粉厂里了，是农夫的儿子，在附属于什列斯威的寺院的学校里通学的，但当休暇的时间，便总看着寺院的祭坛画。虽然做了箍桶店的徒弟，终日挥着铁槌，而一到所余的夜的时间，即去练习素描，或则阅读艺术上的书籍。尤其爱看惠勃的《绘画美论》，而神往于身居北地者所难于想象的古典时代的艺术。一七七六年，他终于决计弃去工人生活，委身于画术了，但不喜欢规则的修习，到一七七九年，这才进了珂本哈干的亚克特美。然而这也不过因为想得留学罗马的奖金。在他那神往于斐提亚兹和拉斐罗的心中，则超越了一切的计算，几乎盲目底地只望着理想的实现。因此，在珂本哈干，也并不看那些陈列在画廊中的绘画，却只亲近着亚克特美所藏的古代雕刻的模造品。然而在卡斯腾斯的性格上，是有一种奇异的特征的，便是这些模造品，他也并不摹写。但追寻着留在心中的印象，在想象中作画，是他的通常的习惯。在远离原作的他，那未见的庄严的世界，是只准在空想里生发的。南欧的作家们，要从原作，或较为完全的

安格尔：肖像[10]

10　现译“贝尔登像”。——编者注

模造品来取着实的素描，固然是做得到的，然而生在北国的卡斯腾斯，却只能靠了不完全的石膏像，在心中描出古典艺术的影像。不肯写生，喜欢空想的他的性格，那由来就在生于北国的画家所遭逢的这样的境遇，尤在偏好亲近理想和想象的世界的北方民族的国民性。所以，美术史上所有的卡斯腾斯的特殊的意义，单在他的艺术底才能里面，也是看不出来的。倒不如说，却在一面为新的艺术上的信念所领导，一面则开拓着自己的路的他那艺术的意欲这东西里面罢。换了话说，也就是所以使卡斯腾斯的名声不朽者，乃是远远地隐在造形底表现的背后的那理想这东西。

在珂本哈干的亚克特美里，他的才能是很受赏识的，但因为攻击了关于给与罗马奖的当局的办法，便被斥于亚克特美，只好积一点肖像画的润笔，以作罗马巡礼的旅费了。一七八三年，他终于和一个至亲，徒步越过了亚勒宾。然而当寓居曼杜亚，正在热心地临摹着求理阿罗马诺的时候，竟失掉了有限的旅费，于是只得连向来所神往的罗马也不再瞻仰，回到德国去。五年之后，以寒饿无依之身，住在柏林，幸而得了那时的大臣哈涅支男爵的后援，这才不忧生活，并且和那地方的美术界往来，终于能够往罗马留学。到一七九二年，卡斯腾斯平生的愿望达到了。他伴着结为朋友的建筑家该内黎，登程向他所倾慕的罗马去了。

然而恩惠来得太迟。在卡斯腾斯，已经没有够使这新的幸运发展起来的力量了。他将工作的范围，只以略施阴影的轮廓的素描为限。修习彩画的机会，有是有的，但他并不设法。在他，对于色彩这东西的感觉，是欠缺的。不但这样，擅长于肖像画的他，观察的才能虽然确有充足的天禀，但他住惯在空想的世界里了，常恐将蕴蓄在自己构想中的幻想破坏，就虽在各个的 Akt 的练习上，也不想用模特儿。古典时代的仿造品，但其中的许多，乃只是正在使游览跋第凯诺的现在的旅人们失望的拙劣的“工艺品”和米开朗基罗和拉斐罗，不过单使他的心感激罢了。当一七九五年，在罗马举行那企图素描的个人展览会时，因为分明的技巧上的缺陷，颇招了法兰西亚克特美人员的嘲笑。卡斯腾斯寓居罗马时最大之作，恐怕是取题材于呵美罗斯的人和诗的各种作品罢。但在这些只求大铺排的效果，而将人体的正确的模样，反很付之等闲的素描上，也不过可以窥见他的太执一了的性格。虽经哈涅支男爵的劝告，而不能离开“永远之都”的卡斯腾斯，遂终为保护者所弃，一任运命的播弄[11]。因为过度的努力的结果，成了肺病的他，于是缔造着称为“黄金时代”这一幅爽朗的画的构想，化为异乡之土了。

北方风的太理想主义底的古典主义，以怎样的姿态出现，怎样地引导了北方的美术家呢？这些事情，在上文所述的卡斯腾斯的生涯中，就很可以窥见。卡斯腾斯所寻求的世界，并非“造形这东西的世界。”在他，造形这东西的世界，无非所以把握理想的世界的不过一种手段罢了。以肉体作理想的象征，以比喻为最上的题材的卡斯腾斯的意向，即都从这里出发的。寻求肉体这东西的美，并非他所经营。他所期望的，是描出以肉体为象征的理想。他并不为描写那充满画幅的现实的姿态这东西计，选取题材。他所寻求的，是表现于画面的姿态，象征着什么的理想。爱用比喻的卡斯腾斯的意向，即从这里出发的。轻视着造形这东西的意义的他，作为画家，原是不会成功的。然而那纯粹的，太纯粹的艺术上的信念，却共鸣于北方美术家们的理想主义底的性向。法兰西的画家们，虽然蔑视他的技术的拙劣，而北方的美术家们，受他的影响却多。专描写些素描和画稿，便已自足的许多德意志美术家们，便是卡斯腾

11　现代汉语常用“拨弄”。——编者注

托瓦尔森：基督[12]

12　现译“复活的耶稣像”。——编者注

斯正系的作家。而从中，丹麦的雕刻家巴特尔 · 托瓦尔森（Barthel Thorwaldsen），尤为他的最优的后继者。正如卡斯腾斯的喜欢轮廓的素描似的，托瓦尔森所最得意者，是镌刻摹古的浮雕。他又如卡斯腾斯一样，取比喻来作材料。刻了披着古式的妥喀的冷的，然而非常有名的基督之象者，是托瓦尔森。在无力地展着两手的基督的姿态上，那行礼于祭坛前面的祭司一般的静穆，是有的罢。但并无济度众生的救世主的爱的深。在这里，即存着古典主义时代的雕刻所共通的宿命底的性质。由北方的美术家标榜起来的古典主义的思潮，于是成为空想底的理想主义，而且必然底地，成为空虚的形式主义，驯致了置纯造形上的问题于不顾的结果了。

罗曼蒂克思潮和绘画

较之古典主义的思潮，精神尤为高迈的罗曼谛克的时代精神，将怎样的交涉，赍给美术界了呢？古典主义的思想，是在明白的理智之下，只幻想着理想的世界的。在这之后，以人间底感情的自由的高翔和对于超现实底的事物的热烈的神往为生命的罗曼谛克的精神便觉醒了。这新的思潮，将怎样的影像，投在造形底文化的镜面上了呢？而且以法兰西和德意志为中心的两种性格不同的民族的各个，既然受了这新的思潮，又显出怎样不同的态度呢？代表这两民族的美术家们，各以怎样的方法，进这新时代去的呢？在这里，就发见近世美术史上的兴味最深的问题之一。但是，要将近世美术史上最为复杂的时代的当时美术界的状态，亘全体探究起来，恐怕是不容易的。所以现在只将范围限于极少数的作家，暂来试行考察罢。

a　藉里珂和德拉克罗瓦

“假如在法兰西，也见有可以称为罗曼谛克的思潮的东西……”或者是“在维克多雩俄也得称为罗曼谛克的范围内……”加上这样的条件，以论法兰西的罗曼谛克者，是德国美术史家的常习。这样的思路，实在是将对于罗曼谛克思潮的法、德两国的关系，说得非常简明的。为什么呢？就因为从以极端地超现实底的神往为根柢[1]的德意志罗曼谛克思潮看来，法兰西的这个，是太过于现实底的了。

在法兰西的罗曼谛克的美术运动，是从那里发生的呢？以什么

1　现代汉语常用“根底”。——编者注

为发端，而达了那绚烂的发展的呢？——要以全体来回答这问题，并不是容易事。非有涉及极沉闷而广泛的范围的探索，大概到底不能给一个满足的解答的罢。然而，至少，成为在法兰西美术史上，招致这新时代的最大原因之一者，实在是格罗（Jean Gros）的战争画。随着拿破仑的意太利远征，虽是一个非战斗员，在眼前经验了战乱实况的他，便成了当时最杰出的战争画家了。在他，首先有大得称誉的“茄法的黑疫病人[2]”，及“埃罗之战[3]”和“亚蒲吉尔之战[4]”等的大作。而这些战争画，则违反了以古典主义的后继者自任的格罗的预期。与其这样说，倒不如说是逆了他的主意，竟使他成了罗曼谛克画派的始祖。因为描写在他的战争画上的伤病兵的苦痛的表情，勇猛的军马的热情，新式的绚烂的色彩，东方土民的风俗。在这里，是法兰西罗曼谛克的画题的一切，无不准备齐全了。

反抗古典主义的传统而起的第一个画家，是泰奥多尔·藉里珂（Th. Géricault）。从格罗的画上，学得色彩底地观看事物，且为战士和军马的画法所刺激的他，从拿破仑的好运将终的时候起，渐惹识者的注意了。终在一八一九年的展览会里，陈列出“美杜萨之筏[5]”来，为新时代吐了万丈的气焰。这幅画，是可怕的新闻记事的庄严化。描写出载着触礁的兵舰美杜萨的一部分舰员的筏，经过长久的漂泛之后，载了残存的少数的人们，在怒涛中流荡的模样的。还未失尽生气的几个舰员，望见了远处的船影，嘶声求着救助。呼吸已绝的尸骸，则横陈着裸露的肢体，一半浸在水中。如果除去了带青的褐色的基调和肉体描写的几分雕刻底的坚强，已经是无可游移的罗曼谛克期的作品了。况且那构想之大胆，则又何如。在由“战

2 现译“雅法城的黑疫病人”。——编者注
3 现译“拿破仑在埃洛战场”。——编者注
4 现译“阿布基尔之战”。——编者注
5 现译“梅杜萨之战”。——编者注

神”拿破仑的赞赏，仅将现实的世界收入画题的当时的美术界里，这画的构想，委实是前代未闻的大胆的。

然而更有趣的，是藉里珂为了这绘画，所做的准备的绵密。他不但亲往病院，细看发作的痛楚和临终的苦恼，或将死尸画成略图；或留存肉体的一部分，直到腐烂，以观察其经过而已。还托乘筏生还的船匠，使作木筏的模型；又请了正患黄疸的朋友，作为模特儿；并且往亚勃尔，以研究海洋和天空；也详细访问遭难船舶的阅历。后文也要叙及，和藉里珂的这样的制作法相对，则当时德国画家们所住的空想的世界，是多么安闲呵！然而藉里珂可惜竟为运命所弃了。太爱驰马的他，终于因为先前坠马之际所受的伤而夭死了。

但他有非常出色的，竟是胜过几倍的——后继者。在圭兰的工作场里认识的德拉克罗瓦（Eugène Delacroix）就是，称为“罗曼谛克的狮子”的他的笔力，正如左拉的评语一样，实在是很出色的。“怎样的腕力呵。如果一任他，就会用颜料涂遍了全巴黎的墙壁的罢。他的调色版[6]，是沸腾着的……”

在儿童时候，就遭了好几回几乎失掉性命的事的他，是为了制作欲，辛苦着羸弱的身体，工作了一生世。也不想教养学生，也不起统御流派的兴味，就是独自一个，埋头于制作，将生涯在激烈的争斗里度尽了。和罗曼谛克的文学思想共鸣颇深的他的性格，在画题的采取和表现的方法上，都浓厚地反映着。不但这样，直到他的态度为止，德拉克罗瓦的一切，实在是“罗曼谛克的狮子”似的。寻求着伟大的、热情底的、英雄底的东西，以涵养大排场的构想的德拉克罗瓦，是常喜欢大规模的事业的。先从慢慢地安排构想起，于是屡次试行绵密的练习。而最后，则以猛烈之势，径向画布上。在极少的夜餐和因热中而不安的睡眠之后，每日反复着这样的努

6 现代汉语常用“调色板”。——编者注

力。到疲乏不堪的时候，画就成功了。只要一听那大作“希阿的屠杀”画成只费四天的话，则制作的猛烈之度，也就可以窥见了罢。

世称这“罗曼谛克的狮子”，为卢本斯的再生。具有多方面底的才能的他，即以一个人，肩着法兰西罗曼谛克的画派。色彩的强调，热情的表现，东洋风物的描写，叙事诗的造形化，他以一人之力，将法兰西罗曼谛克美术的要求，全部填满了。相传德拉克罗瓦的经营构图，是先只从安排色彩开手的，到后来，便日见其增强了色彩的威力。凡有在他旅行亚尔藉利亚[7]时所得的最美的作品“亚尔藉利亚的女人”之前，虽是盘桓过极少时间的人，怕也毕生忘不了这画的色彩的魅力罢。“暂时经过了暗淡的廊下，才进妇女室。在绸缎和黄金的交错中，出现的妇孺的新鲜的颜色和活泼泼的光，觉得眼睛为之昏眩……”这是德拉克罗瓦自己在书简中所说的，但“亚尔藉里亚的女人”，大概可以说，是将这秘密境的蛊惑底的魅力，描得最美的了。

从陈列于一八二二年的展览会的出世之作“在地狱中的但丁和维尔吉勒”起，虽然色彩是暗的，已经明示着德拉克罗瓦的性格。在浓重的、郁闷的，呼吸艰难的氛围气里，那地狱的海，漾着不吉的波。罪人们的赤裸的身躯，在其间宛转、痉挛、展伸。也有因苦而喘，因怒而狂，一面咬住船边的妄者。……是具有和藉里珂的后继者相当的风格的画。这才在“美杜萨之筏”的写实味上，加添[8]了像个罗曼谛克的超现实底的深刻了。穷苦的德拉克罗瓦，是将这画嵌了一个简质的木匡[9]去陈列的，看透了他的异常的才能的格罗，便用自费给换了像样的匡子。

其次的大作，是威压了一八二四年的展览会，而成为对于古典派的挑战书的“希阿的屠杀”。支配着当时全欧的人心的近东问题，

7 现译“阿尔及尔”。——编者注
8 现代汉语常用“添加”。——编者注
9 现代汉语常用“木框”。——编者注

藉里珂：骑士

德拉克罗瓦：亚尔藉利亚的女人

是挚爱希腊的热情诗人裴伦的参战，成为直接的刺激，而将这画的构想，给与德拉克罗瓦的，是使人觉得土耳其兵的残虐和希腊民族的悲惨的情形，都迫于眉睫之前的画。将系年青妇女的头发于马上，牵曳着走的土耳其兵，和一半失神，而委身于异教徒的暴虐的希腊的人们，大大地画作前景；将屠杀和放火的混乱的情形，隐约地画作背景的这画，连对他素有好意的格罗，也因而忿忿[10]了。“这是绘画的屠杀呵。”（C'est le massacre de la peinture）虽是那战争画的始祖，也这样叫了起来。这画给与法兰西画界的刺激，就有这样大。因为这一年的展览会里，还陈列着古典派的名人安格尔所画的，极意亚克特美式的、全然拉斐罗式的“路易十三世的诉愿”，所以德拉克罗瓦在“希阿的屠杀[11]”上所尝试的意向的大胆，便显得更分明。使法兰西的画界，都卷入剧烈的争斗里去的古典派和罗曼谛克派的对抗的情形，竟具体化在陈列于二四年展览会的两派的骁将的作品上，也是兴味很深的事。惟这画，实在便是罗曼谛克派对于安格尔一派古典主义者的哀的美敦书。

因为这画买到卢森堡去的结果，德拉克罗瓦也能够往访倾慕的国度英吉利了。于是才开手从司各得、莎士比亚、裴伦这些人的文学里，来寻觅题材。其中的最显著的，是从裴伦的诗而想起的。然而画了和诗的内容两样的情节的“萨达那波勒”。亚述王萨达那波勒，当巴比伦陷落之际，积起柴薪来，上置美丽的床，躺着。而且吩咐奴隶们，将他生前所宠爱的一切的东西，从女人们起，直到乘马和爱犬都在眼前刺杀。画是极其卢本斯式的，然而不免有几分混沌之感。色彩的用法，也到处总觉得有些稀薄。而这画之后，是那杰出的“一八三〇年七月二八日”出现了。是描写七月革命的巷战之作。

10 现代汉语常用“愤愤”。——编者注
11 现译“希阿岛的屠杀”。——编者注

手挥三色旗的半裸体的肉感底的女人站在前面。这是“自由”的女神。拿着手枪、戴着便帽的孩子和戴了绢帽、捏着剑枪的男人，跟在那后面。这是用日常的服装，来描当时的事件最初的画。这画之后，接着是上文说过的恐怕是他手笔中最美的“亚尔藉利亚的女人”；接着是东方的风俗画和许多狩猎画；最后，就接着极出色的“十字军入康士坦丁堡[12]”。描在这画的前景里的裸体女人的背上的色彩，曾经刺激了印象派的作家，是有名的画。从格罗以来的以东方风物作藻饰的战争画，到这一幅，遂达了纯化已极的终局的完成。带青色的那色调的强有力，恐怕未必会有从观者的记忆上消掉的时候罢。

能如德拉克罗瓦的画那样，造形上的形式和含蓄于内的构想底内容，都个性底地统一着，并且互相映发着的时会，尤其在罗曼谛克期是很少的。许多罗曼谛克画家虽在法兰西那样尊重造形底表现的国民中，也所不免都陷于所谓“文学底表现”的邪道，以徒欲单是着重于题材底的要素的结果，势必至于在绘画上，大抵闲却了造形底的要素了，对于他们，惟有德拉克罗瓦，却是彻头彻尾，正经的“画家”。不束缚于教义，不标榜着流派的他，是只使那泉涌一般丰饶的罗曼谛克底热情，仅发露于纯粹地造形底的东西的形式上的。以禀着那样的文学底笔力和丰富的趣味的他，而不谈教义，也不耽趣味，但一任画家模样的本能之力，来统御自己的事，在罗曼谛克的时代，是极为稀有的现象。但是，罗曼谛克的绘画倘要走造形美术的正道，是不可不以这样的稀有的大作家为指导者的。虽在法兰西，德拉克罗瓦也还是孤独的画家。因为如布朗藉那样，以画家而论，并无价值，然而在文学者之间，却是有名的作家，以及大受俗众赏识的德拉罗什等辈，都正在时髦的缘故。但在德国，则这文学偏重和思想偏重之弊，可更甚了。

12 现译“十字军占领君士坦丁堡”。——编者注

德拉克罗瓦：十字军入康士坦丁堡

b 德意志罗曼谛克和科内利乌斯

德意志罗曼谛克的美术运动，那出发点，是也站在纯粹地“造形艺术底”的正路上的。神往于古典主义的，即遥远的，而且民族不同的异乡的心，现今是要反省自己的历史了。对于惟独[13]确为自己们的民族所有的可以怀念的过去，那新的追忆，觉醒起来了。于是洁于真实和信仰的 gute, alte Zeit——可念的往昔的记忆，便充满了人们的心。从古典主义的理性底启蒙，向罗曼谛克的感情底灵感。在这里，被发见了可以指导新时代的艺术的机因。

罗曼谛克思潮的先导者，是文学者和批评家。瓦肯罗德（Wackenroder）和悌克（Tieck），首先发觉了对于古典文化的时代，祖国的往昔也应给同等地估价。不复因为没有希腊那样的神祠，来骂祖国的中世纪，却在中世纪的美术里，也看见了和在希腊的一样，尊严的神的发现了。而且还要从艺术上，去寻求精神之美，真实之深，信仰之高。以艺术的观照，比较祈祷，而终至于惟独崇拜了真是基督教底的艺术。

他们两人，同作德意志的国内巡游，很为戈谛克的寺院和丢勒的绘画所感动。瓦肯罗德之作“爱艺术的修士抒怀录”（Herzensergiessungen eines kunstliebenden Klosterbruders），便是这一时代的好记念。继他们之后者，有施莱格尔兄弟（Friedrich Schlegel, August Wilhelm Schlegel）。弗里德里希 · 申克尔寓居巴黎，考察了聚在那里的历代的大作，而将成果登在报章《欧罗巴》上。奥古斯忒威廉则在那讲义上，和古典主义的形式主义战斗。

这些文学批评家的言论，很给了年青美术家不少的影响。他们

13 现代汉语常用“唯独”。——编者注

要从古典模仿的传统脱离，以虔敬的心，更来熟视自然的姿态了。卡斯帕·弗里德里希（Caspar David Friedrich）和菲利普·奥托·龙格（Philipp Otto Runge），便是那代表者。……然而不多久，从发心纯粹的动机中，竟强暴地萌生了浓厚的教义，初兴的新鲜的艺术运动，顷刻间变为沉闷的尚古主义了。而这全然硬化了的罗曼谛克的代表作家，是冯·科内利乌斯。

彼得·冯·科内利乌斯（Peter Von Cornelius）是生于狄赛陀夫的画师的家里的，年十三，便已进了那地方的亚克特美。从年青时候起，就有取古来的大家，加以折衷模仿的嗜好了。使德国的美术界，好容易这才萌发出来的泼剌的自然观的萌芽，尽归枯槁者，其实便是科内利乌斯。他不但模仿德意志国粹的大作家丢勒而已，还从十五世纪意太利的美术家们起，到拉斐罗、米开朗基罗。不但这些，其实是古典美术止，一切样式，都想收纳。分明地可以看取这种倾向之作，是在丢勒心醉时代所试作的，题为“歌德的法司德”的素描的一套。人物的服饰，都是丢勒式的循规蹈矩。本来拙于素描的他，就用古风来描出弯弯曲曲的线，人物的样子，也故意拟古，画得颇细长。在这里，可以窥见德意志的古画以及意太利文艺复兴初期的画风的消化未尽的模仿。

一八一一年，科内利乌斯赴罗马。这地方，是已经有奥韦尔贝克（Overbeck）及其他拿撒勒派（Nazarener）的画家们，聚在圣伊希特罗寺，度着修士似的生活的。当这时，在宾谛阿丘上的巴多尔兑氏，便为这一派的画家们开放邸第，使他们作壁画。乐得描写生地壁画的机会的他们，便从约瑟的生涯里选取题材，试行合作。这画现今保存在柏林的国民美术馆，但是熟悉于意太利的壁画的人们，和这幼稚的壁画相对，怕要很吃一惊的罢。将童话的插图照样扩大而作壁画一般的笔法和生涩的拙劣的彩色！委实是乡下人似的笨

弗里德里希：山上的十字架[14]

14　现译“台岑祭坛画”。——编者注

奥韦尔贝克：波通克拉礼拜堂

相。然而好事的罗马人，却将便宜地成功的壁画，视同至宝了。穆希密氏也招致他们，使在宛亭的三室里，描写生地壁画。他们即从意太利的大诗人但丁，亚理阿斯多，达梭等选定题材，安排在三室里。施诺尔（Schnorr）从亚理阿斯多的《罗兰特》，奥韦尔贝克和斐力锡（Fuhrich）从达梭的《得了自由的耶路撒冷》里采取题材。科内利乌斯是从但丁的《神曲》中取了画题，开手制作了的。但自从他离开罗马以后，便由范德（Veit）续作，最后是科赫（Koch）将这完成了。

一八二一年以来，应普鲁士政府之招，做着狄赛陀夫的亚克特美长官的科内利乌斯，属望于巴伦的名王路特惠锡所治的绵兴市了。他为了这美术之都，所做的最初的制作，是在收藏古典美术的石刻馆的天井上，绘画希腊的神话和英雄谭。然而嘱咐给他的题目，较之装饰底，却是重在哲学底的。要排列普罗美调斯和爱罗斯；时间和空间、四季、朝夕的象征；天界、水界、冥界及其他英雄们。必须以赫拉克来斯表人德，阿尔茀阿斯表爱，亚理恩表神惠。而且还有托罗亚之战。……因为嘱托的主旨，并非求装饰的效果，而在深刻的意义的象征，所以科内利乌斯用了本色的、德意志风的——坚定，也就能够办妥了。

暂时在国内的各处，经营制作之后，他便离了狄赛陀夫的教职，定居绵兴市。这时得了装饰绘画馆的长廊的委托。然而他的抱负，是在胜过拉斐罗的画廊（教皇宫内）。但决不是在那成绩上，因为他以为仅作此想，也便是渎神之罪的。倒是想以思想上的结构来取胜。是用思想的深邃来克服描写的技巧的，诚然像个德意志人的手段。然而那结果，却不正表示了装饰法的拙劣和色彩的缺陷罢了。

其次的工作，是路特惠锡寺的生地壁画。在“审判”图上，科内利乌斯的计画，是在“订正”那息斯丁礼堂的米开朗基罗。将米开

科内利乌斯：最后的审判

弗罗芒坦：鹰猎[15]

15 现译“猎鹰”。——编者注

科内利乌斯：巴多尔兑的壁画

德拉罗什：爱德华四世的两王子[16]

16　现译“爱德华国王的孩子们被关押在伦敦塔”。——编者注

朗基罗的粗暴，柔以拉斐罗的优美，将米开朗基罗的壮伟的人物，改成丢勒和希缛莱黎那样的枯瘠的风姿，这些是他的主意。单是企图素描，是巧妙地成功了。然而也不顾技巧之拙，居然描画了的生地壁画，却虽在已经褪色的现在，也还是不堪。

一八四一年，科内利乌斯因为拙于设色，为路特惠锡二世所厌，于是到了柏林。在这地方，他的"蛮勇"，还是使人们咋舌，但是给呵罕卓伦氏墓上所计画的构想，却恢复了他已玷的名声。描写和他的性情最为相宜的"观念画"的机会，终于来到了。在这里，神学、哲学、演剧、美术，都保持着调和。"死是罪孽的报应，然而神的惠赐，是永远的生"那几句，是这所画的说教的题目。在这画的非常的大铺排，而且烦琐的构想之中，最夺目，也最有名的，是"默示录的骑士[17]"。虽然也使人记起丢勒所作的题目相同的木版画来，而这科内利乌斯之作，却阴森而强烈得远。使人类灭亡的四物：战争、瘟疫、饥馑、死亡，在震慑的人们之上，暴风雨一般地驰驱。凡有在柏林的国民美术馆的阶梯的壁上，看见和德国最大的历史画家雷特尔的素描并揭着的这画的庞大的素描者，恐怕就非将对于科内利乌斯的酷评取消不可罢。将墓上的壁画，中止实施的时候，科内利乌斯的失望是很大的。但是，惟这不幸，于他却反而是天惠。为什么呢？因为幸而在未然之前，将曝露[18]彩色上的缺陷，使辛勤的构想也因而前功尽弃的危险，预先防止了。惟在这里，他可以永远保存无玷的荣誉。这勤勉而长久的一生中的最后的大作，且是和他的天分最为相宜的大作，以最为有利的状态，只是画稿，遗留下来的事，大约是谁也不能因此没有几分感慨的罢。仿佛神也哀怜了这没有运气的忠仆似的。

17　现译"启示录四骑士"。——编者注
18　现代汉语常用"暴露"。——编者注

德拉克罗瓦和科内利乌斯，这是怎样神奇的对照呵。将蓄积在法兰西文化的传统中的一切优秀的技巧，加以驱使，而创造了纯粹造形底的，那出色的宇宙——在那里面，是永远旋转着美而有力的色彩和一切人间底的热情的德拉克罗瓦，和北欧的乡下人一般的无骨力，全然缺着做画家的天分，却只蛰居于隐在想错了的构想之中的哲学底的观念世界里的科内利乌斯。我们试一想象这在最大限度上，倾向不同的两个大人物，在南北两方，同时，而且被同一的思潮引导着盛行活动的模样，实在是兴味很深的。德拉克罗瓦虽于大规模的壁画，也宁可牺牲了装饰底效果，描作油画风。科内利乌斯则便是描在画布上的油画，也总想显出生地壁画之感。德拉克罗瓦的沉潜于作为画家的技巧，科内利乌斯的梦想着理想的实现，是竟至于如此之甚的。倘将他们俩，从“伟大”这一点上比较起来，那无须说，德拉克罗瓦要高到不能比拟。（不独以作为画家而论，只要一读他所遗留下来的日记和评论，便知道虽在一般底教养上，也是一个杰出的人物。）然而，虽然如此，这两个作家，在比较法，德两国罗曼谛克思想的造形底表现时，是可以用作最适当的材料的罢。

c　异乡情调和故事

但是，为使法，德两国对于罗曼谛克的关系较为分明起见，我还要关于两个可爱的作家，来费去一些话。这便是受了德拉克罗瓦的影响的夏塞里奥和科内利乌斯的弟子施温德。

泰奥多尔·夏塞里奥（Théodore Chassériau）者，在那血液中，就已经禀着怀慕异乡的心情的。当初，是安格尔的大弟子，曾受很大的属望和信赖，然而夏塞里奥的心，却渐渐和这古典主义的收功者离开了。而且又恰与带着正反对的倾向的，在安格尔，是最大仇

科内利乌斯：默示录的骑士

敌的德拉克罗瓦相接近。生来就已继承着的异乡土底的性格，渐次支配了他的艺术了。戈恬评为“印度女子似的”的“蔼司台尔”，诚然是有着东洋底的肉体的女人。由印象深的，在夏塞里奥画里所独有的，大的眼睛而生色的那面貌，和微瘦，但却极有魅力的肉体，都秾郁地腾着十分洗练的异乡情调的香。是象牙一般皮肤的女人所特有的，神奇地蛊惑底的印象。法兰西画家的异乡趣味，是始于路易斯·利奥波德·罗伯特（Louis Léopold Robert），通俗化于德康（Decamps），白热化于德拉克罗瓦，而陈腐于蒂罗芒坦（Fromentin）的。这，罗曼谛克美术的显著的倾向之一，由受了德拉克罗瓦的感化的夏塞里奥来完成，正是很自然的事。

莫里茨·冯·施温德（Moritz von Schwind）是绵兴时代的科内利乌斯引导出来的。然而师弟的性格完全两样。和尊大而沉闷的科内利乌斯相反，施温德是又飘逸，又澄明。带着北方气的，然而用维纳的空气来洗练过了的高雅的诙谐和快活的开朗的施温德，令人记起格林的童话，乌兰特的俗歌，亚罕陀夫的帮事和摩札德的歌剧来。凡有在绵兴的雪克画馆所藏的许多小匡上，看见德意志风的传说的世界的人，大概总感到雪夜在炉边听讲童话一般的想念罢。“被捕的王女”“三个隐者”“妖精的舞蹈”“魔王”“神奇的角笛”“林中的礼拜堂”……好像是得了美装的童话本子的孩子，开手来翻之际的心情。从描着“七匹乌鸦”的一套水彩画起，至饰着瓦尔特堡城内的歌厅的壁画“竞唱”止——不但这一些，至于平常的风俗画“新婚旅行”和“早晨的室内”，也无不沁着幽婉的德意志罗曼谛克的空气的。在科内利乌斯以骇人的喧嚷的大声说教的旁边，有一个低声喁喁地给听故事的施温德，在德意志的画界，确是可贵的慰藉。（关于施温德的朋友里希特，后来也许要讲起的。）夏塞里奥和施温德，在这里，也可以窥见法、德两国趣味的不同。

施温德：竞唱

历史底兴味和艺术

a　历史画家

法兰西的历史画的始祖，是赞诵“现代的英雄”的格罗。自己随着拿破仑的军队，实验了战争的情形，在格罗是极其有益的事。然而，自从画了“在亚尔科的拿破仑”，为这伟大的“名心的化身”所赏的他，要而言之，终究不脱御用画家的运命。尤其是，因为拿破仑自己的主意，是在经画家之手，将本身的风采加以英雄化，借此来作维持人望的手段的，故格罗制作中，也势必至于堕落到廷臣的阿谀里面去。其实，如“耶罗之战”，原是拿破仑先自定了赞美自己的德行的主旨，即以这为题目，来开赛会的。自从以“茄法的黑疫病人”为峻绝的格罗的制作以来，逐年失去活泼的生气，终至在“路易十八世的神化”那些上，暴露了可笑的空虚。而自沉于赛因河的支流的他，说起来，也是时代的可怜的牺牲者。但是，以御用画家终身的他的才能的别一面，却有出色的历史画家的要素的。如一八一二年所画的“法兰卓一世和查理五世的圣安敦寺访问”，便是可以代表那见弃的他的半面的作品。

承格罗之后，成了历史画家的，是和德拉克罗瓦同时的保罗·德拉罗什（Paul Delaroche）。然而德拉罗什也竟以皮相底的社会生活的宠儿没世。呼吸着中庸的软弱的空气，只要能惹俗人的便宜的感兴，就满足了。一面在“伊丽莎白的临终”和“基士公的杀害”上，显示着相当出色的才能，而又画出听到刺客的临近，互相拥抱的可怜的“爱德华四世的两王子”那样，喜欢弄一点惨然的演剧心绪的他，是欠缺着画界的大人物的强有力的素质的。在这时代的法兰西，其实除了唯一的德拉克罗瓦，则描写像样的历史画的人，一个也没有。

然则德意志人怎样呢？在思想底的深，动辄成为造形上的浅，而发露出来的他们，历史画作为理想画的一种，应该是最相宜的题目。惟在历史画，应该充足地发挥出他们的个性来。果然，德意志是，在历史画家里面，发见了作为这国民的光彩的一个作家了。生在和凯尔大帝因缘很深的亚罕的阿尔弗雷德·雷特尔（Alfred Rethel）就是。

是早熟的少年，早就和狄赛陀夫的画界相接触了的雷特尔，有着和当时的年青美术家们不同的一种特性。这便是他虽在从历史和叙事诗的大铺排的场面中，采取题材之际，也有识别那适宜于造形上的表现与否的锐敏的能力。惟这能力，在历史画家是必要的条件，而历来的德国画家，却没有一个曾经有过的。惟有他，实在是天生的历史画家。在狄赛陀夫时代，引起他许多注意的古来的作家，是丢勒和别的德意志文艺复兴时代的画家们的事，也必须切记的。

对于他的历史画，作为最重要的基础的，是强有力的写实底坚实和高超的理想化底表现的优良的结合。立在这坚实的地盘上，雷特尔所作的历史画的数目，非常之多。而其中的最惹兴味者，大概是叙班尼拔尔越亚勒普山的一套木版画的画稿和装饰着亚罕的议事堂的“凯尔大帝的生涯”罢。此外还有一种，这虽然并非历史画，可以称为荷勒巴因的复生的，象征着“死”的一套木版画。

当在亚罕的议事堂里，描写毕生的大作之前，为确实地学得生地壁画的技术起见，曾经特往意太利旅行，从教皇宫的拉斐罗尤其得到感印。然而雷特尔所发见的拉斐罗的魅力，并非像平常的人们所感到的那样——那“稳当”和“柔和”。却是强有力的“伟大”。

雷特尔：班尼拔尔

从十五世纪以来的作家们都故意不看的这雷特尔的真意，是不难窥测的。大概就因为做历史画家的本能极锐的他，觉得惟有十六世纪初头的伟岸底的样式，能给他做好的导引的缘故罢。

在一八四〇年的赛会上，以全场一致，举为第一的雷特尔的心，充满了幸福的期待。然而开手作工是一八四六年，还是经过种种的顿挫之后，靠着腓特烈·威廉四世的敕令的。他亲自所能完功的壁画，是"在凯尔大帝墓中的渥多三世""伊尔明柱的坠落""和萨拉闪在科尔陀跋之战""波比亚的略取"这四面。开了凯尔大帝坟的渥多三世，和拿着火把的从者同下墓室，跪在活着一般高居宝座的伟大的先进者的面前。是将使人毛竖的阴惨，和使人自然俯首的神严，神异地交错调和着的惊人的构想。不是雷特尔，还有谁来捉住这样的神奇的设想呢。德意志画家的对于观念底的东西，可惊异底东西的独特的把握力，恰与题材相调和，能够幸运如此画者，恐怕另外也未必有罢。惟独在戏剧作家有海培耳，歌剧作家有跋格那的国民，也能于画家有雷特尔。为发生伟岸底的效果计，则制驭色彩；为增强性格计，则将轮廓的描线加刚。在这里，即有着他的技术的巧妙。

但在这大作里，也就隐伏着冷酷的征兆，来夺去他的幸运了。贪得看客的微资的当局，便容许他们入场，一任在正值工作的雷特尔的身边，低语着任意的评论。因此始终烦恼着雷特尔的易感的心。有时还不禁猛烈的愤怒。临末，则重病袭来，将制作从他的手里抢去了。承他之后，继续工作的弟子开伦之作，是拙稚到不能比较。而且这是怎么一回事呢？心爱开伦之作的柔媚的当局，竟想连雷特尔之作，也教他改画。但因为弟子的谦让，总算好容易将这不能挽救的冒渎防止了。

"死的舞蹈"是其后的作品。画出显着骸骨模样的荷勒巴因式的“死”来。“死”煽动市民，使起暴动，成为霍乱，在巴黎的化装跳舞场上出现。在化装未卸的死尸和拿着乐器正在逃走的乐师们之间，“死”拉着胡琴。然而“死”也现为好朋友。来访寺里的高峻的钟楼，使年老的守着，休息在平安的长眠里。在夕阳的平稳的光的照入之中，靠着椅子，守者静静地死去了，为替他做完晚工起见，“死”在旁边拉了绳索，撞着钟。但“死”竟也就开始伸手到作者的运命上去了。娶了新妻，一时仿佛见得收回了幸福似的雷特尔，心为妻的发病所苦，又失了健康。病后，夫妻同赴意太利，但不久，他便发狂，送回来了。将圭多·雷尼的明朗的“曙神”，另画作又硬又粗的素描的，便是出于他的不自由之手的最后的作品。失了明朗的雷特尔的精神，还得在颠狂院中，度过六年的暗淡的长日月。“作为朋友的死”，来访得他太晚了。

b　艺术上的新机运和雕刻

雕刻史上的罗曼谛克时代的新运动，无非是要从硬化了的不通血气的古典主义的束缚中，来竭力解放自己的努力。凡雕刻，在那造形底特质上，古典样式的模仿的事，原是较之绘画，更为压迫底地掣肘着作家的表现的，所以要从托瓦尔森的传统，全然脱离，决不是容易事。因此，在这一时代所制作的作品上，即使是极为进取底的，总不免有些地方显出中途半道的生硬之感。假如，要设计一个有战绩的将军的纪念像时，倘只是穿着制服的形状，从当时的人想来，是总觉得似乎有些欠缺轮廓，以及影像的明晰之度的。于是大抵在制服上，被以外套，而这外套上，则加上古代的妥喀一般的皱襞。因为先是这样的拘执的情形，所以没有发生在绘画上那样的自由奔放的新样式。然而在和当时的历史底兴味有着密切的关系的

雷特尔：在凯尔大帝墓中的渥多三世

制作中，却也有若干可以注目的作品。而且在当时盛行活动的作家里面，也看出两三个具有特质的人物来。其中的最为显著的，恐怕是要算法兰西的吕德和德意志的劳赫了罢。

弗朗索瓦·吕德（François Rude）是拿破仑的崇拜者，也曾和百日天下之际的纷纭相关，一时逃到勃吕舍勒去；也曾和同好之士协力，作了称为“拿破仑的复生”这奇异的石碑。他的长于罗曼谛克似的热情的表现，就是到这样。有名的“马尔赛斯”的群像和“南伊将军”的纪念碑等，在吕德，都是最为得心应手的题材。

装饰着查尔格林所设计的拿破仑凯旋门（l'arc de l'Etoire）的一部的“马尔赛斯”的群像，是显示着为大声呼号的自由女神所带领，老少各样的义勇兵们执兵前进的情形的。和德拉克罗瓦所画的“一八三〇年”，正是好一对的作品。主宰着古典派的雕刻界的大卫檀藉尔批评这制作道：“自由的女神当这样严肃的时候，装着苦脸，是怎么一回事呢”云。古典主义和罗曼谛克之争，无论什么时候，一定从这些科白开场的。然而这制作，所不能饶放的，是义勇兵们的相貌和服装。他们还依然是罗马的战士。

在“南伊将军”的纪念像上，却没有一切古典主义底的传统了。穿了简素的制服，高挥长剑，一面叱咤着全军的将军的风姿，是逼真的写实。将指导着弟子们，吕德嘴里所常说的“教给诸君的是身样，不是思想”这几句话，和这制作比照着观察起来，则吕德的努力向着那里的事，就能够容易推见的罢。

克里斯蒂安·丹尼尔·劳赫（Christian Daniel Rauch）是供奉普鲁士的王妃路易斯的。这聪明的王妃识拔劳赫之才，使他赴罗马去了。劳赫为酬王妃的恩惠计，便来镌刻那覆盖夭亡的路易斯的棺柩的卧像，在罗马置办了白石。刻在这像上的王妃的容貌，是将古典雕刻的严肃和路易斯的静稳的肖像，显示着神奇的调和。在日常

雷特尔：作为朋友的“死”

雷尼：曙神

雷尼：曙神的摹本

出入于这宫廷中的劳赫，要写实底地描写路易斯的相貌，自然是极容易的。但在不能不用古典样式的面纱，笼罩着那卧像的他，是潜藏着虽要除去而未能尽去的传统之力的罢。吕德之造凯威涅克的墓标，要刻了全然写实底的尸骸的像的，但要作那么大胆的仿效，即使有这意思，却到底为劳赫所不敢的罢。还有，和这一样，劳赫之于勃吕海尔将军的纪念像，似乎也没有如吕德之试行于“南伊将军”的那样，给以热情底的表现的意思。勃吕海尔身缠和他的制服不相称的古典风的外套，头上也不戴帽。那轮廓，总有些地方使人记起古代罗马的有名的兑穆思退纳斯的像来。

最尽心于遁出托瓦尔森的传统者，是劳赫。然而无论到那里，古典主义底的形式观总和他纠结住。如上所述，在“路易斯”和“勃吕海尔”上，也可以分明地看取这情形。而于弗里德里希大王的纪念像，正惟其以全体论的构想，是极其写实底的，却更觉得这样束缚的窘促。载着大王的乘马像的三层台座的中层，是为将军们的群像所围绕的，然而凡有乘马者、徒步者、无论谁，都只是制服而无帽。倘依德意志的美术史家的谐谑的形容，则恰如大王给他们命令，喊过什么“脱帽，祷告！”之类似的。虽在炮烟弹雨之中，并且在厚的外套缠身的极寒之候，而将军们却都不能戴鍪兜，也不能戴皮帽。

法兰西的雕刻家，颇容易地从古典主义的传统脱离了，但在德意志人，这却决不是容易的事。

c　历史趣味和建筑

将十八世纪末以来的古典主义全盛时期的建筑上的样式，比较起来，也可以看出法、德两国民性的相异的。

劳赫：路易斯皇后之墓

劳赫：弗里特力纪念像[1]

1　现译“弗里德里希大帝纪念碑”。——编者注

查尔格林的凯旋门和朗汉斯的勃兰登堡门，还有维尼翁的马特伦寺和克伦支的显英馆，只要比较对照这两组的建筑，也就已经很够了罢。

皇帝拿破仑为纪念自己的战功起见，命让·查尔格林（Jean François Chalgrin）计画伟大的凯旋门的营造。在襄绥里什的大路斜上而横断平冈之处，耸立着高五十密达[2]、广四十五密达的凯旋门。现存于世的一切凯旋门，规模都没有这样大。现在还剩在罗马的孚罗的几多凯旋门，自然一定也涵养了熟悉古典建筑的查尔格林的构想的。然而巴黎凯旋门，却并非单是古典凯旋门的模仿。是对于主体的效果，极度地瞄准了的独创底的尝试。较之古典时代的建造物，结构是很简单的，但设计者所瞄准之处，也因此确切地实现着。

卡尔·格特哈德·朗汉斯（Carl Gotthard Langhaus）的杰作勃兰登堡门，就是菩提树下街的进口的门，是模仿雅典的卫城的正门的尝试罢。虽然并非照样的仿造，然而没有什么独创底的力量，不过令人起一种"模型"似的薄弱之感。规模既小，感兴又冷。最不幸的，是并没有那可以说一切建筑，惟此是真生命的那确实的"坚"。总觉得好像博览会的进口一般，有些空泛，只是此时此地为限的建造物似的。倘有曾经泛览古典希腊的建筑，而于其庄重，受了强有力的感印的人，大概会深切地感到这宗所谓古典主义建筑之薄弱和柔顺的罢。

德意志古典主义建筑家中之最著异彩者，怕是供奉巴伦王家的利奥·冯·克伦泽（Leo von Klenze）了。区匿街是清净的绵兴市的中心，点缀这街的正门和石刻馆，大约要算北欧人能力所及的最优秀的作品。对于从这些建造物所感到的一种仪表，自然是愿意十分致敬的。然而虽是他，在显英馆和荣名厅的设计上，却令人觉得也

2 现译"米"，即国际单位制基本长度单位。

查尔格林：凯旋门

维尼翁：马特伦寺

维尼翁：马特伦寺（外）

苏夫洛：集灵宫

仍然是一个德意志风的古典主义者。将日光明朗的南欧的空气所长育的风姿，照样移向北方的这些建造物，在暗淡的天空下，总显着瑟缩的神情。恰如用石膏范印出来的模造品一样，虽然能令醉心于古典时代的美术的学生们佩服，然而要是活活泼泼的有生命的作品，却不能够的。

但是，即使想到了显英馆和荣名厅的这样的失败，而即刻联想起来的，是生在法兰西的马特伦寺的生气洋溢的美。

马特伦寺是在一七六四年，由比尔恭丹迪勃黎的设计而开工，遭大革命的勃发，因而中止的寺院。但拿破仑一世却要将这建筑作为一个纪念堂，遂另敕维尼翁（Barthelemy Vignon），采用神祠建筑的样式了。然而自从成了路易十八世的治世，便再改为奉祀圣马特伦的寺院，将堂内的改造，还是托了维尼翁。维尼翁于是毫不改变这建造物的外观，单是改易了内部，使像寺院模样。在奥堂里加添一个半圆堂，在两旁的壁面增设礼拜堂的行列，在天井上添上三个平坦的穹窿，竟能一面有着古典风的结构，而又给人以寺院似的印象了。堂内的感印，是爽朗而沉著的，外观也大规模地遒劲而坚实，在这地方，可以窥见那较之单是古典崇拜，还远在其上的独创底的才能的发露来。

但是，以罗曼谛克时代为中心的历史趣味的倾向，其及于当时的建筑界的影响。正因为那动机不如古典主义之单纯，是发现为极其复杂的形态的。只要一看点缀着现今欧洲的主都的当时的建筑，在构想上非常驳杂的事，则那时的情况，也就可以想见了罢。巴洛克趣味的巴黎的歌剧馆（设计者 Charles Garnier），戈谛克派的伦敦的议事堂（设计者 Charles Barry），意太利文艺复兴风的特来式甸的绘画馆（设计者 Gottfried Semper），模拟初期基督教寺院的绵兴的波尼发鸠斯会堂（设计者 Friedrich Ziebland），将古典罗马气息的样式，浑然结合起来的勃吕舍勒的法院（设计者 Joseph Poelaert）……即使单举出易惹匆忙的旅行者的眼的东西，也就没有限量。倘要从中寻求那在建筑史上特有重要关系的作家，则从法兰西选出惠阿莱卢杜克，从德意志选出申克尔，恐怕是当然的事罢。

在法兰西，本来早就发生了排斥古典样式的偏颇的模仿，而复兴戈谛克风，作为国粹样式的运动的，但一遇罗曼谛克思潮的新机运，便成为对于古典主义的分明的反抗运动了。罗曼谛克的文人们，使戈谛克艺术的特质广知于世，自然不待言。于是开伦人基力斯谛安·皋（Christian Gou）便取纯然的戈谛克样式，用于巴黎的圣克罗台特寺的设计；拉修（J. S. Lassus）则与古典和文艺复兴的两样式为仇，而并力拥护戈谛克。而维欧勒·勒·杜克（Viollet-le-Duc）便在建设底实施和学问底研究两方面，都成为当代建筑界的模范底人物了。他的主要著作《法兰西建筑辞书》（*Dictionaire raisonne de l'Architecture française*）和恢复的规范底事业的那比尔丰馆的重修，就都是很能代表他的学识和技术的作品。

在德意志，则从弗里德里希·基利（Friedrich Gilly）以来，凡是怀着高远的憧憬的建筑家，就已经梦想着他们的理想的实现。由基利的计画而成的弗里德里希大王的坟墓，即明示着这特性的了。置人面狮和方尖碑于前，而在硕大的平顶坟上，载着灵殿那样的奇异的构想，很令人记起卡斯腾斯的渺茫的憧憬来。但为基利的感化所长育的卡尔·弗里德里希·申克尔（Karl Friedrich Schinkel）的构想，却以将古典样式和戈谛克样式加以调和统一这一种极艰难的，从两不相容的两个样式的性格想起来，必然底地不可能的尝试，为他的努力的焦点了。

本来，申克尔与其是建筑家，倒是画家，是诗人。可以记念这瓦肯罗德一流而罗曼谛克的他的憧憬的，有极为相宜的一幅石版画。是林中立着戈谛克风的寺院，耸着钟楼，罗曼谛克的故事的插图似的石版画。细书在画的下边的话里，有云：“抒写听到寺里的钟声的时候，充满了心中的，神往的幽婉的哀愁之情。”就照着这样的心绪，游历了意太利的他，是既见集灵宫和圣彼得寺，便越加怀念高塔屹立的北欧的寺院，对于古典风的建筑，只感到废弃的并无血气的僵硬罢了。

申克尔的戈谛克热，是很难脱体了的，然而从古典崇拜的传统脱离，也做不到。于是竭力想在古典样式的基调上，稍加中世气息。但是，倘值不可能的时候，当然常是不可能的，便仅用古典样式来统一全体。终至于最喜欢亚谛加风的端正了，而对于趣味上的这样的变迁，则他自己曾加哲学气味的辩护道：“古典希腊的样式，是不容外界的影响的。这里就保存着纯净的性格。因此这又导人心于调和，涵养人生的素朴和纯净。”——云。

这样子，申克尔是从对于古德意志的憧憬的热情，向了古典希腊的理性底的洞察了。但是，虽然如此，向来不肯直捷[3]地接受先前的样式的他，在许多设计上，又屡次试行了不合理的，而且无意义的改作。波忒达谟的尼古拉寺不俟言，虽在柏林的皇宫剧场，也不免有此感。而且对于罗曼谛克的样式，他也竟至于想插入自己的意见去了。他看见罗曼谛克的文人喻戈谛克寺院的堂内为森林，便发意牺牲了戈谛克样式的特征，而将植物形象，应用于天井和柱子上。其实，他是连戈谛克样式的正确的智识[4]也没有的；更坏的是因为他以戈谛克建筑的后继者自命，所以更不堪。将怀着这样空想的他，来和法兰西的惠阿莱卢杜克一比较，是怎样地不同呵。惠阿莱卢杜克是将自己的工作，只限于正确的恢复的。而况在申克尔作

3 现代汉语常用“直接”。——编者注
4 现代汉语常用“知识”。——编者注

丕垒尔：勃吕舍勒法院

喀尔涅：巴黎歌剧馆[5]

5　现译“巴黎歌剧院”。——编者注

伯黎：伦敦议事堂[6]

6　现译“威斯敏斯特宫”。——编者注

济勃兰特：波尼发鸠斯会堂

济勃兰特：波尼发鸠斯会堂内部

闪沛尔：特来式甸绘画馆

克伦泽：绵兴正门[7]

7 现译“希腊门楼”。——编者注

工最多的普鲁士，又并无可以兴修很奢侈的建筑的款项，因为总是照着减缩的预算来办理的工作，所以虽在设计戈谛克风的寺院的时候，也势必至于杂入工程简单的古典风。要在古典式的规范上，适用戈谛克风的构成法的他的努力，大部分终于成了时代的牺牲，原是不得已的。受了希腊国王的委托，在雅典的卫城上建造王城的计画，后来竟没有实现。倘使实现，也许能够成为给古典主义一吐万丈的气焰的作品的罢。然而在较之古典主义，更远爱古典时代的遗物这东西的我们，却对于这样"暴力"的未曾实现，不得不深为庆幸的。

里希特：罗马的郊外

申克尔：石版画

从罗曼谛克到印象派的风景画

风景画这题目，在美术上占得一个独立的位置，是并不很早的。这到了十九世纪前半期的中途，具体底地说，则自从起于一八三〇年前后的风景画家的新运动以来——骤然占领了美术界的重要的分野了。宛然有继承了宗教画在十九世纪以前的画界上所占的位置之观。这是什么缘故呢？一方面，是从隐然支配着向来美术界的社会上的权威——基督教会、教皇、商会、银行家、佣兵的长官、诸侯、宫廷、贵族、皇帝的保护和束缚得了解放的美术家们，都渐渐自己直接站在社会的表面，为自己的要求所敦促，为时代思潮所引导，而从事于制作了。于是一切人们俱能感受的自然的风姿，即势必成为占领画题的一大部分的结果。（在十七世纪的荷兰，因为没有这样的外面底的权威的支配，风景画早经发达了。这些就是那很好的例证罢。）而同时，在别方面，则和人们大家的自然观的发达、自然美的感受性的发达有着重大的关系。如那开始赞美山岳之美的沛忒拉尔加，大概便是在宗教底自然观的浓厚的烟霞的深处，首先看见了辉煌着的自然的姿态之美的第一人罢。其次，大概便是自从大胆地喊出了“到处含美”这一句在今已经陈腐之至的话的时代起，逐渐生出近代风的自然观来的事罢。［当十九世纪初，理论家是分风景画为两种等级，即理想画（le style heroique，le style ideal）和平民画（le style champetre，le style pastrale）的，但也有将风景画的使命，仅限于作为“背景”的人们。］

因此，所谓风景画的发达者，是美术史上兴味极深的一个研究的题目。而一面由风景画的样式的变迁下去的种种相，以反而追想时代思潮的变迁，大约也可以成为兴味颇深的题目的罢。但在本书，却只有叙述一点极粗的梗概的余裕而已。

久远的希腊的往昔，不得而知，若现存的风景画的最古的遗品，大约要算教皇宫内博物馆所保存的“阿迭修斯风景画”了。这是取呵美罗斯的诗歌《阿迭修斯》为题材，意在表见英雄阿迭修斯的漂泊故事的。此外，以大概属于同时代的作品而言，则朋卑还有许多的壁画。那波里的国民博物馆所保存的这一类的壁画之中，也颇有惹人兴味的，但因为描画的目的，本来多在应室内装饰的要求，所以能否作为随处可以推测当时作家的技术的因缘，也还是一个疑问。

例如，几何学底远近法，仿佛是已经知道了的，而视点的统一，却全然没有。这是当模仿希腊时代的流行制作之际，罗马的工人们所弄错的所谓“走样”呢，还是那时的艺术家，委实未曾进步到对于远近法能够画得统一视点呢，都无从明白。总而言之，要靠古典时代的遗品，来估计那时的画术，是不很够的。

自从进了中世纪，暂时没有近乎风景画的东西，但到十三世纪以来，总算靠了乔托，渐有几分仿佛风景似的绘画出现了。乔托当表显圣传和圣人的德行时，已迫于描写极其单纯的风景画，作为背景的必要。尤其是在亚希希的圣芳济寺的壁画上，虽然古拙，却可以看出意太利文艺复兴时风景画的开端。

一到绚烂的十五世纪，则不消说，出现了各种风景画，作为无穷的圣传和神话的背景了。表出含着水蒸汽[1]的氛围气，可见空气远近法的开初的威罗吉阿；将牧歌气息的情调，画以澄明的心绪的沛尔什诺；力求装饰底的效果的乌吉尔罗等，要历举起来，是无限量的。况且那时正值发明了几何学远近法的时代，所以应用极为流

1　现代汉语常用“水蒸气”。——编者注

行，集注着画家们的兴味了。

然而在风景画的兴味如此盛大时中，将真的意义上的风景画，遗留下来的作家，却除了列奥纳多·达·芬奇之外，几乎没有了。达·芬奇在那有名的画论里，也论着风景画的问题，但遗品中的最可注意的，是左写着 1473 年这几字的钢笔素描的风景画。见于西洋绘画史上的纯粹的风景画，这大约是最古的遗品。还有，属于略同时代的北方画家丢勒的写生中，有施用彩色的几叶风景画存在的事，也该记得的。此外，还须声明，在十六世纪初头的威内契亚派作家之内，也有画了和很纯粹的风景相近的美的背景的作家。以那代表底作家而论，就只举一个乔尔乔内的名罢。

那么，究竟什么时候起，才有纯粹的风景画出现呢？虽到文艺复兴期，"自然和人"已被发见，而还不能出于背景以上的风景画，从什么时候起，才走了独特的路呢？

开始画出真的意义上的风景画的画家们，是十七世纪的荷兰人。新教国的荷兰，仪式一流的宗教画，是不发达的，而产生了许多描写田园风景的作品。和静穆的室内画家，诙谐底的农民画家一起，也辈出了多数的风景画家。将映着以家畜作点缀的田园和乔木的影的水边的，笼雾、摇风、浴月的情景，他们亲密地描写了。称为"风景画"和"静物画"的新题目，开辟了绘画的独立的分野，是从这时候起首的。

但虽是荣盛至此的风景画，在这荷兰仍不能发见相承的作家。出了首先是伦勃朗，还有路意勖陀和霍贝玛的盛世，顷即告终，他们所觅得的后继者，是盛极于邻邦拂兰陀尔的卢本斯的秾郁的风景画，以及法兰西的华多。法兰西是从十七世纪的初头起，就有着普珊和罗兰了。成于这些作家之笔的高超的所谓"叙事诗底风景画"，是以英雄和圣者作点景，配合着大厦和废墟的理想画。但一到路易

乔托：壁画[2]

2 现译“圣方济各变卖马匹与袍子”。——编者注

霍贝玛：风景[3]

3 现译“密德哈尼斯村道”。——编者注

达·芬奇：风景[4]

4 现译“阿诺河谷的风景”。——编者注

十五世摄政时代，情绪全然不同的艳丽的华多的风景画出现了。华多的风景，是具有和布尔蓬王家的奢侈相称的美的。在梨园的台面一般的庭中，装饰优雅的男女的宴集，便入了画。但惟有在卢森堡苑中画了树木的华多，他的风景画，是显示着和饰以当时趣味的贵族的庭园，有一目了然的共通点的。

然而这美的梦做得并不久。大革命的可怕的预感，将时代的趣味，拉回寂寥的古典主义去，除了杂着古代废墟的罗培尔的装饰画，风景画几乎没有了。直到热情如沸，色彩如燃的罗曼谛克时代的终结为止，人们都失了亲近风景画的余裕。于是就展开一八三〇年代的意义深长的运动来。

a　风景画的理想化

一八二四年的展览会，这从各种意义上看，在法兰西的画界是大可记念的展览会。里所陈列的约翰·康斯特布尔（John Constable）的风景画，曾给年青的巴黎的画家们以多大的感动，已经说过了。在祖国埋没了才能的他，到海峡的彼岸却大得尊敬。但在英国，是另外还有可以注目的两个风景画家的。理查德·帕克斯·波宁顿（Richard Parkes Bonington）和威廉·特纳（Willian Turner）就是。波宁顿将他那短促的生涯，大部分消磨在法兰西，和法兰西的风景画家们往来，留给法兰西的风景画家们许多贡献。而特纳，则他那大胆的浓雾的描写，颇有影响于克劳德·莫奈（Claude Monet）的后期作品的。这样子，出于英吉利的三个风景画家们，便谁都成了法兰西人们的好的指导者了。

以一八三〇年代为中心的法兰西风景画家们，是以乔治·米歇尔（Georges Michel）、保罗·休特（Paul Huet）为先驱者，卡米耶·柯

伦勃朗：风景（铜版）[5]

5　现译“三棵树”。——编者注

米勒：拾落穗者[6]

6 现译“拾穗者”。——编者注

特鲁瓦永：风景

康斯特布尔：风景

罗（Camille Corot）、泰奥多尔·卢梭（Théodore Rousseau）为中坚，而加以动物画家的康斯坦·特鲁瓦永（Constant Troyon），农民画家的让·弗朗索瓦·米勒（Jean François Millet），及其他杜比尼（Daubigny），提亚兹（Diaz），杜普蕾（Dupré）等。但在这些作家里，现在所尤要注目的，是柯罗和卢梭这两个人。

在柯罗的制作中，起先就有两种的倾向。因为尊崇着克罗特罗兰，所以一方面是带着理想底风景画的趣味的，但同时在别一方面，也还是质直的写生画家。相传临终时，说了“多么美呀，从来没有见过这么好看的景色！”的话的柯罗，是画了许多幅林妖们欣然曼舞的沼边的风景画。在善于用那优美的牧歌一般的调子，表出黎明的爽朗，白昼的沉郁，黄昏的幽静来的他的质地里，大概原有着对于理想画的挚爱的罢。但是，在别一面，他也是和那纯朴的性格相称的质直的写生画家。从相传毕生不离手，作为回忆之资的纯罗马的“玛里绥阿”和带着相同的倾向的夏勒图尔的“大寺”起，以至远在后期所作的、全然印象派之作似的“陶韦之街”等，恐怕便是这半面的代表作品。大约在初到他热爱一如故乡的意太利，快活地唱着歌，巡行于罗马近郊的时候，这两种不相类似的倾向，便并无什么不调和地同时长育了。倘用粗略的话来总括，就是极其保守底的一面和极其进取底的一面，他是同时具备的。到了罗曼谛克的时代告终以后，也还是依然爱着林妖们的一面和彻底地写生，至于直接接着印象派作品的一面。然而在这里面，却没有什么不调和，也没有什么破绽。无论那一幅画，都像他自己一样，又纯粹，又分明。

假如柯罗可以称为叙情诗人，那么，卢梭大概就可以称为叙事诗人了。柯罗是爱那饰以细瘦的枝条和透明的绿叶的树木的；和他相对，卢梭则赞赏那有着耸节的顽强如石的干子和又黑又厚的叶子的乔木。为要将树木的感力，画得较强，用逆光线是他的常习。从

卢梭：风景[7]

7 现译“枫丹白露之夕”。——编者注

柯罗：风景[8]

8　现译“孟特芳丹的回忆”。——编者注

柯罗：陶韦之街[9]

9 现译“杜埃的钟楼”。——编者注

他看来，树木乃是英雄。用了古典主义的作家们赞美罗马人的德行时候一样的心情，卢梭来赞美树木的雄武。在他，树木是美如精力弥满的肉体一般的。恰如古典主义的作家们感到了肉体的魅力和弹力似的，卢梭感到了树木的美。柯罗和卢梭——两人的趣味和性格，是如此之不同。然而在这里，也有正如法兰西人的共通点。柯罗的澄明，卢梭的强固，是两者都出于对于自然的质直的不加修饰的感受性的。两人的风景画，都是一种理想画罢。但到处都加上法兰西模样的理想化了。那么，同是风景的描写，在德意志，又用什么方法来加了理想化呢？

出于德意志的风景画家之中，试行了理想化底表现的，并且柯罗一般大家知道的——代表者，年代虽然较柯罗们迟得不少——大概是生在瑞士的阿诺德·克林格尔（Arnold Böcklin）了罢。曾经大受称赞而且在到了动心于神秘气味的年纪的青年，一定曾经爱看的克林格尔，并不是法兰西画家一般的诗人。是将自然神教，讲得容易明白的宗教家。将鲜艳到浓厚而烦腻的色彩，和阴惨骇人的地祇和水妖，和不相称的意太利风的自然，打成一团的，是他的艺术。他所画的春的神女，并不可爱，不明朗，也不清轻。仅是沉重异常的浓艳。他所神往的至福之境，毫没有一点爽朗和逍遥。仅是郁郁地岑寂。有些阴森的“水嬉”和绝无慰安的“死岛”等，恐怕就是和他的性格最为相宜的题材罢。在文学上，有着亚玛调斯霍夫曼的《立嗣》和泰奥托尔勖忒伦的《骑白马人》的民族中，会有克林格尔的“水嬉”，大约正是自然之势。以为北方民族所特有的晦暗的自然观，就在这里反映着，想来也未必不当罢。为什么呢？因为虽是欣欣然要在纯白的心中，赞美自然的罗曼谛克期的风景画家弗里德里希，也还是非画一个站在夕阳所照的山上的十字架的样子不可的。

b 莫奈和印象派

将一八三〇年代的作家们所遗留而去的新使命——写实主义，搁在肩上而站出来的巨人，是被称为“写实主义的赫拉克来斯柱”的居斯塔夫·库尔贝（Gustave Courbet）。一八三〇年代的风景画家，每当安排他的构图，是处置树木也如人物，任意更动其位置的。总之，也还是以向来的“凑成的风景画”的方法为常习。然而自从出了冷淡于构图法的库尔贝以来，那“切下来的自然的一角”却被照字面地描写了。技巧底地安排构图的事，是没有了。而且库尔贝的坚强的风景画，又因了他的后继者爱德华·马奈（Edouard Manet）而更增其明朗，在印象派的大人物马奈的锐敏的观察之下，使那写实主义至于彻底了。

一八三〇年代的作家们，是喜欢芳丁勃罗的野生的森林，至于在那里面作风景画的，但在屋外所作的写生，却不过聊以供一点准备之用。至于安排全体的落成，是总不出工作场去的。这事情，在库尔贝也如此。但印象派的画家们，则以在室外描写一切，为必要条件了。于是他们也就不至于疏忽了变化不息的自然的微妙的表情。先前的作家们所未曾觉察的色彩的区别和日光所生的效果，便渐渐成了自然观察的主要的对象。在他们，自然的形骸这东西，早不惹一点兴味了。但是，给这形骸以生命，使这形骸有表情的要素——色和光的效果却大受非常锐利的观察。要而言之，写实主义和印象主义的不同，是表现上的不同，而同时也是对象这东西的不同。他们所要描写的，已不是树木的“模范”，也不是水的“代表”了。而且又不是一定的树木，一定的水这东西。倒是在或一偶然之间，选取了的树木或水的在或一瞬间的情形。是使这树木或水之所

克林格尔：死岛[10]

10 现译“死亡之岛”。——编者注

克林格尔：意大利风景

以有生气的色和光的效果。

在风景画的发达史上，划出一个新时期来的外光派的代表作家，是克劳德·莫奈。正如培尔德摩理生以闺秀作家似的口吻评为"一看莫奈的画，就知道阳伞应向那一面好"一样，再没有一个作家，能像莫奈的善于绘画"天候"了。他的雪，是真冷的。他的太阳，是真暖的。用轻微的笔触，细细地描出错综的枯枝，便成笼罩河边的黄霭；很厚地排上成堆的单色，便成熊熊发闪白昼的太阳。写晴天，则堆起颜料来；写阴天，则用平坦的笔触。

要将"天候"的表现无处不彻底的莫奈，终于开始做那称为连作（Série）的、非常费力的一种工作了。是竭力想要单将变幻不息的光的效果，羁留于同一的画因之下的。夏末的一晚，觉得偶然的感兴，开手试画的"草堆[11]"是那最初的作品。从秋到冬，朝日所照，雨所濡，雪所掩的十余幅的"草堆"成功了。草堆之后，画的是卢安的大寺的前门。其次，更画了赛因的白杨、泰姆士川的雾、威尼斯的运河，池中的睡莲——无穷的许多的连作。其中最惹兴味的，是卢安的前门。这是以数十幅为一套的极其大布置的连作，借寓于寺的对面的莫奈，是日日从窗户间，专一凝视着刻露的复杂万状的石骨的。将那在石骨的复杂的表面上，明灭着的光的作用，没有虚假地描下来，并不是平常的努力。

凡曾在卢佛尔美术馆，见过凯蒙特的品物集成的人，该记得挂在那里的四幅 Cathédrale de Rouen 的罢。而尤其是，对于画着负了朝暾，美丽地发闪的正门的两幅作品中的，金色的阳面和钴蓝的阴影的温柔的色彩的调和，大约未必会忘记。将这些分散在世界中的许多连作，聚于一堂，可以观赏的希望，现在是没有了，但即使单是想象，也就觉得非常的兴味。这里有着一串极真挚的努力的结晶。有着离开了

11　现译"干草堆"。——编者注

莫奈：草堆

莫奈：威尼斯[12]

12 现译“威尼斯总督宫”。——编者注

莫奈：卢安大街[13]

13 现译“鲁昂大教堂”。——编者注

希涅克：帆船

一切外部底的，他律底的刺激而极其“专门底”的艺术底研究所可称赞的成果。恰如看见总是反复着麻烦的实验的自然科学家的劳作时候，发生出来的一种感佩，会充满了看这一组 Série 的人们的心中的罢。十九世纪后半期的画界的——想使写实彻底至极的——努力的极顶，就在这处所。认莫奈为当时的最为代表底的作家，恐怕是未必不当的。但是，临末，有不可误解的事，是他的尝试，虽然极意是分析底，实验底，而始终坚守着彻头彻尾纯艺术底、造形美术底的态度。在这里，就有着莫奈之为艺术家的强和深。在完全没有感到跨出纯造形底的境地的诱惑之处，可以窥见他之为艺术家的力。虽然那么绵密的努力，而莫奈的画，是于观者的眼里，给以无余之感的，但在美术家，如果没有十分强大的力量，就不能如此。（莫奈在后期的连作“威尼斯和睡莲”上，似乎越加拉进色调之美里去了。）

起于法兰西的写实主义的运动，其所以导风景画的展开，先就是这样子。但在德意志，则“愚直派时代”（Biedermeirzeit）的蠢笨地精细，而毫无什么趣致的风景画——布勒兴（Blechen）和瓦尔德米勒（Waldmuller）的画之后，出了色彩欠鲜，只用又粗又大的笔触涂抹上去的马克思·利伯曼（Max Liebermann）的风景画。后文要说起的，由纯朴的威廉·莱布尔（Wilhelm Leibl）德吕勃纳尔恐怕也可以加进去。德意志是有了很出色的写实主义的代表作家了，至于印象派气味的尝试，却似乎不妨说，终于全然失败。要简单地归结起来，大概是用了法兰西印象派所试行的方法，来挤掉写实主义，原是和德意志人的性格不合的罢。也只能说，因为虽然这样，却竟依着当时的流行，模仿了法兰西风，所以招了这样的失败了。正如十六世纪的德意志画家，输入了多量的意太利风，终至自灭一样，置民族的性质于不顾的模仿，岂非就是德意志印象派画家的失败的原因么？

写实主义与平民趣味

a　库尔贝和莱布尔

生于阿耳难的，那粗笨的乡下人居斯塔夫·库尔贝（Custave Courbet）决计到巴黎作画的时候，指导他，启发他者，无论怎么说，总是卢佛尔美术馆内的诸大家。其中尤其使他爱好的，是荷兰的画家们。十七世纪的荷兰画家，都忠实地描写着“他们所生活着的时代”这一端，更是惹了库尔贝的兴味。他的对于应为新时代负担重要使命的明了的预感，看来是此时已经觉醒了。一八七四年所企图的荷兰旅行，便是确证他这样的心情的事实。

一八四八年的政变以来，官僚的空气显然减少了的法国美术界，便毫无为难之处，承认了他的艺术。但他于巴黎活动之暇，往往滞留在故乡阿耳难，和这地方的素朴的自然相亲近，并且画着风景，狩猎和农民。他将家里的仓库改成工作场样，就在那里面作画，而这样的嗜好，却护持了他的艺术的纯朴了。不为风靡着当时法兰西画界的沉滞了的皮相底的空气所毒，他的画的清新，大概也是库尔贝的趣味之所致的罢。在四九年的展览会上，得了佳评的“阿耳难的午后”和他一生中的代表作“阿耳难的下葬”，便是这样地画出来的。和当时盛行提倡的平民主义的社会思潮相平行的，即使并无直接的关系，新的农民画家所共通的倾向，在这里可以窥见。农民的同情者的米勒，他的作品的美术底评价，作为别一问题，和后文要讲的德意志的莱布尔和库尔贝这三个人，都是当时的最为代表底的农民画家，而他们自己的生活，也都是亲近田园，为农民的好友的。[先前的“田园画”（Paysage Pastorale）是谐谑底地描写农民的“风俗”以娱都会人的好奇之目的，从这传统得了解放，而农民的地位，在美术的题材上也显然增高者，可以说，是和由四八年的社会运动所致的平民阶级的社会底向上相符合的现象。]

“阿耳难的下葬”是将数十个人物，画作等身大，拂里斯的浮雕似的，横长地排着的构图。下葬的处所是广漠的野边，远处为平冈相连的单调的自然所围绕。送葬的人们，除了牧师和童子都穿黑色衣服。只除死者的至亲似的人们以外，他们都漠不相关地站立着。牧师的脸上，毫无什么表情。似乎只为做完自己的公事，翻开着圣典。单调的自然、倦怠的仪式、无关心的表情、暗淡的色彩由这些表现所生的坚硬之感，都统一于库尔贝所特有的确固的强。在很随便，然而生气横溢的这画上，有一种强有力的紧张。凡库尔贝的画所通有的这种力，在“阿耳难的下葬”上更其特别强烈地感得。相传画在那上面的人们，是都到库尔贝的工作场里，给他来做模特儿的。库尔贝所标榜的写实主义，可以说，在这幅画上，是表示了那最有光辉的具体底显现了。在大卫的“加冕式”、格罗的“黑疫病人”、德拉克罗瓦的“一八三〇年”等常是代表新时代的，而且都是写实的大作之中，“阿耳难的下葬”似乎也可以加进去的。

和“阿耳难的下葬”一同，代表着库尔贝的还有两幅画。那就是“石匠”和“工作场”。“石匠”是描写在阿耳难路旁作工的两个劳动者的。库尔贝每日总遇见他们俩，这就是所以画了这画的机因。“工作场”上，加有 Allégorie réele 的旁注。在刚作风景画的库尔贝自己的身旁，立一个裸体的模特儿女子；右边，有和他的艺术关系很密的诗人波特莱尔和社会思想家布鲁东；左边是曾经给他的图画做过模特儿的牧师和农民们。——从这两幅画的共通的倾向，可以推知

库尔贝：阿耳难的下葬[1]

1　现译“奥尔南的葬礼”。——编者注

库尔贝：石匠[2]

2 现译“碎石工”。——编者注

库尔贝和当时的社会运动之间的直接的关系。在事实上，库尔贝对于帝政派原是常怀反感的，且又和同乡人布鲁东相亲。然而他始终是一个画家。“石匠”和“工作场”，决不是为宣传社会运动起见，故意经营的制作。在他自己，只是试行平民生活的写实底表现罢了。其实，在这里，和社会思潮的关系，恐怕在暗地里可以看出来罢。但这是库尔贝自己所没有意识到的。他的作画，仅出于标榜他的写实主义的艺术底意识。

一八五五年，在巴黎开设万国博览会之际，也举行美术展览会。其时库尔贝所提出的许多作品中，重要的几乎全被拒绝了，而且那审查的结果，是不满之处还很多。于是他要想些方法，和他们对抗，便在展览会场的左近，租了房屋，开起挂着 REALISME 的招牌的个人展览会来。说到个人展览会，现在是成了谁也举行的普通习惯了，但当时，实在还是希罕的事件。在这展览会的目录上，就说明着以“活的艺术”为目的的事，以及应该表示现代的风俗和思想的事。这展览会颇惹了世人的注目，自然不待言。就如见于德拉克罗瓦的日记的一节中那样，虽是那“罗曼谛克的狮子”也赞扬着这新的画界的后继者。

从一八五八年的弗兰克孚德的展览会以来，库尔贝便和外国，特是德国生了密切的关系，在六九年举行于绵兴的万国博览会之际，则得了很大的名声。当时以艺术上的保护者出名的路特惠锡二世，既给他特异的光荣；德意志的美术家们也表示了亲密和尊崇，加以款待。这时候，他的名望，在法兰西国内，也到了那极顶了，一八七〇年授 Légion d’ Honneur 勋章，但身为布鲁东党员的他，却拒绝了这推荐。普法战争时，因为和师丹陷后勃发起来的恐怖时代执政团体之乱有关，由拿破仑党员的固执的敌意，遂被告发；又由官僚画家未梭尼而被挤出美术界，终至放逐国外，亡命瑞士，就这样子在失意中死掉了。拿破仑党的巨匠大卫所曾经陷入的同一的运命，为社会党员的他就来重演了一回。代表十九世纪前半期初头的美术界的大卫和后半期初头的代表作家，在思想底的一方面，是各从正相反对的立脚点的，都代表着那时代的思潮，而同得了牺牲底的最后，实在是兴味很深的事。但在这里，有不可忘却者，是他们两人都常不失其为美术家的自觉的。虽有时代思潮的强有力的诱惑，而能守住他们的本能的"护符"，实在是法兰西人传来的写实眼。

正如法兰西人的库尔贝，被欢迎于德意志一样，德意志人的莱布尔，也在法兰西得了赞赏。他们两人，是都有粗豪的野人气质的。加以在画风上，两人也非常类似。凡描写质朴的农民画，那趣味和样式都全然相同。从那么性格相异的法、德两国民之中，看见了这么相像的作家，这是极其希罕的现象。

威廉·莱布尔是一八六九年往巴黎的。和库尔贝，曾在绵兴相见，也会面于巴黎。两人的交情因为库尔贝不懂德国话，莱布尔也不懂法国话，也许未必怎么深罢，然而在艺术上，却不消说，莱布尔是受着库尔贝的感化。只要知道那时所作的莱布尔的"科谷德"，是怎样地库尔贝一流的作品的人，大概就不至于否定这样的推测的。不但这一点。当莱布尔寓居巴黎时，还受了马奈的轻快而明朗的画风的影响。但不多久，普法战争开始了。战争之后，在巴黎，恐怕较之在德国是可以占得幸福的社会底地位的，但他不愿意这样。于是自一八七三年以来，便躲在上巴伦地方的乡村里。格外喜欢野人生活的他，不耐在都会里过活。散策，狩猎，骑马等类的愉快而健康的生活，使他的艺术到处坚实地长发起来。连和女性的关系，几乎也不大有。因为他的异常的羞耻心，相传便是女人的 Akt 素描也不写的。

他就在日常围绕着他的农民的生活里，探求题材。莱布尔不像米勒那样，来讲农民的伦理，也不同绥庚谛尼那样，用诗意来粉饰农民。他但如库尔贝一般，将平凡的农民实写出照样的平凡的姿态。许多的猎人、酒店、寺中、肖像等，便是这样地制作的。待到法兰西人的影响逐渐稀薄下去的时候，他的画风即也逐渐现出北欧人似的强固来了。十五世纪的泥兑兰人和十六世纪的德意志人，尤其是荷勒巴因以来的坚实，渐次形成了他的个性了。古典主义以来的许多德意志画家们所希求的描写大规模的生地壁画那样的事，他已经全不在意。只要在较小的匾额画上，描些日常的环境，他便满足了。但在这里，也具有生成的底力和深邃和伟大。而且那伟大，是和十六世纪的大作家所具的伟大相像的。

b　都人所画的风俗画和村人所画的风俗画

生于十六世纪的德意志的滑稽的风俗画，入十七世纪的荷兰，至十八世纪以来，遂广布了欧洲的全土。英吉利的霍加斯，西班牙的戈雅，法兰西的菲拉戈那尔，就是那代表者。在十九世纪以来的法兰西，则经流行了古典主义的壮大的表现和罗曼谛克的大排场的舞台之后，这才到了一八四八年以来的平民画流行期，而这一种卑近的风俗画，也还不过在画界的一隅，扮演一点小小的脚色。作为那代表作家，是可以举出杜米埃、吉伊、陀该、罗特列克这四个人的罢。如果要从中再求更惹兴味的作家，那么，这恐怕要算杜米埃和罗特列克了。

奥诺雷·杜米埃（Honoré Daumier）于石版画殊有名。以巴黎为舞台，开手先描赛因河边的浣妇和街市的事件的他，将三等客车的情形以及娱乐场裁判所等，画成滑稽，是得意之笔。在巧妙地运用了飘逸，但却非常有力的大胆的描写，写下那确是适切的性格描

里希特：村童

莱布尔：不相称的夫妇[3]

3 现译“不相称的婚姻”。——编者注

写的他的画面上，是具有法兰西风的诙谐的轻快的。他在油画上，也有显出和石版一样的效果的手段。将比德拉克罗瓦和卢本斯的用笔更其单纯化了的粗大的笔触，蜿蜒着，一面施以效果强大的简单的色彩，来作多半是小幅的，大胆的画。将戏园里舞台上的台面灯光的特别趣味之类，开始应用于绘画者，恐怕就是杜米埃了。

亨利·德·图卢兹·罗特列克（Henri de Toulouse-Lautrec）的出身是颇好的，但因为少年时候挫折了两足，足的发达便停顿，脊骨也弯曲了。和身子不相称的大头的畸形的身体，使他的心成了冷嘲。虽曾尊敬陀该，受其感化，但没有陀该那样冷静的性格。身入巴黎的黑暗面的最下层去，将那里的生活的黑暗，照实感一模一样，分明地抉剔出来。而且那绘画的表现法，品气又非常之坏。不知道是故意呢还是嗜好，连那色彩的用法，也无不无聊而且卑猥。有如正在作下等的跳舞的妓女的画之类，那表现的不净，是可以使人转过脸去的。所以美术史家中，竟有不喜欢将他列入历史底人物里面去的人。杜米埃的表现，是轻快的诙谐，和这相对，罗特列克的表现却太实感，太深刻。但倾向虽有这样地不同，而两人究竟都象法兰西人样。凡有如表见于法兰西的自然主义时代的文学上完全相同的倾向，从这两人的作品上，也一样可以感到的。

但在德意志和在文学上一样，却不能寻出这样的绘画来。对于这，就有和法兰西的卑俗的风俗画相平行似的一种风俗画。但不像法兰西的作家那样，以都会人的嘲讽的心情，将现实的丑，加以曝露而有所夸张，但是乡下人一般的质朴的心情，以长闲的现实为乐的。并无法兰西人那样干练的灵敏的手段的德意志画家们，是用了孩子似的“拙”，来表示他们的纯朴。真如诚笃的外行人，勤勤恳恳地描成了的画一般，令人要这样想。

杜米埃：吉诃德先生[4]

4 现译“堂·吉诃德”。——编者注

杜米埃：法官

这种德意志画家的代表者，是里希特和施皮茨韦格。施温德的好友路德维希·里希特（Ludwig Richter），是虽在意太利旅行之际，还是怀念着故乡的风光的"德意志"人。即使写生了罗马的郊外，而描好的画，却到处都成了德意志气了。如果并不留心画题，而误以南国的景色，为北国的风光，也决不是观者的不名誉。因此，里希特是仿佛只为要增长爱乡之情起见，所以漫游了意太利似的。

"我愿全然以单纯的孩子的心情，把捉自然；而且一样地表以天真烂漫的形式。"曾经这样说着的里希特，于童话的插画家，是最为相称的。（他的朋友施温德也如此。）然而他并不学木版术的进步的技巧，也不想写实的彻底。至于性格描写之类，是完全没有兴味的。除了妥帖的琐细的生活以外，一无所求的他，是深于信仰而慈于儿孙的和善的老翁。在称为"祷告""基督教徒的喜悦"之类的他的木版画上，有着基督降诞节夜似的幽静的亲密。

关于"愚直派"的代表作家卡尔·施皮茨韦格（Carl Spitzweg），是无须多讲的。他就只用了像个"愚直派"的素朴，来描写都会和乡村的小景。也时时夹杂些轻松的诙谐和嘲讽，但没有一种不是极平凡，极平稳的。爱护花盆的老人，令人发笑的牧师，年青的子夜歌的歌者，是屡次描写的他所爱好的题材。

c　卡尔波和绵尼

倘不表示一点感激，也不说一句称赞的话，而要来讲卡尔波，恐怕是不可能的罢。十九世纪的法兰西，于德拉克罗瓦得了最大的画家，于卡尔波有了最大的雕刻家。正如十七世纪有普珊，十八世纪有华多一样，在十九世纪，则有德拉克罗瓦和卡尔波。在构想力之深和意志之固这一端，又在巴洛克艺术的复兴这一端，德拉克罗

施皮茨·韦格：子夜歌

瓦和卡尔波，实在是好一对的巨匠。

让·巴蒂斯特·卡尔波（Jean Baptiste Carpeaux）是吕德的学生。“特贝的渔夫之子”，较之吕德所作的“弄龟的那波里渔夫之子”，那成绩是有出蓝之誉的。在太过于写实底的凄惨的“乌俄里诺”群像上，则可见米开朗基罗的模仿。当表现苦于饥饿的这不幸的父子的闷死的情形时，他曾求构想的模范于“劳恭群像”，自然不待言。但当这些令人想起先进者的感化的明朗的制作之后，却续出了许多发露着他的才能的作品。饰着卢佛尔宫两花神殿的花神的风姿，饰着喀尔涅所建的歌剧馆正门的“舞蹈”，守着巴黎天文台的泉的“世界的四部”，还有许多清朗的肖像。

从这时候起的卡尔波的作品上，就显出巴洛克特有的技巧来。卡尔波者，原是构想力非常之强，而绘画底才能也很好的。（他的素描，就全如画家的素描一样。他所作的油画，卢佛尔博物馆也在保存着。）卢本斯描写丰丽的肉体美时，所驱使的强烈的笔触，和培尔涅尼要将极其充实的生命，赋与[5]冰冷的大理石时，所运用的巧妙的刀法，这二者，就养育了卡尔波的艺术。使像面极端紧张，将阴影描得极强，极浓，极深，是他的雕刻上所特有的技巧。只要一看“花神”的蹲着的丰满的肉体，和围绕着她的童子们的肥大的身躯，就总要想起卢本斯来。所不同者，只在将卢本斯的野人底的粗，代以卡尔波的雅致的细。在“世界的四部”，则负了地球仪站着的四个女子。这是用代表四大民族的状态来表现的，裸体的肌肉，结构都极佳。“舞蹈”群像是在手持小鼓的少年的周围，裸体的女子们绕着携手游戏的情景。将青春的欢喜，描写得如此美而艳，是从来所没有的。能如这从喀尔涅所建的歌剧馆的巴洛克风的华美的正门石级的中途，俯视着热闹的广场的群像，示其和环境善相调和的成

5　现代汉语常用“赋予”。——编者注

绩者，实在不多见。和装饰凯旋门的吕德的“马尔赛斯”，确是出类拔萃的好一对的作品罢。因为这像的成绩好，“舞蹈”便酿了纷纭的物议了。总爱多说废话的道学者们，很责难这裸体女子们的放肆的态度。但女子们却显着若无其事的无关心的笑容，依然舞蹈着。现在站在这像的前面的人，即使要想象半世纪前，这群像所受的不当的非难，也是不容易的。

在卢佛尔美术馆冷静的下面的一室里，看见卡尔波的作品的一群的时候，凡有观者，大约心中无不感到异样的爽朗的罢。在这里，可以看见和大作的石膏模特儿以及草稿之类相杂的许多美丽的肖像，也有歌剧馆的作者霞勒喀尔涅的胸像和泼剌的夫人的石膏像等。恰如搜集着拉图尔的垩笔画的一室一样，这里也洋溢着爽朗的热闹的风情。卢森堡的美术馆中，有一幅描写卡尔波的大幅的象征画。许多裸体的人物，装着出于卡尔波所作的若干群像的风姿，围绕着在工作场中惝恍于构想的他，幻影一般舞蹈着。那幅画本身的价值，是不足道的，但作为藻饰这荣光烂然的卡尔波一生的纪念而观，兴味却不浅。吕德和卡尔波和罗丹——三个伟大的雕刻家，相继而出的法兰西美术界，是多幸的。

至于别的国度，尤其是北欧的诸国里，却没有出怎样出色的作家。然而只有一个人，惟独比利时的绵尼是例外。用煤矿区域的筋肉劳动者们为模特儿，制作了许多整雕和浮雕的他，是恰如使米勒做了雕刻家的作者。自然，在技巧方面，他的优于米勒，是无须说得的。说起倾向来，则在全然写实底的绵尼的美术上，有一种幽静的深奥。而在这里，可以看出和米勒的显然的共通点来。例如在那对于“满额流汗以求面包者”的同情之心，自然洋溢着的那沉着的青铜的浮雕上，也就令人觉得十九世纪中叶的社会思想，谨慎地反映着。

卡尔波：D夫人的胸像[6]

6　现译“夏尔·加尼耶胸像”。——编者注

卡尔波和绵尼这两人，都确是写实派全盛时代的子息。然而倾向又何其如此之不同呢？将女性，表以欢乐的丰姿，青春的荣耀和肉体美的朗润的卡尔波，和画以被虐于生活的苦役，污于煤烟和汗水的姿态的绵尼。然而，同时这也就是两种巨大的目标，为写实主义艺术之所常在追寻的。

绵尼：工人

理想主义与形式主义

a　罗丹的巴尔扎克和克林格尔的贝多芬

奥古斯特·罗丹（Auguste Rodin）从写实主义，取了他的悠久而多作的生涯的出发点。一八七七年所作的“黄铜时代”，是极其写实底的作品，至于受了是否从模特儿直接取得型范的嫌疑。罗丹为解脱这嫌疑起见，只好特地另外取了直接的活人的模型，要求观者来和他的作品相比较。在继“黄铜时代”而出的大作“约翰”（一八八一年）上，那深刻的写实底表现也没有变，但自从作了有名的“接吻”的时候起，却大见作风上的转换了。渐次倾于绘画底表现的他的手法，是使轮廓划然融解，而求像面的光的效果，以代立体底的体积。尤其显著的是“春”等，从一块石，“掘出”单是必要的范围的整雕来，这表现法，也就从这时候开始的。但是，在自由自在地驱使了这样绘画底手法，而满志地显示着手段之高强的他，似乎还有别一种要求存在。这就是见于一八七五年以来所开手的“地狱之门”，一八九五年所作的“加莱的市民”，以及一八八六年以来的“威克多雩俄”之类的特殊的思想底表现。“地狱之门”是从但丁的神曲得到设想，类似吉培尔提的“天国之门”的作品；从他的若干大作品：“亚当和夏娃”“接吻”“保罗和法兰希斯加”“乌俄里诺”“三个影”“思想的人”等，和大铺排的浮雕所合成的大规模的构想，计画起来的。“加莱的市民”是一个一个离立着的五个人物的群像，以象征恐怖、绝望、决意、爱国心的出于演剧底的作品。“威克多雩俄”则显示着这大诗人在海边的石上，听着灵感之声的情形。

罗丹于单是写实底或印象底表现以外，还想将一种思想底的另外的领域，收进他的艺术中去的事，只要看了上述的诸作品，也就可以推知了。他的作品中，也有将这观念描写，过于表出，至于使人生厌之作，在他的趣味里，也可以看出以法兰西的作家而论，是颇为少有的倾向来。

然而罗丹也究竟像个法兰西人。他的观念描写，决不离开他的技巧。当施行极大胆的象征底表现之际，一定更是随伴着绘画底的技巧的高强。有时还令人觉得有炫其技巧之高强，弄其奇想之大胆之感。但从中，也有将形成罗丹的艺术的这两种的要素，非常精妙地组合着的作品。"巴尔扎克"恐怕便是表示这最幸运的成就，他一生中最为优秀的作品了。为纪念那以中夜而兴，从事创作为常习的文豪巴尔扎克的风采计，罗丹便作了穿着寝衣模样的巴尔扎克。乱发的头，运思的眼，这里所表现的神奇地强烈深刻的大诗人的风采，和被着从肩到足的长寝衣的身躯一同，成为浑然的一个巨大的幻象。在那理想化了的增强了的深刻的性格描写上，结构虽然大胆，却很感得纪念品底的效果。然而，这样大胆的尝试，却收得如此成功的缘故，究竟在那里呢？这不消说，是在绘画底手法上的他的技巧的高强。只要单取巴尔扎克的脸面来一想，便明白他的技巧的优秀，是怎样有益于这诗人的性格描写了。恰如用了著力的又粗又少的笔触，描成大体的油画的肖像一般的大胆，使巴尔扎克的性格，强而深地显现出来。虽说已经增强了观念描写，但将生命给与作品者，也纯粹地还是造形底的表现。凡有知道他在杰作"行步的人"上所表示的优于纯造形底的他的才能者，该也会承认罗丹到底是一个"雕刻家"的罢。而且在同时，大约连对于哲学者似的那趣味的半面，也不很措意了。

我还想从北欧的人们里，再寻出一个外观上似乎相像的雕刻家来，看一看两人之间的相异。这时候，我大约毫不踌躕[1]，选出克林格尔的罢。而且特地将他毕生的大作“贝多芬”，来比较罗丹的“巴尔扎克”的罢。

马克斯·克林格尔（Max Klinger）是擅长于版画、壁画和雕刻的美术家。作为版画家，从西班牙的戈雅受了暗示的他，是很喜欢将各种的幻象，排成一组空想底的版画的。“手套的发见”似的，做成空想底的故事者；“爱与心”似的，应用神话者；“死”似的，带着人生观的气味者；“勃赍谟思的幻乐”似的，描写音乐所提醒的感觉者，其数非常之多。作为额画家的他，则有“巴黎斯的判断”“在阿灵普斯的基督”“基督的磔刑”等。而作为壁画家的他，则有利俾瑟大学的“诗歌和哲学”以及装饰侃涅支议事堂的“劳动，幸福，美”的极其大规模的壁画。

从题材即约略可以推察，克林格尔的绘画的办法，不问其什么种类，是几乎都带着一种理想画底，象征底倾向的。但他又毫不避忌极端地写实底的描写。极端地观念底的一面，和极端地写实底的一面，奇怪地交错着。然而这在他的艺术上，决非[2]有益的现象。在他的画上所觉到的德意志气味的令人生厌的烦腻的印象，便从这里发生。装饰着利俾瑟大学讲堂的大壁画，计有三十密达以上之广，六密达以上之高，制作的意向，是在凌驾那饰着巴黎的梭尔蓬大学的夏凡纳的壁画的，然而克林格尔的腻味，终不及夏凡纳的端正和清新。倘在他的象征主义上，没有那故意的露骨的写实底表现，也许更能收得像个理想画的沉静的效果的罢。将夏凡纳的壁画，作为模样化了的轮廓化了的装饰画，有着非常的效果的事实，和这比较

1　现代汉语常用“踌躇”。——编者注
2　现代汉语常用“绝非”。——编者注

罗丹：巴尔扎克之首

起来一想，是可作画家的好教训的。

然则作为雕刻家的克林格尔又怎样呢？例如，无论那阴气森森的“沙乐美”和“克珊特拉”，或是“力斯德像”，也还是带着克林格尔一流的讨厌和腻味。但在他的代表作“贝多芬”上，却不这样了。凡有在利俾瑟美术馆，看这大作的人，恐怕无论那一个，在最初的时候，大约总预料着从这像也得到克林格尔式的腻味的。然而待到实在站在像前面一看，却吃惊于这像所给的印象，是预料以外的佳良。其一，固然也因为大受优待的这像的陈列法，是摆设得极占便宜罢。但在这像上，克林格尔独具的癖恰恰在幸福的状态上展开着，却也不能否定的。

德国的一个批评家曾述关于“贝多芬”的印象，说，“和此像相对，即受着宛如跨进了庄严的寺院的内部之感。”我实在不知道另外的话，能比这更其适切地表明“贝多芬”的印象的了。于音乐有特殊的趣味，工作场里常放着钢琴的克林格尔以十六年间，埋头于这像的制作的，也仍然是大作。因为像的全体，不能一览而尽，所以想以一个全雕的雕刻，有整然的印象，是做不到的，于是在此又可以窥见别种的，纪念碑气味的大铺排的效果。乐圣的姿态，是仅在裸体的膝上搭一件衣，交着两足，手便停在膝头，端坐在高大的玉座上，凝视着前面。离足边稍远，前面蹲有一匹大鹫，瞻仰着天神一般的巨人。壮丽的大玉座的靠手，发黄金光；在靠背上，则饰以几个天使的脸和写出许多人物的浮雕。至于造成这巨像的各种的材料，玉座是青铜的精巧的铸品，靠手上加以镀金。天使的脸面是象牙，这一部分的质地是青绿色的猫眼石，台座的石块是有斑的淡紫色大理石，鹫是带青的黑色的毕来纳大理石，夹着白脉的，贝多芬的衣是赭色的大理石。而雕作乐圣的肉体的带黄的白色大理石，则是从希腊的息拉岛运来的东西。自从希腊的大雕刻家斐提亚

克林格尔：贝多芬

阿谒马努罗纪念像（罗马）

联军纪念碑(利俾瑟)[3]

3 现译“民族大会战纪念碑”。——编者注

兹刻了处女神亚典纳和诸神之王的宙斯的巨大的尊像的时候以来，即没有凑合多种材料，以制作大规模的雕刻的实例。前瞻这像，是即使怎样对于克林格尔的艺术怀着反感的人，也不能没有多少感激的。在这里，委实有着戈谛克的寺院的内部一般的一种神严。这神严，或者并不从克林格尔的制作而来，倒是出于对贝多芬的人格的尊崇之念，自然也说不定。然而克林格尔的艺术里，自有一种深邃之处，足以仿佛贝多芬的伟大的风采，却也不能不承认的。成为克林格尔的艺术的特征的那一种气息和腻味，在这里，总算幸而对于表现深味，有了用处了。

罗丹的“巴尔扎克”和克林格尔的“贝多芬”，法、德两国的杰出的美术家，各将足为本国光荣的大艺术家的纪念像，各照着和本国的艺术意欲相称的表现法，制作起来的情形，能够在这里相比较，是确有很深的兴味的。凡有知道饰着罗马市意太利公集场的域德里阿蔼马努罗的巨大的纪念像和立在利俾瑟郊外的高大的联军纪念碑者，就会觉得区分两者的这强固的国民性的之不同的罢。和这相等的国民性的不同，也就分为德拉克罗瓦和科内利乌斯，分为罗丹和克林格尔了。

b　夏凡纳和马雷斯

皮埃尔·皮维·德·夏凡纳（Pierre Puvis de Chavannes）是十九世纪中最伟大的装饰画家之一人。生于里昂的富室的他，是禀着不愁生计的品性的。当年少时，旅行意太利，兼为病后的静养以来，便定下要做画家的决心了。他的一生中，似乎是意太利文艺复兴的作家，尤其是沛鲁吉诺的端正的画风，总留着难消的追忆。归了巴黎以后，所受的感化，早先的是从普珊，新的是从德拉克罗瓦和夏塞里奥。刚脱摸索之域的他的最初的制作，大约就是提出于一八六一年展览会上的“战争”和“平和”。因为这两幅作品，他得了名，并且以这作品来装饰亚弥安的美术馆的时候，夏凡纳便用自费寄赠了“工作”和“休息”（都是一八六三年展览会的出品），以供装饰。于是陈列于一八六五年展览会的“毕加尔提亚”，也就作为装饰亚弥安美术馆之用了。

他的作为装饰画家的生涯，从此就开头。一八六七年在马尔赛的美术馆，一八七二年在波提埃的市政厅，一八七七年在巴黎的集灵宫，一八八三年在里昂的美术馆，一八八四年在巴黎的梭尔蓬，一八八九年至九三年在巴黎的市政厅，一八九〇年至九二年在卢安的美术馆，一八九五年则远在海的那边的波士顿图书馆，一八九八年又在巴黎的集灵宫度着壁画家的不息的生活了。

这些之中，在重行制作的巴黎集灵宫里，是画着都会的守护者圣坚奴威勃的传说的。色彩淡白，描线分明，而略有强硬之感的这些画，对于司弗罗的爽朗的建筑，实在很调和。那夹着白色的色调的轻淡和稍加图案化的样式，是因为要和建筑能够调和起见，是首先所计及的。只要和装饰同一堂内的别人的制作，令人觉得很不调和地腻味的样子一比较，夏凡纳的计画大概便自明白了。

装饰梭尔蓬大学的讲堂的横长的大壁画，称为“圣林”，是象征学艺的。那颜色，较之集灵宫的壁画，是暗而浓。而且那沉静的色调，和带着雅洁之感的这讲堂，委实十分调和着。此外，于观察他的特质，更为相宜的作品，是饰着市政厅的“夏”和马尔赛的“马尔赛港”。前者以蓊郁的树林为背景，画着碧色的草原和流过其前的河边，而配以沐浴的女子。诚然是有清素之感的作品。但和这相对，“马尔赛港”却是油漆的船和海水的蓝色等，极其触目，几乎没有像个壁画的沉著。然而这两种作品的得失，是明示着他的作风的长处和界限的。惟在通过了时代的面幕，透过了象征的轻纱的表现上，才能显出夏凡纳的画的长处来，但对于现实底的题材，却完全无力。可以说，出于他的手笔的运用现实底的题材的作品：如“贫穷的渔夫”，实在也必须移在无言的静穆的世界里这才能够成立的。

全然以装饰画家出世，始终有着装饰画家的自觉，而不怠于这事的准备的他的技巧，是彻头彻尾，装饰画底的。他的画，是澄明而简素，没有动作，也没有言语。既无空气，也无阴影，只有谨慎的色调。无论是风景，是人物，都经了单纯化、图案化、理想化、平面化。独有描线的静穆的动弹，而无体态和明暗。当制作之际，夏凡纳是先在划有魁斗形的线的纸上，画好小幅的素描，又将这放大而成壁画。那素描，不只是简单的构想图，乃是作为严密的写生，使用模特儿的。待到真画壁画的时候，却毫无什么辛苦。只要机械底地，以并不费力的心情，将小幅的原图，放为大幅就好了。于是在小幅的原图上，原是写生底的一切东西，便都受了形式化，图案化而被扩大。

倘将夏凡纳和那躲在象牙之塔里，专画着浮在自己构想上的梦幻世界的神奇的象征画家古斯塔夫·莫罗（Gustave Moreau）看作同类，那是错误的。莫罗的技巧之绚烂而复杂无限的藻饰，和夏凡纳的技巧之简单，就已经不同。莫罗的构想的恶梦一般的沉重，和夏凡纳的世界的透明的静穆，也分明两样。而且以将迷想底的观念加以象征化为目的的莫罗的理想画，和将象征看作单是画因的夏凡纳的装饰画，那目的即全然正相反。但是，虽然倾向有这样地不一样，在到底是像个法兰西人之处，也还是可以看出他们的确凿的共通之点来的。

汉斯·凡·马雷斯(Hans von Marées)是贵族的出身。最初,他也随着十九世纪中期的流行,画着色彩本位的写实底的画。柏林的国民美术馆所保存的"休息的骑士"和在绵兴国立美术馆里的肖像画"伦白赫和马雷斯"等,便是这时代的代表作。但到一八六四年,去过罗马以后,他的画风就显然变化起来。因为和批评家康拉特·斐特拉尔(Konrad Fidler)及雕刻家阿通夫·冯·希尔德布兰(Adolf Von Hildebrand)的深交,而他的艺术上的信念成熟了。抛弃了仅仅计及瞬间底的现象的写实的旧态的马雷斯,便进向新的目标,要表现造形艺术上的永远的理法。将斐特拉尔在他的批评论里所说,希尔德布兰在那端正的雕刻上所示,美学论"形式的问题"里所叙的相似的艺术上的信念,马雷斯则想从绘画上表现出来。以作家而论,是太过于研究底的,但幸有无限的努力的他的生涯,即从此发展。他有一种习惯,是爱描三部作,将中幅和两翼,祭坛画似的统一起来。往往是使主要人物的轮廓,从背后的暗中,鲜明地浮出。这些人物,是都在较狭的额缘[4]里,韵律底地交换着影像的,而色彩的设施,也顺应着这韵律。因此画面全体,就给与一种庄重的,纪念物底的,而同时又极分明的印象,使人感到宛如和了圭建多的绘画(十六世纪初头盛行于意太利的绘画)相对之际,品格超逸的一种的感铭。

这绘画渐次成就的时代的欧洲,是正为写实主义的思潮所支配。但这画之于时代思潮,是全不见有什么反映的。只有超越了瞬间底的一切现象的理想底形态的,造形底秩序。那肉体各部的描写,倘使写实底地来一想,也未必一定正确。(例如"海伦那三部作"中所画海伦那的足部,较之身段,过于太长。)但在专致意于造形底的理法的表现的马雷斯,恐怕这是全不关紧要的罢。题材的运用法也一样。在同上的三部作的中幅"巴黎斯的判断"里,三女神

4 现译"相框"。——编者注

也并不特别站在巴黎斯之前，就只是三个人，毫无什么动作，不过是纯形式上，造成着韵律底的结构罢了。

他的努力，从单纯的写实底描写发端，而渐渐转向纯化了的造形底形式的表现去。从色调的问题出发，而归结于一个计画，即要将雕刻底的东西，空间底的东西，再现于平面里了。于是凡所描写的东西，就已经不是单是偶然的事实。是造形底的东西的永远地得以妥当的理法了。这样子，马雷斯便既是画家，而同时也是理法的研究者。是开陈自己的艺术论，不用言语叙述，而描在画上以表示出来的艺术哲学家。

夏凡纳和马雷斯，在这里，也可以发见代表法、德两国的造形底艺术意欲的一对作者。将小幅的写生画，省力地放大，而“谦虚”地寻求着装饰底效果的夏凡纳，和将一生的努力，都耗在造形底理法的具体底表现的马雷斯，在寻求纪念品底的，造形底效果这一点上，两人都是形式主义的作家。独在夏凡纳到处是实际底的，马雷斯到处是理想主义底的之处，有着他们的根本底的不同。而这不同，同时也就是法、德两国民的艺术意欲的不同。更其有趣的，是恰恰和这平行的很相类似的现象，也发见于雕刻界，代表底的作家马约尔和希尔德布兰，在这两个雕刻家之间，也看出那最好的示例来。

c　马约尔和希尔德布兰

阿里斯蒂德·马约尔（Aristide Maillol）是和塞尚及卢诺亚尔一样，生于南法兰西的。而塞尚及卢诺亚尔之表现于绘画者，在马约尔，则以雕刻之形来表现了。肉体的体积的描写便是这。他动心于纪元前六世纪时代的希腊雕刻，以及埃及雕刻的从石块剜出一般的肉体的体积之感，特为强烈的样式，就爱刻肢体成为一团的有着影像的整雕。因此他也就不喜欢那热情洋溢的表现。而喜欢到处都是静穆的幽寂的风姿。那肢体的相互的关系，也要严密地静学底的。竭力避去力学底的张力。于是他和罗丹之所求于雕刻者，可以说，正是一个相反的要求。而马约尔，同时也拒绝了从卡尔波传给罗丹的印象派底＝绘画底手法。见于塞尚和卢诺亚尔画上的体积的表现，是必需立体底的面的效果和肉体的静学底匀整的。像罗丹那样，在像面上求光的效果，求活泼的笔触的运动的手法，是有碍于把握立体底的面的。在马约尔，则凡一切肉体，到处都是三次元底的曲折和起伏。

马约尔只凝视着肉体的体积。只依着他的艺术底本能，只使那敏感的眼睛动作，凝视着肉体，以作雕刻。在这里毫无什么先入之见，也无前提，教义和哲学。但是，有一个德国人，是取了和他恰恰相反的出发点，示着和他恰恰相反的态度，而同为形式上的古典主义者，同具着一致之点的。这便是希尔德布兰。正如马约尔是丰于艺术底本能的像个南法兰西人的作家一样，希尔德布兰是像个思索底的德意志人的作家。

所以使希尔德布兰的名不朽者，与其说是在他所制作的许多雕刻底作品，倒不如归功于他的手笔的一本小书。名为《造形美术上的形式问题》(*Das Problem der Form in der bildenden Kunst*)的他的著作，是叙述一个美学说，曾给德国的艺术研究者以很大的影响的。作为现代的美术史界的权威，从学界得到最高的尊敬和感谢的美术史家韦尔夫林，曾为这希尔德布兰的小书所刺戟[5]，所暗示的事，在这里已经无须多赘。(注五)(在韦尔夫林的论说 Wie man Skulpturen aufnchmen soll 和那代表底著述 Die Klassische Kunst 的序文上可见。)以一个艺术家，论述其自己之所信的著书，而对于专门家的美学者和美术史家，而且是韦尔夫林那样的大家，给以学说

5　现代汉语常用“刺激”。——编者注

上的影响，这现象是极为稀有，极为特别的。

当使用石材，制作雕像的时候，也常是从石块的表面，逐渐向内方雕刻进去的希尔德布兰，是对于一个像，求出一个视点来，规定了一个“正面”的。他以为整雕的雕刻，决不当环行着它的周围，且行且看，应该站在一定的视点上来看它。于是整雕雕刻的空间底的立体性，便被还元[6]于正面和其横长的远近的关系上。就是，和在浮雕上相同的关系，也一样见于整雕上……他何以对于雕刻，要求这样的形式的呢？作为那基础，那前提的，推测起来，大约是如下的意见。就是凡把握那具有空间性的对象者，有视觉表象和运动表象这两种。观者将眼睛接近物体，从物体的这一部，向着别的部分，渐次动着眼睛，移行过去的时候，便生物体的运动表象。但如和这相反，观者和物体隔着一定的距离，静止了眼的运动，眺望起来，则生纯视觉底的表象，其中并不夹杂运动感。这就是希尔德布兰之所谓“远象”（Fernbild）。在这样的远象上，则原是空间底的东西的关系，即被还元于在平面上的远近的关系上。物体的、作为全体的造形底把握，当此之际，即被同时一体感得。总而言之，在浮雕雕刻上的把握的方法，就是这个，惟在这里，才发见空间底的物体的造形艺术底地纯化了的表现形式云。于是希尔德布兰便虽对于整雕，也运用了在浮雕上那样的办法，以求他之所谓“远象”的表现了。

马约尔所刻的实感底的，摊出着肥厚的肌肉的女人的像，和希尔德布兰所刻的极其非现实底的，隔着薄绢一般地隐约的瘦瘠的男人的像。在这里，可以窥见两人的艺术的极分明的形式的不同。但是，更深的他们的个性之不同，则从两人的“态度”上，可以看出。从本能而来的把握和从理论而来的把握马约尔的感化，广被于美术家之间，希尔德布兰的影响，则对于学者是深切的。

6　现代汉语常用“原”。——编者注

最近的主导倾向

试将进了十九世纪以来，从新兴起的造形美术上的新倾向，要约起来，加以考察，在这里也窥见以法兰西和德意志为中心的两种艺术意欲的相异。尤其显然触目的，是这一时代特有的倾向，即在欧洲诸民族的广大的领域上，都来共同参与了。在向来的时代，是只有极少数的国民，特以法、德两国民为中坚，而别的诸民族，例如英吉利、意太利等不过随时底地，并且随伴底地，加在这里面的，但到最近的时代，则法、德两国之外，连西班牙、意太利这些南方民族，瑞士、荷兰、瑙威、俄罗斯这些北方民族，也都一齐相当地带了重要的使命，来参与这一件永远的共同事业了。并且依照着这些国民所各各特有的民族底色彩，而发生了极其多色底的兴味深长的现象。不消说，关于这新的艺术史上的现象，要从“历史底见地”来讲，是还嫌过早的。但若对于目前的主题，已经可以看出一个极其代表底的示例来，则也不忍将一切委之将来，默而不问。所以就只用极粗略的大端的看法，来一瞥全体的倾向罢。

最初，也就先来说一说现代美术史家所蹈袭着的旧有的办法，而将这姑且作为出发点罢。这里首先成为问题的，是将这些极其多色而复杂的各样的倾向，在大体上可以整理起来的主导目标，但历来的民族本位的区分法，似乎也还可用。即对于南方民族和北方民族，各统一了大体的性情，而加以考察便是。称为南方系统的民族，是以法兰西为中心，加上意太利，西班牙去；成为北方系统者，中心是德意志，其余则荷兰、瑞士、瑙威及俄罗斯之类的国民。（注六）至于历史上的种属概念，常是相对底的事，在这里是可以不言而喻的了。法兰西则法兰西，德意志则德意志，各各怀着那一民族固有的不变的艺术意欲的事，恐怕是并无怀疑的余地的“事实”罢。然而于单纯的事实的“整理”，例如将这些民族归入南方系统去还是归到北方系统去呢之类的整理，有着用处的概念，是大概不过从便宜上被想定的。这大抵只是相对底的概念，而决不是“事实”。所以当美术史上的主导倾向，由法、意两国代表着的中世纪的时候，便以这两国为目标，“便宜上”分为南北两系统。但到考察十九世纪以后的时代，即美术史潮的主导者已经换了法、德两民族了之际，也就“便宜上”不得不以这两国民为南北两系统的代表者了。曾经代表北方系统的法兰西，这回便成了南方系统的主导者。要而言之，因为不过是相对底的区别，所以很是粗略的办法，但也觉不出怎样不妥之处来。将先前已经指点出来的法、德两国民的艺术意欲，和这大体的性情连结起来，而将南方系统，统一于纯造形底的艺术意欲；和这相对，则将北方系统，归到思想本位的艺术意欲去，这样考察，大约“便宜上”也没有什么不当的。

关于系统的问题，其次所应该审察的事，是：从那里看出最近的倾向的发端来？是时代区划的问题。换了话说，就是最近的造形美术所共通的，在这时代的制作上是个性底的色彩，在那一时代的制作上，这才特别浓厚地或是意识底地显现出来了？现代美术的主导倾向，将认怎样的作家，作为“直接”的始祖呢？成为问题的是这些事；但从许多美术史家和批评家起，以至作家们所容认为现代画的“始祖”者，如下文。就是，从塞尚、高更和卢诺亚尔，生出南方系统的新倾向来，而认梵·高、蒙克、霍德勒，为北方系统的先驱者，这似乎是多数的人们所共通的大概一致之点。然而事实上的关系，是恐怕还要麻烦的。为什么呢？因为南北这两系统，既有成为互相交叉的关系，即使那影响的模样并不是本质底的时候，（例如梵·高的样式，刺戟了法兰西的作家们，高更则对于德意志的画家们，鼓吹了南洋趣味），而也有如马雷斯和霍德勒那样，虽经从新承认其价值，崇为先觉者而受着非常的敬仰，但于制作上，却并未给与什么影响的作家。所以在被称为所谓先觉者的过去的作家们之中，也含有仅由舆论之声所推选，而实际上却并无那种资格的人们的。

现在将依据了现代美术史家所沿袭下来的旧有的区分法，加了区分的两种的系统，和从舆论之声所选出的现代画的先觉者们，先行想定如上，再将这比照着历史上的“事实”，来进行观察的步伐罢。

a　法兰西

先从掌握着南方系统的霸权的法兰西起首。十九世纪的末顷，印象主义是终于到了要到的处所了。而对于接踵而起的作家们：塞尚、高更、修拉等的新的尝试，则给以“新印象派”呀，或是“后期印象派”呀的这些名目，作为“便宜上”临机应变底的名称。这新时代的作家们，要用“印象派”这一个名目来加以总括，自然是不可以的。在他们那里，甚至于反而也窥见和印象派站在相反的立脚地上的意向。然而，他们也是法兰西人。而且是正和法兰西人相称的形式主义者，实证主义者。这三个人之中，只有乔治·修拉（Georges Seurat）一个，没有成为新时代的始祖，竟做了他所生活着的时代思想的牺牲了。想将印象派的作家们一面凝视着自然，一面制作成功的事业，理论底地建筑起来的他，是自己阻碍了自己的发展，亲手将自己赶进没有出路的绝地里去了。但别的两个——塞尚和高更，却作为新时代的祖师，而从新被认识了那历史底意义。

称为“一切画家中最像画家的画家”的保罗·塞尚（Paul Cézanne）是由着马奈而觉醒的作家。他一向就不往流行作家的工作场去，并未学得琐屑的定规的技巧，但凭自己，画着正直的画。虽然画一个苹果，也要长久的时间的他，是凝视着物体，专心致志地下笔的。全然是粉刷墙壁一般的笔触的使用法。画成了的画，则岂但嘲笑而已呢，无论何时，总是受着迫害，终于弄到也不能给人看，也不想有人买，只因为自己的要求，画着绘画了。到后来，便只缩到诞生的故乡蔼克斯去，但在不知不觉之间，他竟成了历史的支配者。被代表新时代的许多作家们，供在指导者的位置上了。

在塞尚的艺术上，主要的题目有二。就是画面的构图的“综合底统一”和为表现物体的体积起见的“面的结构”。为要综合底地统一画面计，则于物体的形态上，来求视觉底的统一点；或将物体的配列，统一底地结构起来；或应用半是鸟瞰底的透视法。而关于物体的“面”的结构法，则其使用光和色彩，也极惨淡经营之致。在塞尚的绘画上，色彩所有的机能，是极为复杂的。在这里，正如他自己说过，“不是素描，也不是体态。只有色调的对照……不当称为Modeler（体态），应该说是Moduler（色调的推移）……云云”（注七）一样，塞尚的画，是色彩都互有严密的关系、色彩的效果，同时也成为空间底效果的。和要捕捉物体的外底的现象的印象派，恰相反对，他想将物体的造形底地内在底的约束，表现出来。其致力于统一画面和结构物体的“面”，就都为了对于这目的。由他而表现的画像，其实，这东西本身，便是整然的一个造形底的世界。

然而，仰塞尚为始祖，将他的到达点，作为新的出发点，而开始制作的塞尚的后继者们，却难于说是一定得了那始祖的真意。大约可以认为塞尚正系的后继者的安德烈·德朗（André Derain），是意识底地，归向塞尚的凝视着物体而自然达到了的结论的。他想借“面”的对比底的配置，而在平坦的画面上，显出立体底之感来。但在德朗，还没有从自由的制作上夺去生命，使这成了化石的“教义”。

霍德勒：樵采[1]

1　现译“伐木工人”。——编者注

而在属于所谓“立体派”的画家们，则塞尚的艺术明明是受着误解，硬化为一个“教义”了。将塞尚的“在自然界，一切皆以球体，圆锥体，圆柱体为本而形成”这有名的话，凭自己的意见加了解释的立体派的人们，是希图将这样的单纯的形态，结构起来，以表现物体的立体性。

属于立体派的作家之中，最为重要，而又居极其特殊的位置的，是巴勃罗·毕加索（Pablo Picasso）。生于西班牙的这才子，到了巴黎以后，开首是画着风俗画，从罗特列克风转向西班牙风的异乡情调去了的，但从一九〇七年的时候起，便带了立体派底的倾向，动手画起轮廓硬而锐，而形态非常单纯化了的绘画来。凡物体，都被还原为单纯的几何学底形态。其时还有在莱斯泰克画着风景的从画的别一个立体派的大人物——乔治·布拉克（Georges Braque），和毕加索是从不同的路前进的，但得了同倾向的到达点。于是从一九〇八年的时候起，两人的协力底的运动便开端，立体派绘画所喜欢的题材，即描着乐器的静物画，也制作起来了。在抽象底地，图型化了的静物画的一部分里，插入极其写实底的形体去；或塞尚风地，视野截然分开了。于是以上面已经说过的塞尚的有名的话“物体者、球体、圆锥体、圆柱体……云云”为本，而将几何学底的单纯的形体，当作一切物体的“视觉底范畴”了。这不消说，物的立体底表现，自然是他们所努力的主要的眼目。黑种人的雕刻品的质朴的立体底表现法不单是提起了他们的兴味，在他们的尝试上，积极底地给了暗示的事，恐怕是也可以承认的。

还有，作为属于立体派的别的作家，则有和毕加索及布拉克倾向相同的费尔南德·莱热（Fernand Léger）；有借了使物体的形态歪斜，以增重其立体性的罗伯特·德劳内（Robert Delaunay）；又有将人体也矿物的结晶似的，还原为立方体的拉孚珂涅（A. Le Faucounier）；有正像一个女性，画着木偶的叙情诗的玛丽·罗兰珊

塞尚：静物[2]

2 现译“水果盘、杯子和苹果”。——编者注

塞尚：博徒[3]

3 现译“玩纸牌者”。——编者注

塞尚：风景

德朗：风景

德朗：圣晚餐[4]

4　现译“耶稣在最后的晚餐”。——编者注

德朗：蹲着的人

(Marie Laurencin)等。而且连德国人中，也有了生在纽约的利奥尼·费宁格(Lyonel Feininger)。好像将空间性这东西，加以抽象化一般的他的建筑画，是依然到处德意志气，而受了和表现派作家倾向大不相同的，南方风的绘画的分明的影响。

接着塞尚，将很大的影响，给与现今的画界的作家，是保罗·高更(Paul Gauguin)。和象征主义的文学运动，曾有亲密的关系的他，在别一方面，是法兰西画界相传的赞美异乡情调的代表者。德康和德拉克罗瓦以来的南国趣味，在高更，便显示着最浓厚的发露。从南国的自然景物的简素的情形，和有色人种的皮色和服饰，造出一种雅净的织纹一流的图案来。在高更，求得画面的装饰底的效果，是他的制作的主要的目的。将颜色用得平坦而无光泽，使全体为雅洁的色调所支配的他的画，以壁画为理想，是不待言的。到晚年，数奇已极的泰易谛岛的生活，以贫困和病苦的窘促，来换去了乐园的欢乐的时候，他曾计画自杀，逃入山中，吃了许多砒霜，想将自已的死尸，去喂野兽。此举不成，跄踉下山之后的他的作品，虽然恐怕是他一生中的大作，但那构想，却是纯全的壁画风。题着“我们从那里来？我们是什么？我们往那里去？”的这画，照例是常常和夏凡纳的壁画相比较的。假使称夏凡纳的画为“寓意底”，则高更的这作品，该也可以称为“象征底”罢。然而，在造形上的构想和那壁画风的效果上，是各显着相似的样式的。

承这高更之后，在现代的画界上占着重要的位置者，是亨利·马蒂斯(Henri Matisse)。他也如高更一样，是受了南洋风物的刺戟，从壁画上感到非常的兴味的。恰如看见质地美艳而彩色鲜明[5]的东洋磁器[6]似的他的画，乃在求得色彩的装饰底效果。将物体

5 现代汉语常用“色彩鲜明”。——编者注
6 现代汉语常用“瓷器”。——编者注

德朗：静物

毕加索：斑衣小丑

毕加索：两场

马蒂斯：女

毕加索：比爱罗

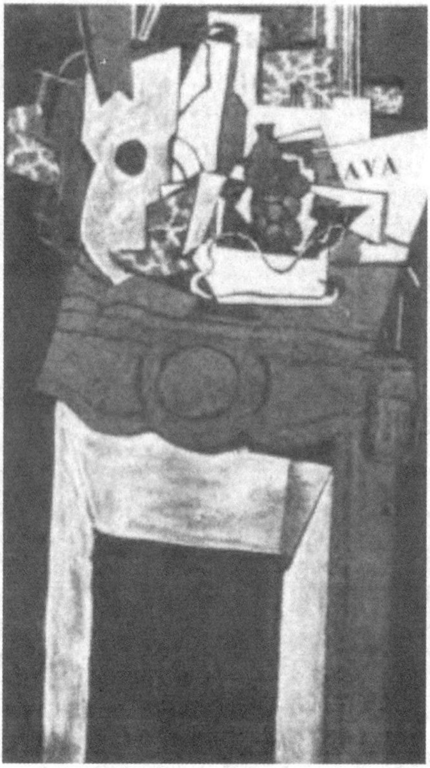

布拉克：静物

德劳内：寺院的内部[7]

7 现译“教堂内部”。——编者注

罗兰珊：女

费宁格：屋宇

还原为色彩，而以工艺品一流的味道示人，是他的绘画的主眼。使人觉得好像是由这才子的笔，翻弄着法兰西传来的技巧的高强一般。

正和“时辰虫”这绰号相合，一步一步，一任着才子的善变的心之所向，变化着画风的毕加索，盖是画界的Don Juan。高手的陶工似的，挥着才笔，而弄色彩的妙技的马蒂斯和毕加索，加以塞尚正系的德朗，这三个人，恐怕便是代表现代法兰西画界的作家罢。他们的努力，到处总不离造形的世界。要以纯造形底的技巧之高强示人的他们的艺术意欲，到处总都是法兰西风。

b　北方系统的先驱者和德意志

现代德意志的画界，是即使志在肯定他们的艺术，措辞极为爱国底的批评家，也不能直接在同国人之中，寻得他们的好的指导者。虽是那远则在中世纪的虔诚的雕刻里，在格林纳瓦勒特的阴郁的祭坛画里，近则在渥多伦该的罗曼谛克的自然赞美里，在马雷斯的超逸的理想画里，寻得“国粹底”的美术的美的发现，而欣然自乐的德意志民族，也不能在祖国的作家中，觅得表现主义绘画的直接的始祖了。只好在比较底广大的范围里，即北方底的、日耳曼民族底的之中，来寻求他们的指导者。这样地挑选出来的作家，是荷兰的梵·高，瑙威的蒙克和瑞士的霍德勒。

文森特·梵·高（Vincent van Gogh）是经过做了教士，在煤矿区域说教的生活之后，这才成为画家的。既经在安斯达登，赞美了继续着弗兰支哈尔斯和伦勃朗的血脉的祖先的大作，乃到法兰西，和印象派的作家往来。然而他的性格里，是有着和印象派的作家全不相容的“北方底”的东西的。所以退入埃尔以后的他，毫不受法兰西

梵·高：风景[8]

8　现译“麦田里的柏树”。——编者注

可可施卡：自画像

画界的影响，而只进向他自己的路。热情底地亢奋了的自然的情形，是他的世界。这倒是他的心眼所见的超自然底的世界。一切的现象，在这里是起伏、交错、燃烧。白日的光使万物亢奋而辉煌，树木喘息着，大地战栗着。那又厚又浓，从颜料筒中挤了出来的颜料的强有力！再没有能如梵·高那样，能捕自然的泼剌的生命的作家了。他的绘画，是已经超过了造形底的东西的世界，而表现着隐藏在那深处的深的“力”。便是赞美同一的太阳，印象派的画家们是不过将这作为造形底的现象，加以静观。不过像自然科学家一样，以客观底平静，熟视着日光的动作法。然而梵·高却直接感到日光的温暖了。他要画出太阳的“伟力”这东西来。无论怎么说，在这里总不能否定超越了造形底的东西的世界的，一种精神底的境地的存在。曾经被批评家取以与印象派的作家们混为一谈的他，和表现主义的勃兴一同，一跃而成北方民族的代表者，尊在不可动摇的开祖的位置上，正是自然之势。然而，所可惜者，是他仅只被崇仰为伟大的开祖而已，却不能得到一个并不辱没他的声名的后继者。单想在笔触上，传他衣钵的奥地利的奥斯卡·可可施卡（Oskar Kokoschka）则只有表现的粗疏。无论那里，都没有深沉的强的力。只看见徒然靠着声音和姿势，闹嚷着的空虚。

有着狂信者一般虔敬的父亲，和因肺病而夭亡的母亲的爱德华·蒙克（Edvard Munch）原是阴郁的性质，于生活的黑暗，是尤其容易感到的。最初，他画着印象派一流的画。到得巴黎，受了毕萨罗的影响时候的作品，则全是毕萨罗风。然而有时落在困穷的生活里，至于不得不靠着街灯的光去刻木版，又因为易于激动，一时还受了精神病院的招呼，因了这样的事情，在艺术上，不久也就发见了他自己的境地，来表现人生的黑暗了。以幽暗的心绪，观察浊世的情形，将隐伏在人间生活的深处的惨淡的实相，用短刀直入底

蒙克：病娃[9]

9 现译“病中的孩子”。——编者注

的简捷，剜了出来，是他的特殊的嗜好。运用着粗而且平的迅速的笔触的蒙克的技巧，是和简素的。虽然如此，一种给人以演剧底的紧张味的构图法相待，以造成他独特的一种幽暗的心绪的。将“恋爱生活”和“死”作为主题，而写出人间底的冲动和恐怖。统括底地，运用这种题材者，是使浊世的诸相，手卷一般展了开来的舞台飞檐“生活”。这个主题，蒙克是尝试过许多回的，但最见个性的，恐怕是要算受了马克斯赉因哈勒特之托，饰着柏林的室内剧场的装饰画了。他在这作品上的计画，并不想描写生活诸相的各个底的场面。倒是要在一套的飞檐上，将感情生活的节奏统一起来。

蒙克的画上所常用的得意的技巧，是将性格底的表情，给与向着正面的人物，简明地暗示着情况，而一面理好构图。他的画，东西虽极简单，却很能收得演剧底的效果的原因，大约就在此。在剜出浊世的“场面”的巧妙上，能够和他站在同一水平上的作家，恐怕先要推杜米埃和罗特列克这两人了罢。在杜米埃，一切都用淡淡的诙谐包裹着。罗特列克的画，是全像黑暗面模样，不干不净的。这在蒙克，则但为阴郁的情绪所统一。罗特列克和蒙克，在这里，恰有如法兰西自然主义的小说和北欧的戏曲之不同。而惟蒙克艺术上所特有的这“精神底阴郁”——对于现世的形而上学底的恐怖的表现，乃是使他所以成为表现主义之祖的缘故。

被许多批评家们推举为表现派的始祖之一的瑞士的费迪南德·霍德勒（Ferdinand Hodler），是带着一种象征底的色彩的装饰画。蒙克也试画过在克理斯楷尼亚的大学讲堂上的壁画那样的大作的，然而他的特性，却似乎于这一方面并不近。至于霍德勒，则原是装饰底的壁画家。德意志的批评家们，要从霍德勒的画的什么处所寻出表现主义的萌芽来，是莫名其妙，但于“表现派的绘画”这东西和霍德勒的艺术之间，要发见直接或间接的连络，在我是以为困难的。

其次，来史实底地一想，表现主义的直接的运动，是从什么时候开始的呢？要回答这问题，恐怕是未必容易的。为什么呢？第一，是将总括在“表现主义”这一个种属概念之中的诸倾向，应该怎样分类？其中的那一种，是真是“表现主义”底东西？这样的问题，仅在言论上，是无论发多少议论，也不中用的，除了委之“时”的选择以外，没有别的法。倘不是表现主义的运动这件事，先有一个着落，则什么是“表现主义底”，实在也无从明白。既然不明白什么是“表现主义底”，则要发见这新运动的直接的起源，也就不能够。况且这新运动初起的时候，和这一派已经相当地确立了社会底位置的现在，主张和倾向，都很有些变化了。批评家们之中，虽然也有将这新运动分为若干种倾向，各各给以特别的名称的人，然而并无出于简单的想头以上的，所以这些言说，也不足凭信。但是，倘单将成为重要目标的事件，列举起来，则大致就如下。

要考察德意志画界上作风的自然底变迁之际，可以注目的作家，大约是克里斯蒂安·罗尔夫斯（Christian Rohlfs）罢。他是从印象派的画风，渐进底地，移入所谓“表现派底”的倾向的，说起来，也就是指示出过渡期的样式的画家。他在一九〇〇年以后所作的风景画大抵是都会的写生，都显示着笔触非常动摇的，色彩强烈的，宛如彩画玻璃的花纹一般，粗粗地作高低之感的画风。大概是一九〇六年顷罢，他和表现派的代表画家诺尔德往来很密了。于是在一直属于后期之作的宗教画等，那样式便全是诺尔德风，加以夸张的奇拔之感，非常强烈。在这里，和诺尔德接近以后的作风，且作为问题以外的事，但在这以前的风景画，那样式的“自然底”地逐渐倾向表现派气息的“形式的夸张”，是值得注目的。这就因为从印象主义到表现主义的无意识底的德意志画家的趣味的推移，在

诺尔德:(未详)

这里可以窥见；而将表现派画家的作品中，往往发见德意志印象派的骁将里利伯的手法这一件事实，和这连起来一想，是颇为有趣的事。一种革命底的这新运动，事实上一面却显示着向来的样式的连续底展开之迹，这于“历史底”地考察表现派的运动的时候，是可以作为良好的参考史料的罢。

其次，一查新运动的直接的机因和结果，则以一九〇六年成立于特来式甸的画会 Brücke（桥梁）会员的出品为主的“分离落选画展览会”，一九一〇年在柏林开会了。桥梁派是从一九〇二年顷起，以赫克勒、凯尔希纳、罗特卢夫等为中心，新倾向的作家渐渐聚集，因而成立的画界；一九〇五年诺尔德加入，翌年佩因斯泰因加入了。是以制作为本位，极其切实地进行的，但到一九一二年，终于解散了。这画会，是成为表现派运动的中心分子的。

当约略同一的时期，在绵兴市，则有了“新艺术家协会”（Neue Kunstler Vereinigung Munchen。这协会于一九〇九年由康定斯基及别的人们所倡设，渐次而拉孚珂涅（一九一〇）马尔克（一九一一）等都入了会，但不久就分裂，康定斯基和马尔克一派的人们，便另外形成了称为 Der blaue Reiter（青的骑士）的一团。这以南德意志为中心的一群美术家们的工作，所可注目的，是当协会举行第二回展览会的时候，加入了布拉克、德朗、毕加索这些南方系统的代表作者，以及由渥林该尔，康定斯基等，发表了《在艺术上的精神底东西》（*Das Geistige in der Kunst*）和其他的宣言。

又，柏林的海瓦德跋尔典因为想开催一个网罗新艺术的一切方面的综合底的会合，则于一九一二年设立协会曰 Der Sturm（暴风雨），还开了展览会。在这协会里，是不但绘画，也加上雕刻、工艺、舞台艺术、诗文等；并且举行了连续讲演和讲习之类的。

当欧洲大战正烈的时候，表现派的艺术运动也步步增加了那社会底地位，到现在，则在德国各地的美术馆里，也看见陈列着这一派的作品了。柏林的国民美术馆的新馆和利俾瑟的美术馆等不待言，便是特来式甸的绘画馆那样，丰富地收藏着古来的大作的美术馆中，也侵入着表现派的粗豪的作品。在因有拉斐罗和伦勃朗的作品，而空气穆然沉静着的馆里，看见了表现派的试作的，技巧极粗的表现露骨的绘画，是很有不调和之感的。但也令人知道这派的新运动，已经至少是一时之间获得艺术上的社会底地位，到了如此地步的情形。

以这样的状态，渐次意识底地急速进行的这新运动中，作为中坚者，无论怎么说，总是桥梁派罢。对于这一画派的制作，给以直接的刺戟，给以构想者，第一，是古来的北欧美术，第二，是未开化人的艺术，第三，是现代法兰西的美术。作为北欧美术的影响，最为显著的，是蒙克、梵·高等，在近代特为个性底的北欧画家的作品；以古代的艺术而言，则戈谛克的感化，是几乎大家都感察到的，至于部分底地，则望蔼克、格林纳瓦勒特等，似乎也给了若干的刺戟。其次是未开化人的艺术，但这样的影响，法兰西也一样（倒不如说是较盛），在现代美术界，是共通的流行。在桥梁派，是一九〇四年恩斯特·路德维希·凯尔希纳（Ernst Ludwig Kirchner）对于特来式甸的人类学博物馆所藏南洋群岛土人和黑种人的雕品，发生兴趣，将这给佩因斯泰因看，给了许多的刺戟，成为直接的动机的。于是埃米尔·诺尔德（Emil Nolde）便从一九一三年起，直至欧战时，由德属南洋，往访爪哇、缅甸。马克斯·佩因斯泰因（Max Pechstein）则于一九一四年赴德属南洋，因为大战勃发，被日本军使他退出巴拉乌岛了。

但他们的赴南洋，由于高更的先例的刺戟，是明明白白的。高更对于表现派画家的作风，给了很大的影响，如将油画的画面弄成

罗特卢夫：自画像

佩因斯泰因：木雕

马尔克：马

康定斯基：白色的中心

生地壁画样之类。而在生活上，对他们也鼓吹了南洋趣味。所以倘将和法兰西美术的交涉，置之度外，则表现派画家的南洋趣味，也就无从着想的。然而法兰西的影响，还不止这一点。卡尔·施米特·罗特卢夫（Karl Schmidt-Rottluff）由立体派的感化，想在立体底量的表现上，试行一种解决。保拉·莫德索恩·贝克尔（Paula Modersohn-Becker）则从高更受了作风上的刺戟。至于已经说过的费宁格，是成着纯然的立体派的作家，那更可以无须赘说了。在全体上，法兰西美术的刺戟，颇是根本底地，决定着表现派画家的作风的事，无论他们愿意与否，大约是不可掩的分明的事实罢。

还有，“青骑士”一派的作家，还显示着倾向上和“桥梁”的趣味，非常两样的表现法。想借了纯粹调音底绘画，将纯主观底的感情，翻译在色调上的瓦西里·康定斯基（Wassily Kandinsky），和喜欢作孩子似的绘画的保罗·克利（Paul Klee），以及说是从动物自己的立脚点，来画动物的弗朗兹·马尔克（Franz Marc）等，便是那代表者。倘承认他们的主张，那么，在他们的尝试上，也有相当的理由的罢，但恐怕他们的苦心，就仅是他们的苦心罢了。又如罗特列克风的乔治·格罗兹（George Grosz）和极端恶道的奥托·迪克斯（Otto Dix）的漫画，那是无话可说。他们之所谓“艺术”，除了显示着因大战而粗犷的国民之心的丑恶而外，是什么也没有的。倘作为时代趣味的是最极端地到达了所要到达之处的示例，那自然，可以成为兴味很深的“病理学上的参考资料”的罢。或者，又于证明在理想主义的全盛期生了斐希德，自然主义的陶醉期出了赫克勒的德意志国民的极端的性格，也能够作为材料之用。但是，以曾经有过巴赫和贝多芬的德意志，而于这样恶趣味的作家，这一句话，则或一程度为止，也通用于所谓表现派的全体加以容许，是决不成为他们的名誉的。

c　意太利和俄罗斯

一说起发生于意太利的艺术上的新运动来，便即想到未来派，但这本来却并非以纯艺术为主旨的运动。倒是志在打破传说的一种极端的社会运动。这派的主导者，诗人马里内蒂（F. T. Marinetti）的宣言（一九一〇年）上所说，“我们要破坏博物馆和图书馆……云云”的句子，就可以说，是很适宜地显示着这运动的性质的罢。所以在未来派运动的艺术底表现上，对于极力打破了传统的“新的”形式，加以尝试的事，至少是成为最初的动机的。因此于音乐，于诗文，都试行着种种新的表现法，而在绘画，则自然生出一种新的规范来。首先，未来派画家之所寻求的东西，是运动的大胆的表现法。那盛行尝试的，是将一件事故的种种情形，或物体运动的种种状态，“同时底”地，作为一个的造形底表象，表现出来。那结果，便连只是荒唐无稽的、带些恶作剧模样的“尝试”，也在其中出现了，然而有时也有收了相当的效果的兴味颇深的作品。如吉诺·塞维里尼（G. Severini）的“斑斑舞蹈”，大概便是代表作品罢。在色彩鲜明的嵌镶画饰一般的那表现法上，有着很是耀人眼睛的印象，喧嚷于活泼的运动中的群众的扰攘之感，巧妙地描写着。但是，这不消说，作为造形美术的表现法，这种尝试能有怎样程度的价值，是又作别论的。

然而到最近，随着在法兰西的立体派的隆盛，又有倾向全然不同的一种美术运动——Valori plastici 派出现了。在一方面，这运动是出于未来派的连续底展开，而从别方面看起来，也可以当作又是对于未来派向来的样式的廓清运动。未来派的绘画，有着使观者之心急躁起来那样的扰攘；和这相对，新倾向的绘画，则冷结了似的，带着静默的冷。用立体底的，然而抽象底的造形底形态，结构而成的这派的绘画，简直是给人以物理学实验上所用的器械一般之感的。例如乔治·德·基里科（Giorgio de Chirico）的表现着“形而上学”的几幅画，便是那最为特殊的作品。在过去之世曾有那么许多光荣的历史的意太利，而南方系统的形态主义，却显示着至于这样极端的病理底地凝结了的状况，是大有兴味的事。那么，显示着正相反的性情的北方系统，又是怎样情形呢？

北方风的极端的表现，在俄罗斯画家夏卡尔和塞加尔的绘画上，很适宜的代表着。马克·夏卡尔（Marc Chagall）是将俄罗斯风的农民艺术，代表在绘画之上的作家。当寓居巴黎的时候，首先是很受了法兰西画界的空气的影响的，但渐渐回向他祖国和他自己的境地里去了。这是和布拉克的立体派相隔颇远，和康定斯基一流的绝对派也两样的。是素朴之中，含有一种奇拔的、诙谐的俄罗斯农民艺术上所特有的表现法。宛如俄罗斯的童话那样，带着土气的一种神奇。

显示着和这相反的，然而仍然是斯拉夫底的，是住在特来式甸的拉萨·塞加尔（Lasar Segall）。是将瑙威的蒙克，斯拉夫化了似的描写阴郁的画的作家。那题材，大抵是讽刺浊世的生活的。在题为“临终的床边”，或“男和女”，或“永远的流亡者”的他的画上，可以窥见鬼气而阴森的观念的表现。夏卡尔和塞加尔，并未来派以来的意太利的绘画，就可见最近美术界上成为倾向的两极的现象了。况且这两极的画风，从地理上看来，也发生于南北最相隔离的民族，则尤是惹人兴味的事。纵使这些试作在美术上的价值，作为另外的问题，在这里还不能算是得到了近代美术史潮的结论么？

塞维里尼：斑斑舞蹈[10]

10　现译“莫妮可的潘潘舞”。——编者注

塞维里尼：静物

夏卡尔：祈祷的犹太人

塞加尔：永远的流亡者

诺尔德：埋葬

注

一　Johann Joachim Winckelmann（一七一七 — 一七六八）。主要著述如下：

Gedanken über die Nachahmung der griechischen Werken in der Malerei und Bildhauerkunst.（1755）

Geschichte der Kunst des Altertums.（1764）

二　启蒙文化无论在美术上，在文学上，英国都是中心。将在文学史上已经公认了的关系，类推到美术史上去，以为这些处所，英吉利也将影响给了法兰西，恐怕没有什么不当罢。因为那时的英吉利，在欧洲的美术界，是占着极重要的位置的。

三　安格尔在一切法兰西所出的美术家中，是最为法兰西底的美术家之一。荣盛于十九世纪初头的古典主义，怎地逐渐受了纯化的呢？要考察这一个问题的时候，是特要注目的作家。但我在本书，将关于他的考察颇加省略者，因为他的地位，是纯粹只关于法兰西美术史的内部，而和他可以比较的作家，在别国的美术家中是全然难以觅得的缘故。在这样的试以“比较”为主的本书里，对于他可惜没有详细叙述的机会了。

四　安格尔自以为自己的艺术是“纯粹地写实底的东西”的意见的情形，正因为他的性格很固执，几乎是孩子似的。关于这事，Leon Rosenthal在他的著作La Peinture Romantique中，所举的史料如下：

一，安格尔的言语。

“Il est aussi impossible de se former l'idée d'une beauté à part，d'une beauté supérieure à celle qu'offre la nature……”

“Il nous est impossible d'élever nos idées au delà des beautés des ouvrages de la nature……”

"Croyez vous que je vous（对学生说）envoie au Louvre pour y trouver ce qu' on est convenu d' appeler le beau idéal, quelque chose d' autre que ce qui est dans la nature? ……"

二，逸话。

或时，对于安格尔之作"阿迪普斯"照例称赞的人和安格尔曾有如下的会话。

Je reconnais ton modèle.

Ah! n'est-ce pas, e'est bien lui.

Oui, mais tu l'as ferment embelli!

Comment embelli? Mais je L'ai copié, copié servilement.

Tant que tu voudras, mai il n'était pas si beau que cela.

Aussi, comme il s'emportait!

Mais vois donc, puisque tu te le rappelles, c'est son portrait……

Idealisé……

Enfin! penses-en ce que tu voudras; moi j'ai la prétention de copier mon modèle, d'en étre le trés humble serviteur et je n'idéalise pas.

五　希尔德布兰和韦尔夫林的关系，可参照大正十五年《思想》四月号所载泽木四方吉氏的论文；希尔德布兰的《形式的问题》已被译出，在《岩波美术丛书》内。（上述的泽木氏的论文，待完成之后，也预定作为同丛书而刊行。）

六　德国的美术史家，尤其是以"艺术意欲"为根本概念者常有一种习惯，就是使日耳曼民族和腊丁[1]民族相对立，以作区分这种系统的目标。但因为依照这样目标而成的分类，是将特定的民族，"永久"地指定在一定的美术史底地位上，所以分类的目的，也就不仅是相对底的便宜上的事，而不能不认为绝对底的事实了。但是，

1　现代汉语常用"拉丁"。——编者注

这就为难。看上面所说的关于法兰西民族的位置的事就明白，要毫无什么“不自然”地来考察和这对立的、倾向非常不同的民族的相互的关系，便烦难起来。但历史上的分类，决非在“事实”之前，是无须赘说的。所以为不枉“事实”起见，还是以不用这样的分类法，较为安全。我之不用这样的习惯上的分类法，而偏是漠然地采取了南方系统北方系统这个目标者，就因为竭力想将目标作为相对底的自由的东西，而一味尊重历史底事实的缘故。

七 “Il n’y a pas de ligne, il n’y pas de modelé, il n’y a que des contrastes.Ces contrastes, ce ne sont pas le noir et le blanc qui les donnet; c’est la sensation colorée.Du rapport exact des tons résulte le modelé.Quand ils sont harmonieusement juxtaposés et qu’ils y sont tous, le tableau se modèle tout seul. On ne devrait pas dire modeler, on devrait dire moduler. Le dessin et la couleur ne sont point distincts; au fur et à mesure que l’on peint ou dessine; plus la couleur s’harmonise, plus le dessin se precise.Quand la couleur est à sa richesse, la forme à sa plénitude.Les contrastes et les rapports des tons, voilà le secret du dessin et du modelé.”

艺术论

[苏]卢那察尔斯基

小序

这一本小小的书，是从日本昇曙梦的译本重译出来的。书的特色和作者现今所负的任务，原序的第四段中已经很简明地说尽，在我，是不能多赘什么了。

作者幼时的身世，大家似乎不大明白。有的说，父是俄国人，母是波兰人；有的说，是一八七八年生于基雅夫地方的穷人家里的；有的却道一八七六年生在波兰泰跋，父祖是大地主。要之，是在基雅夫中学卒业，而不能升学，因为思想新。后来就游学德、法，中经回国，遭过一回流刑，再到海外。至三月革命，才得自由，复归母国，现在是人民教育委员长。

他是革命者，也是艺术家，批评家。著作之中，有《文学的影像》《生活的反响》《艺术与革命》等，最为世间所知，也有不少的戏曲。又有《实证美学的基础》一卷，共五篇，虽早在一九〇三年出版，但是一部紧要的书。因为如作者自序所说，乃是“以最压缩了的形式，来传那有一切结论的美学的大体”，并且还成着他迄今的思想和行动的根柢的。

这《艺术论》，出版算是新的，然而也不过是新编。一三两篇我不知道，第二篇原在《艺术与革命》中；末两篇则包括《实证美学的基础》的几乎全部，现在比较如下方——

《实证美学的基础》	《艺术论》
一　生活与理想	五　艺术与生活(一)
二　美学是什么？	

三　美是什么？	四　美及其种类（一）
四　最重要的美的种类	四　同　　　（二）
五　艺术	五　艺术与生活（二）

就是，彼有此无者，只有一篇，我现在译附在后面，即成为《艺术论》中，并包《实证美学的基础》的全部，倘照上列的次序看去，便等于看了那一部了。各篇的结末，虽然间或有些不同，但无关大体。又，原序上说起《生活与理想》这辉煌的文章，而书中并无这题目，比较之后，才知道便是《艺术与生活》的第一章。

由我所见，觉得这回的排列和篇目，固然更为整齐冠冕了，但在读者，恐怕倒是依着《实证美学的基础》的排列，顺次看去，较为易于理解；开首三篇，是先看后看，都可以的。

原本既是压缩为精粹的书，所依据的又是生物学底社会学，其中涉及生物、生理、心理、物理、化学、哲学等，学问的范围殊为广大，至于美学和科学底社会主义，则更不俟言。凡这些，译者都并无素养，因此每多窒滞，遇不解处，则参考茂森唯士的《新艺术论》（内有《艺术与产业》一篇）及《实证美学的基础》外村史郎译本，又马场哲哉译本，然而难解之处，往往各本文字并同，仍苦不能通贯，费时颇久，而仍只成一本诘屈枯涩的书，至于错误，尤必不免。倘有潜心研究者，解散原来句法，并将术语改浅，意译为近于解释，才好；或从原文翻译，那就更好了。

其实，是要知道作者的主张，只要看《实证美学的基础》就很够的。但这个书名，恐怕就可以使现在的读者望而却步，所以我取了这一部。而终于力不从心，译不成较好的文字，只希望读者肯耐心一观，大概总可以知道大意，有所领会的罢。如所论艺术与产业之合一，理性与感情之合一，真善美之合一，战斗之必要，现实底的理想之必要，执着现实之必要，甚至于以君主为贤于高蹈者，都是极为警辟的。全书在后，这里不列举了。

一九二九年四月二十二日，于上海译讫，记。鲁迅。

原序

我们在今日，能够觉察出亘一切领域，对于一般理论底问题的兴味的增进了。以世所稀有的英雄底努力，将世界大战和国内同胞战的遗产的大破坏的善后，业经结束的苏联，在现今，正在一般文化的领域上，展开其能力。

我们确在自己之前看见新艺术的萌芽。那创造者，是新的社会集团、劳动阶级的代表者们。这以前，在艺术的领域上，他们是没有自由地活动的机会的，只偶有极少的矿苗，能够好容易露在地面上。我们一一知道他们的姓名。而关于此外全然湮灭无闻的几十几百的天才，则历史但守着沉默。

在新兴艺术，将自己发见，将自己的运命开拓，将自己的实际生活来意识化的事，也极其困难的。而在就学于种种美术专门学校和研究所的我青年们，则尤为困难。关于艺术的好著作非常少，至于科学底社会主义文学，却更为希有。所以纵使要将什么书籍，绍介给初在艺术领域里活动的人，以及对于日常生活的问题，不妨梗概，只愿得到解答的人，也几乎办不到。

从现在已经很明确了的这要求出发，"革命俄罗斯美术家协会"决定将卢那察尔斯基的著作来出版了。本书是将在种种的际会，因种种的端绪，写了下来的几种论文，组织底地编纂而成的，这些论文，由共通的题目所统一。但这并非本来的意义上的美学的理论。在这些论文中，于趣味，美底知觉，美底判断的本质，都未加解剖。本书中所成为焦点者，是艺术本身和那发达的历程。从中，于艺术底创作的历程，尤其解剖得精细。在这里，是分明可见，能将什么给与对于艺术的阶级底观点，是向着无产阶级的，明白地意识着自己的所属性的艺术家。当撰辑这些论文时，出版者用力之处，是不仅在卢那察尔斯基为科学底社会主义艺术学的理论家，而尤在其为实际底指导者。我们在卢那察尔斯基的关于一般美学的许多著述中，要将艺术底创造，在那历程上加以意识化的尝试，分明可以看出。卢那察尔斯基当讲述形式底方法之际，又当讲述艺术的内容的价值之际，读者大约到处会在自己之前，看见不独是各流派的单单的艺术学者，且是一定倾向的实际底指导者的。这完全的活的艺术底经验的结晶之处，即本书的价值和意义之所在。

本书的内容，倘将那组成部分解剖下去，那是会有机底地成长的罢。那大部分，是用了异常的确信，来处理艺术和生活的题目的。至今为止，以一切手段拥护其存在的抽象底的，制约底的，无生命的，形式底的艺术，现在已为一切人们所厌倦了。现在是“向大众的艺术”这标语，尤惹我们的艺术青年们。其实，艺术愈能够将现代生活，确实地而且现代底地表现出来，则艺术也将成为愈完全，愈有意义的东西的。所以怕艺术陷于现实的奴隶底模仿的必要，一点也没有。在这关系上，我们将于本书之中，发见以“生活与理想”为主题而作的辉煌的页子的罢。我们是随地都应该跟这标语而进的。

一九二六年，于墨斯科[1]。革命俄罗斯美术家协会。

1 现代汉语常用“莫斯科”。——编者注

艺术与社会主义

在从马克斯起，以至现代的科学底社会主义的文献中，奉献于艺术问题的专门底著述，还比较底稀少。即有之，也不过将有限的页数，分给了这问题。然而有对于艺术的纯科学底社会主义底态度的原理存在，却是无可置疑的事实。现在就简单地，试将那根本原理摘要在这里罢。

首先第一，据作为人类社会发达理论的科学底社会主义，则艺术是在生产关系上的一定的上部构造，而生产关系，是决定支配那时代的劳动形式的。

艺术对于这经济底基础，在两个关系上，能为上部构造。第一，是作为产业，即生产本身的一部；第二，是作为观念形态。

在事实上，从野蛮时代以至现在，艺术是作为人类生活的一定的倾向，在全人类的生活上，演着显著的职掌的。所以在人类劳动的结果这一切生产品中，要发见那形式、色彩，其他的要素，仅是从适应性打算出来的东西，恐怕不容易。例如无论建筑或书籍罢，器具或街灯柱罢，任取一种近便的东西，看看那根本的匀称，由什么而决定的就好。在这上面，就知道恰如斐锡纳尔的测定法所说明，那匀称，是决不从那些事物的使用上的便不便，打算出来的。倘使单就使用上的便利而言，那么，这些事物就还可以有较长者，也还可以有较阔者。那各部分，也就用了别样的匀称了罢。然而改变匀称（倘不是造得太不合用的东西），是引起或一种不快的冲动的。反之，得宜的匀称，却和别的什么利害观念毫不相干，而给与纯粹的快感。

我故意引了最单纯的例子了，但和这一样，也可以断言，凡是人手所成的制作品，而不带装饰底欲求的痕迹（例如磨光的表面，涂了磁釉的表面，各种的花纹，有些强烈的彩色以及一定的色彩配合等）者，是没有的。这就知道，人类是生来就禀着这种强烈的倾向，就是一面做那生产品，一面却不仅追求着纯功利底目的而已，还要达成那艺术底目的。而这艺术底目的，便是将那事物美化，使它和我们的感觉机关相宜。谁都知道声音有快不快，色彩有快不快的。从这样的单纯的类推，人们便竭力要将那创造的结果，做得给人好感，便于知觉，易于合意，具有趣味的东西。

这样的对于事物的趣味，因民族，因时代而大异，是当然的。在这关系上，来研究各样式的根本，应该是极有兴味的事。例如中国的制作品，做得很好、很美，而古希腊的制作品，却根本底地不同，是什么缘故呢？又如为全欧的趣味的根源的法兰西家具，那在各时代的变化，是为了什么呢？例如，从路易十四世的豪华而到路易十五世的浮华的趣味，自此又向路易十六世的坚实的精严，向革命时代样式的整齐的枯燥。于是遂到了拿破仑时代样式的具有纯熟而雄奇的谐和的伟大，于这变化，加以研究，是不能说没有兴味的。

然而能于无数的样式的变化，阐明其由来的真的原因者，舍科学底社会主义无他道。但为了这事，科学底社会主义不但依据着关于所与的时代的社会组织，那前代的传统的确凿的智识而已，还应该依据着关于或一民族在或一时代所用的材料、生产机具、其他纯技艺底要件的全体的精细的智识。

然而艺术不但是产业的特殊的种类，也不但是进到几乎一切制作品来的特殊的机能，艺术又还是观念形态。那么，从科学底社会主义的见地说起来，观念形态云者，是什么呢？这是在人类的意识上，给了体系的实在的反映，是充满着人类的意识底生活的东西。

自然，人类的意识，也通过些个人底的，就是所谓刹那的断片底的思想和感情的。然而这些思想和感情一结晶，则这便得到观念形态的性质。科学底社会主义以前，或和科学底社会主义并存的社会学派，大抵以为思想和感情的自己组织，是独立底过程；甚且将这理想主义底过程，看作根本。不但如此，许多社会学派，还以为由社会学的大家和思想家及艺术家等之力，组织了自己的思想和感情的人类社会，又在竭力依着从学说打算出来的计划，以组织本身的生活和周围的环境。

但科学底社会主义，却证明了实际上并无那样的事。据科学底社会主义，则观念形态是由现实社会而发达的，因此就带着这现实社会的特征。这意义，不仅在说，凡观念形态，是从现实社会受了那唯一可能的材料。而这现实社会的实际形态，则支配着即被组织在它里面的思想，或观念者的直观而已，在这观念者不能离去一定的社会底兴味这一层意义上，观念形态也便是现实社会的所产。所以观念者常常是倾向底的。他竭力要以一定的目的，来组织那材料。

然而据科学底社会主义，则社会是分为几个互相敌对的阶级的。阶级云者，是对于生产过程，或在那过程上，占着种种不同的地位，因此也有了种种不同的利害关系了的人们的团体。例如地主阶级、有产阶级、农民阶级、劳动阶级等，便是。

自然，科学底社会主义当说明观念形态的阶级底特质之际，科学底社会主义是决不以肯定了观念形态和各种的大阶级。例如支配阶级或为自己的支配权而在斗争的阶级，或被支配阶级相关的事，便算足够的。不，科学底社会主义底解剖还割得更其深。科学底社会主义正在要求确立各种的法理学说、哲学系统、宗教教义、艺术上的流派和一定的阶级内部的团体，或中间阶级底团体的关系。社会在那构成上，是常有非常复杂的时候的。所以将观念形态底现象，太简单地一括于或一基本阶级中的事，是对于纯正科学底社会主义的罪恶，是粗杂的科学底社会主义。

观念形态的历史，是全然依据于社会性的历史的。恰如人类社会本身，在那进化上，多样而复杂一般，观念形态也多样而复杂。

这里还有应该附加的事，是在对于社会进化的关系上，一面虽在否定观念形态的支配底地位，而将这观念形态的价值，科学底社会主义却并不否定的。阶级当各各创造其自己的法律、自己的宗教、自己的哲学、自己的道德、自己的艺术之际，阶级决不来枉费其精力。凡这些，并非一面多样的镜子上的现实的单单的反映，这些反映，是成为它自己或社会底势力、旗帜，标语的。并且以这些为中心，一阶级就集合起来，借这些之助，阶级则加打击于自己的敌手，从他们里面，募集自己的心服者和属员。

在别的观念形态中，艺术演着优秀的职掌。在或一程度上，艺术是社会思想的组织化。艺术者，是现实认识的特殊的形式。现实，是可以借科学之助，而被认识的。科学，则竭力求精确，要客观。然而，科学底认识，是抽象底的，向着人类的感情，却一无所说。但是，本然底地认识的事，理解那所与的现象的事，却不只是对于那现象，有着纯智底系统的判断的意思，也有对于那现象，确立起一定的感情底，即温厚的道德底和美底关系来的意思的。例如，当理解俄国农民之际，以统计学底研究为基础而理解者，和由乌斯班斯基及别的民情派作家的作品而理解者，是全然两样的。

自然，恰如同是农民阶级的统计底智识，可以故意或无意地加以毁损一样，艺术底表现，也可以意识底地或无意识底地成为主观底的东西。要说得更适切，那便是可以成为反映阶级的利害（艺术家是其表现者）的东西。然而这事，却正使艺术有力量。艺术者，不但是认识的机关，即不但是现实社会的热烈的活的直接的认识机关而已，也是或种一定的见解，即艺术家对于现实社会最所企望的一定态度的宣传的机关。但由上面说过的事，艺术作为思想的组织者而显现的时候，则也可以说，一定是将思想和感情，组织在一处的。有时候，艺术也能全然是感情的组织者。例如音乐或建筑（并非作为技术，而是作为艺术的建筑），是什么思想也不能表现的。倘要将音乐和建筑的言语，翻译为表现着或种概念的我们的言语，就需很大的努力。但是，虽然如此，音乐和建筑的影响是伟大的。音乐的要素和建筑的要素（这时候，建筑和音乐是极为亲近底的），可以说，在任何艺术中无不存在。倘若雕刻是纪念碑底的，而且以它的均衡使我们惊叹，则这并非由那雕刻的内容而来，却是由主题而来的。尤其是，由联结着雕刻和建筑的那样式而来的。倘若雕刻浑身典雅，线皆优美，而且在雕刻家所赋与的相貌上，浮动着一种不安定的，然而使我们飘动的心情，则我们可以说，那雕刻充满着音乐。无论在那一际会，我们是早进了感情的组织化，无意识底的东西的组织化的范围里了。这事情，当然也可以在更大的程度上，适用于绘画。绘画的构图，当这做得正确，整得出色的时候，即令绘画近于建筑。而绘画的色彩的鲜秾，则使绘画近于音乐。在文学上，也一样的。艺术上的大作的一般构成（例如但丁的《神曲》），令人发生一个大伽蓝似的印象。而节奏、韵律、照应等，则每将和内底音乐相结合的外底音乐性，赋与于文学。而且这又和不能译成纯粹批判的言语的象征的幽微的意义，结合起来。

问题是关于思想的组织化之际，则直接和观念形态，以及产生观念形态的生活上的事实，或把持着这些观念形态的社会底集团相连系的事，是颇为容易的。和这相反，问题倘触到成着艺术的最为特色底的特质的那感情的组织化，那就极其困难了。所以艺术的历史和理论，直到今日，都在极巧妙地回避着科学底社会主义。但在最近，在这关系上，开了一条大口了。有如德国的科学底社会主义者，且是艺术的历史家和理论家的霍善斯坦因的或种著作，便已经是向前的显著的一步。就是，科学底社会主义的这微妙的方面之研究，已经由他而完成了。

作为人类社会及其进化的理论的科学底社会主义的原理，就如上。然而科学底社会主义，是不仅表示着这样的理论的。科学底社会主义也还是一定的纲领。科学底社会主义是它本身一定的阶级即无产阶级的观念形态；而且成着并不毁损现实的唯一的观念形态的。这事，由那所说的无产阶级是未来的阶级的事，以及所说的和将现实照样地述说的科学，表示着未来的确实的倾向的科学的强固的结合，于无产阶级是有利的事，便可以证明。正一样地，无产阶级本身的倾向，在全人类，也是有利的。最受压迫的最后的阶级这无产阶级，是一面自行解放，同时也将那全人类，一般地从阶级制度解放的。比无产阶级所致的改革，更加重大，更加解放底的改革，是再也没有的了。所以无产阶级的倾向，同时也是全人类底倾向。

无产阶级的理论家们，不但应该用了确实的客观性，来描写艺术的各样的花和果实，在社会性的地盘上，怎样成长起来，而且对于艺术，也有批评底地，前去接触的十足的权利。关于过去，也一样的。无产者的理论家，可以指摘人类的往时，分明地带着有害的榨取底精神的艺术上的作品。他们可以指摘表现着民众的被动底苦痛，或是那奴隶底服从的作品。他们又可以指摘充满着惰气，狡猾，阿谀，怀疑的艺术。这种艺术品，是因为要逃避现实社会和对于社会的责任，故意从一切活的内容，退到空疏的智力的游戏，或翔天的梦想里去的。但无产阶级却在同时，有时也于往昔，能够发见属于支配阶级的或种艺术品。凡这些，是富于广泛的组织底计画的精神，充满着对于自己之力的人类的确信、光明的渴望，及向着真正生活的憧憬的。否则，便是以对于外界的横恣的运命的反抗，以及被蹂躏的一部分人类社会的权利的宣言，作为那根本倾向的艺术品。

在过去的艺术品上发响的声音、号泣、欢笑、歌唱等，是多样到无限的。解剖到底了的这些艺术品的各个，都可以给与一定的社会底评价。或种作品，在种种的意义上，是作为无产阶级的预言者或先驱者的人们的声响，在无产阶级成着亲密而投契的东西。或种作品，从那根本底倾向的观点，虽是可疑，但作为暴露着特殊的社会现象的东西，却有兴味。又，或种作品，则是可以嫌忌，可以憎恶的。但是，当此之际，无论何时，我们总是往还于关于内容的评价的范围内。然而无产者理论家，也能够作关于艺术上的形式的评价。例如科学底社会主义即在毫无错误地教给我们，凡对于促进新的思想，组织大的感情，有着兴味的阶级，一定感得内容底艺术，而且制作出来。和这相反，凡没有观念形态，也不想拥护自己的权利，影子稀薄的阶级，则向着纯然的形式底艺术。而且不过借此略略渲染人生，使这成为他们住得舒适的处所。在这形式底艺术的领域中，易行种种的颓废，能有一切种类的美底淫荡。例如轻佻浮薄的华美，贵族饕餮的淫佚底的典雅，就都是。

荡漾于或一阶级的思想和情绪的内容，在有些时代，也可以发见和这相称的形式底表现。（这恰与或一阶级的全盛期相当。）那时候，艺术便因了内容和形式的这样的一致，成为平静的东西。艺术家确信自己的作品是重要的，而且那作品，是将为同国民的一定的部分所容纳的。在同时，他也确信有着可以将这内容传给社会的形式。那时候，便是所谓古典时代来到了。然而在古典时代的到来以前，当然还该有未能将思想和感情，得到十足的具现的时代。因为这样的时代，是和对于政权的或一阶级的抬头相一致的，又因为这阶级，同时也为了自己的阶级底利益，努力于发见政治底形式的，所以这样的时代，是突进、粗疏；那形式，是不安稳。艺术家一面使自己的空想紧张，一面则在摸索，要捕捉自己所还未能捕捉的形式。加以指导他的思想，也还有些不分明，只有感情，是激烈的。称为艺术上的罗曼谛克底机构这东西，即出于此。到最后，阶级通过了那全盛期的时候，那阶级在社会，已经并非必要了，对于他，有新的势力前进。于是他没有了自信，失了自己的理想，那感情碎如微尘，从一个密集队而变为个人主义底沙砾。那时候，这也反映在艺术之上，思想和感情本是艺术的精神，则萎缩了，不久就发散净尽了。而只剩下那变质为亚克特美主义的一种冷的形式底技巧。然而我们在自己之前，看这美的死尸，是并不长久的。不多时，那死尸便开始解体。而艺术家对于形式，也开始取起轻率的态度来。就是，力求诡奇，或将自己的艺术的或一面，特加夸大。当此之际，我们就正对着颓废底艺术了。

在这里，我不过当评价过去的艺术时，显示了指导着我们科学底社会主义者的主要的指导原理。在这里我还应该说，虽从最消极底的艺术品，倘将这细细解剖，也可以获得最有益的结果的。第一，是只要这些作品，是成着或一社会现象的征候的，则在历史底认识上，即给我们以帮助。第二，在这些艺术品里，是颇含有各种积极底方面的。在或一颓废底艺术品之中，我们能够发见色彩，线，音响的可惊的优美的结合。在艺术的解体期里，解剖底艺术家能够寻出技术底地极其贵重的一些东西来。这样的例子并不少。在或一暴君所建立，贯以奴隶支配的精神的巨大的建筑物上，我们能够发见惊人的均衡和伟大。这些特质，是从暴君制度那一面加进去的，而这却又将暴君制度，做成大众组织化的广泛的支配形式之一了。所以真的科学底社会主义者，能够以过去的几乎一切的艺术品为例，来自己学习，同时也教给别人。

但是，如果这样地，科学底社会主义不仅是认识艺术的确实的根源的方法，并且是艺术批评的方法，艺术利用的方法，就是，正当地享乐艺术，又为艺术的将来的发达起见，正当地理解艺术的方法，那么，对于现代精神的科学底社会主义的关系，就不消说得，是格外痛切的事了。

这之际，以上所示的一切批评的标准，我们可以完全适用。作为读者，加以作为批评家的科学底社会主义者，能够在那可惊的研究室里，解剖了个个的新作品，而指示其社会底根柢和社会底倾向；又，只要在作品的内容和形式上，有所表明，就也能够指示其消极底方面和积极底方面。而科学底社会主义的作家乃至艺术家，则可以一面创造那作品，一面在自己阶级的理论里，寻出认真的支柱来。他们又可以把持着这指导底原理，免于各种的谬误。且可以自己批评着自己，同时又将自己之所有，而自己的阶级正在要求其表现的内容，完全地表明出来。

艺术与产业

曾经有过艺术界的敏感的代表者们，以产业为仿佛是自己的强敌似的时代。关于这事，只要记得摩理思的出色的乌托邦《无所从来的信息》，就尽够了。做着这乌托邦的基础者，是将来的社会主义底社会，将一切机械工业排除，而代之以手工业。还可以想起洛思庚来。他到近时，也还是美学底地来思索的许多欧洲人及俄国人的思想的权威者。而洛思庚主义的根底之一，则是对于作为伤害风景的要素的铁路和制造所，以及对于作为损坏人类生活的害毒的工场生产品的根本底憎恶。

我们熟读了产业之敌的各种美学者的推论，而且加以深思的时候，我们是承认其中也有几分正当的理由的。自然，以为工场、制造所、铁桥、火车、铁轨、各种的涵洞、高架桥等，害了欧洲的风景，并不是实情。不消说，在这里有着大大的谬误。是对于这些一切的设施，为旧时代的眼睛所看不惯。于是在他们，便觉得这些东西是粗野、卑鄙、功利底、人工底，因此也是值得攻击的东西了。

其实，古代世界、中世期、文艺复兴期，还有十七世纪和十八世纪，是在那建筑上，都依从自然的线，毫不害及调和，而首先加意于风景的要项的时代。但在用了高耸天空的许多烟突[1]，以如云的黑烟来熏苍昊的大工场的建筑家，则风景又算什么呢？在解决着以最短距离的铁路线，怎样地结合两地点的问题的技师，风景究竟算是什么呢。但是，从事于铁路以及其他巨大的工业底企图的技师和建筑家们，对于一切的美学和风景美，虽然漠不关心，但毁损风景

1　现代汉语常用“烟囱”“烟筒”。——编者注

那样的事，是决没有做的。

关于这一端，我们现在是取着别样的态度。喷吐火焰的工场，在我们，并不见得丑。在制造所的烟突上，我们越加看出许多独特的美来。铁路呢，我们不但在那上面以非常的速力在疾驰，并且这已经成了风景的要素，在我们，成为一种独特的道路就到这样了。我们以一种的兴味和纯然的美底感动，凝眺那走向远方的列车。我们连那许多铁桥和几个车站，也想将它算作建筑美术的一种杰作。在我们这里，已经蓄积着关于或一铁路的许多卓拔的叙述了。凡这些，是充满着多量的美的。又在最近，我还在海尔曼的小说《机关车》中，读到了礼赞那纯然的铁路风景的足以惊叹的描写。

自然，当此之际，也可以提出我后来要说的或种问题来。这问题，便是问，从事于铁路以及其他的产业底企图的技师和建筑家们，可能渐次在或种程度上，留意于人类的视觉的要求呢？但关于这事，且让后章再说。

在关于工场生产品所说的事情之中，却更有许多的真理。

自然，将诚实的工人的劳动，挤掉了的那可以嫌恶的粗制滥造，正是文化的低落。而竭力要在市场上打胜那减价竞争的工场主，连从品质之点看来，是生产物的劣等化都在所不顾的事，也极其多。假如一种羽纱的图案、一种碟子的形式、帽子的意匠等，是惹起或种赏识的，普通总是迎合着一般群众的卑俗的趣味。然而，是什么在迎合什么呢？是工场生产在迎合卑俗的要求，还是工场生产自己造出这卑俗的要求来的呢，却很不易于断言。例如，试看那“时行”这一种现象就好。在这里，问题已经和购求那用了各种染料，粗杂地染成彩色的下等羽纱的或一殖民地居民无关，也和那不管爱不爱，只因便宜，就买些可厌的家具，来作用度品的工人和农民无关。赶着时行者，大抵是资产阶级的太太，富豪阶级的代表底妇女。跟从时行的女人，大家以为就是对于自己的装饰，加以特别的注意的人类。但是工场那面，对于时行是采取怎样的手段的呢？工场是任意模仿时行的。大裁缝师和大工场主，运动了若干的新闻记者们和时髦女人们，照那喜爱，做出服装的愚蠢的样式来。无际限地勾引着各资产阶级妇女的欲求，使她付三倍的货价，一面是今天这一种，明天别一种，或将羚羊皮，或将锦襕，或将种种的皮，使它时道。总之，这就是所谓时行。"时行的呀。"这是大多数的女人所说的神圣的句子。一成为"时行的呀"的事，那就即使这和相貌不相配，即使如格里波叶陀夫老人之言，这是"逆于理性"的，也都不管了。就是，妇女者，无论如何，总要身穿时式衣裳，而对于想出那时式衣裳来，并且使它时行的企业家去纳税的。

在这例子里面，就可以看见工场的趣味，是顺着怎样的路，堕落下去的。凡工场，在趣味的无差别的时候，以及趣味和廉价不相冲突的时候，是跟随底的，在贩卖的利益要求趣味的时候，则使这趣味服从自己。

不但在劳动者和从业员的住宅而已，虽在大多数的资产阶级的住宅里，也尚且充塞着从美学底方面看来，是不值一文的废物。工场制品的废物的事，是能够否定的么？

但是，摩理思和洛思庚式的人们，从这一节推理而得的结论，却并非正确。为什么呢，因为机械工业，并不是必然底地一定产生这样可厌的贩卖品的。

反之，机械工业在那将来的发展上，倒可以不借一切的人手，仅在最后的收功时，一借工人劳动者之手，而产出极细巧的艺术品来，并且常在生产的状态上。

洛思庚在那活动的初期，将一切的照相复写法当作大恐怖，以照相版的驱逐手工版的事，为非常的野蛮底行为的征候，但到那晚年，和在他临终以前就达了惊人的完成之域了的照相版对面的时候，他在这里，已经不能不承认在特殊的美术上，发见了新的环境了：这实在是特色底的事实。

以容易地而且便宜地，来复写一定事物的任意的数量为其本质的产业，现已侵入了先前以为是绝对地不可能的领域之中了。一切人们，嘲笑那机械底乐器，还是最近的事，然而现在已有自动音乐机“米浓”（译者按：Minion= 宠幸？），极其正确地复写着作曲家或伟大的音乐家用或种乐器所演奏的或种曲，对于这，还可以虽在演奏家的死后，也给以微妙的音响学底或美学底分析。

那么，在演剧的领域里，又怎样呢？谁曾能够预想，以为演员的演技，在那实演之外，又可以复写的呢？虽然那也重做好几回（大家已经以这为或种生产底东西了），但在今日，电影则已创成了映画剧，演员能在这上面，于自己的死后在几十万人们面前做戏，并且巧妙地扮演，恰如一生中最为成功的那夜一般。电影还和那为了这些目的，而完成了的留声机结合着。自然，我并不以为有用“间接的饶舌家”来替换“伟大的哑子”的必要。要将言语连在墙壁上，是美学上的大谬误，但我们将那伟大的演员、伟大的辩士，使那姿态和声音和情热，可以永久地刻印出来的事，总之是必要的。这不消说，便是伟大的征服。自然，由形式底观点而言，这是最纯粹的工业，是或种所与的艺术上的现象，后来能在任意的分量上，最便宜地广远地流传的。

要之，产业者，是幻术师。问题之所在，只在可有这广大的通俗化没有？可有工业的路程上所达成的这多大的便宜没有？和这同时的卑俗化、恶化、堕落，是必然底的不是。

是的，只要工业在受资本家的驱使，是这样的。凡资本家，仅在看得生产品会多获利益的时候，这才来计及生产品的质地的向上，尤其是那艺术底品质的改善。然而这样的事，是很不容易有的。在资本家，恶质而廉价的东西，往往比良质而高价的东西更有利。然而也能有相反的时候，那便是工业主不能不给榨取者们特地制出价格极高的贵重的完全品的时候。只有位在这中间的，能是顾及人们的美学底要求的健全的生产品。顾及人们的美学底要求云者，并非想象了现今的趣味是怎样而去顺应那趣味的意思，乃是形造出那趣味来的意思。纵使是文化人罢，凡以媚悦一般民众的趣味，视为自己的义务者，是凡庸的艺术家；努力于美学底地加以作用，要使国民的趣味向上，至或一程度之高者，是出色的艺术家。

我在这里，要转到从自己的见地说，是最为重大的思想去。决不是意在表明，这是独创底的思想，但在那单纯上，是可得理解的。在这里，并没有最近我们常常遇见的多余的热，也没有戏画底的夸张。

那思想，就是以为产业和艺术，有密接的结合的必要。

将这问题，在资产阶级社会的圈子里来想，是近于完全绝望的。只在部分底的时会，间或可能。然而在科学底社会主义社会的范围里来想这问题，却是绝对地必要的事。

我自然很知道，在我们俄国的困难的过渡期里，是只能到达这关系上的微微的结果的。我们要夺取那由了似是而非构成主义的夹着锣鼓的嚷闹的宣言，正在使产业和艺术分裂，个人底趣味的这蔼里丰城，是极其烦难。但我相信，在这方面做着什么，而且那做着的东西，却当然总得来张扬一下的罢。

同志托罗兹基写了关于艺术的许多著名的论文，对于这些论文，我是有机底地共鸣的。而且在那里面，我还发见了对于我布演在自己的论文里的艺术观，有大大的智底和道德底支援。他在那论文之一里，这样地写着——

随着政治底斗争的废灭，被解放了的欲求，大约便要向那并包艺术的技术和建设的河床去。而艺术，则自然不独是普通化、成长、坚强，单单的装饰而已，也将成为在一切领域上正趋于完成的生活构成的最高形式的。

实在是出色的表现，渊深的真理。自然，政治底斗争也并非绝对地不可抗的关门，只要对于反对的原理，科学底社会主义的光明的原理决定底地得了胜利的时候，我们便能够预见自己所梦想着的事，而且那一部分，现在就已经能够实现了。

那么，我们应该将努力向着怎样的方面呢？关于在俄国的专门底的问题，我在这里不来说。因为关于这事，大概是另有可说的机会的。在这里，就将问题的一般底的特质，就是作为不但横在我们的眼前，也是横在正在渐近科学底社会主义的欧洲的眼前的问题，来想想看罢。

首先第一，且回到最初的问题去。

人说，工业侵入于自然之中，以及风景之中，破坏了景致。但是，这可是真实的呢？旧的中世纪的城堡和或一废墟，是诗底的，美丽的，然而在建筑工业的基础上，合理底地建设了的新的工场和新的建筑物，即使是巨大的铁骨的工场，也绝对地不美的事，是真实的么？

自然，这是绝对地并非真实的。要肯定这样的事，必需为一切认识不足的僻见所围绕。托尔斯泰曾用了几分敌意的感情，将“诗底”这字，下了定义，谓是使已经死灭了的或物复活的东西。对于诗底的东西的这样的定义，在反诗底地成了倾向的未来派的一派，恐怕是极为合意的罢。然而这不消说，乃是迷妄。所谓诗底的事者，即是创造底的事的意思，非照这样地解释不可的。只要什么东西里面创造多，那便是诗也多。

然而创造，是能够显现于纯功利底形式之中的。创造在这样的形式上，也还是诗底的。便是法兰西的粮食大市场那样，也是极其诗底的东西，在左拉的描写之下，毫不失其特有的恶臭和丑恶，却惹起纯粹的诗底印象来。这是什么缘故呢，就因为在这市场里，集中着巨大的精力，可以感到人类的文化和人类的运命的大的中心之一的巴黎的内脏的伟大的脉搏。虽是最丑、最秽，满以一切废物，由建筑底见地而观，是有着不相称的线的造坏了的工场。但只要是其中盛在劳动，现着创造，作为文化的前哨，直进向荒芜的旷野去。人们由这工场组织，而和深埋地底的石炭和矿石的蕴藏相连结的时候，也仍然一样是诗底的。

然而这意思，是说工业底创造，不能留心到自己的美学底方面，自己的形式去么？当此之际，我毫没有要粉饰工业的意志。在这一端，工业是什么粉饰也不必要的。有许多处，倒是从建筑家和美术全然独立，现今已经到达着显著的美学底的结果了。

从大海的汽船，要求着非常的宽广、轻快，速力和最上的便利。这样地提了出来的问题，已由现代的造船技师并无遗憾地满足地给以解决，正如珂尔比什·珊吉埃之所说，达了可惊的美学底结果了。

他又在别的论文里，写着关于摩托车、飞行机[2]，注意于优美地，单纯地，来解决构成、配置、部分的均整等许多问题的事。这在拘于旧形式的建筑家们，是连接近也不能够的，要说得好玩，这是技师们顺便的把戏，聊以作乐地，做成了这些事。然而，当一切这些时候，对于形式的优雅，技师是有着兴味的。他要造出悦目的汽船、摩托车，飞行机来。

但技师在大规模的工业上，也怀着同样的目的么？有时是确也

2 现代汉语常用“飞机”。——编者注

怀着的。机械本身，就几乎无时不美，是无疑的事。不精工的机械这东西，我不很看见过，但倘到像样的博物馆去，一看种种机械的发达着的模样，那就恐怕常常会看出和动物的肉体组织的发达非常相似的什么来的罢。在博物馆里，有鱼龙（中生代的爬虫类）和玛司顿特（第三纪的巨兽）那样的机械。那些机械，最初是总有些不精工、不调和、谜一般的，但到后来，便逐渐和动物的有机体不同，一时地获得了巨大，力，内面底调和和优美。动物的形态，是成为小样，而完成了，但机械，则成为强固，而在进于完成。其中有能使我们神往的机械。我们注视那机械的时候，大概便会觉得问题之所在，不但在各部分的均整，以及机械用了力和优美而起的运动的适应性而已，也存于制作技师的或种取悦中。打磨而著色的表面的结构，一经岁月，是要跟着消褪的，但做得恰合目的的装饰，机械周围的异常的干净，满铺石板的台座，够通光线的大玻璃窗（例如想起大的发电所来就好）——凡有这些，却给人以难于名状的美学底印象。而这印象，则使我们承认这种钢铁制、铸铁制的美人，较之古代趣味的一个活的，或青铜制的快特黎迦（古代罗马驾四马的二轮车），有将自己远位于上的十足的权利的。

就是，跟着前进，而不但在学校那样的形式底程度上，建筑术底和建筑美学底要素，能添入工业里面去，是非常之好的事。技师不可是单单的功利主义者。要说得更明确，则应该彻底底地是功利主义者。他对自己，应该说："我要自己的动力机非常廉价，非常生产底，而且美好。"

倘若这样的思虑，每当建立大工场的烟突时候，入于各职工的工程中。倘若技师从人类的趣味的观点，费些思虑于适应性上，又从功利底见地，顾及那制作物的有益的配合，则我们便会如同志托罗兹基所预言那样，向着工业和艺术的合一的方向，更进着很大的一步的罢。

在生产上，自然也一样的。制造那贩卖的商品的技术家，应该是创造那不但消费，而且以消费的物品为乐的人类所要求的目的物的美术家。食物不独果腹，美味是要紧的，于生活有用的物件，不但要有用而便利，令人喜悦的事，还重要到千百倍。我用“喜悦”这字，来替代依然有些好像谜语的话“美的，优美的”这字罢。（这时候，大约是立刻要发生种种的论争，以艺术至上主义之故，批难我们的。）衣服，须是可喜的，家具，也须是可喜的，食器和住所，也须是可喜的。作为艺术家的技术家和作为技术家的艺术家，是两个同胞的兄弟。总有时候会顾虑到，机械生产不将人类大众的趣味低下，而使之向上，人类大众也不复是群众，在这一端，要求成为高尚的事的罢。

作为技术家的艺术家云者，是研究人类的视觉和听觉的要求，将能够满足这些要求的方法，理论底地学得了的技师之谓。作为艺术家的技术家者，是天然赋与了在确实的趣味和喜悦的方向上的创造底才能的人。而一样，是第一，经了艺术底技术的理论底修业，第二，经了技术的修业的人。为什么呢，因为他的工作，是作为助手或主要的同劳者，而加入于各制造品的生产中的。

这些一切在那本质上，现在也还由工业在办理，但那是偶然底的，陈腐的，无趣味的，一切都必须加以大大的修正。

在这里，有别的问题提示给我们。这就是，可有能学的趣味的法则么的问题。你想要说什么呀？或种的悲观主义者质问我，你恐怕想要说，艺术家应该研究一切的样式。就是，应该研究古代建筑的样式，亘十八世纪的路易王朝的建筑样式罢。

然而，和这同时，未来派大概也要恨恨地对我说的——

所谓趣味者，究竟是什么呢？趣味之类，是看当天的阴晴的。关于趣味的法则，大概什么也未必能说罢。这是个人底创造和大众底病毒的工作。在那里寻求什么确固的古典底的东西，是怎么一回事呢？使发明力的永久的疾走，凝结起来，是怎么一回事呵。比什么都真的真理，是踏踏主义的理论。踏踏说，物象的美、聪明、善，都非重要，重要的是新颖、稀奇。

无论那个[3]，都分明是胡涂[4]话。我们还不能断言，况今关于艺术的学问已经臻于圆熟。但从各方面，在将丰富的嫩芽给与艺术学，却是明明白白的。假使便是读了科内利乌斯教授的教科书那样的书，德国的最真挚的一部分，也确信正在强烈地寻求这确固的法则，在这时候说起来，则是视觉的法则的罢。关于音响底现象，也一样的。在这一点，音乐已在近于那根本的解决。本质底地来说，则音乐，是有着关于音乐美的深奥的学问的。不过这学问有些硬化了，现今正在体验着独特的革新的战斗。而这革新，大概是一面使音乐科学的界限扩大，而对于根本原理，是要成为忠实的东西的罢。这原理，恐怕有一点狭隘，但已由慢慢地结构起来了的音乐理论，的确地在给以解决了。

在直线底的、平面底的、色彩底的视觉底印象的领域上，我们不过有一点微乎其微的统系，但这已经分明地得了容认。在现在，人类也还是一个鼻子、两只眼睛、两只耳朵，而且在现在，肉体底地，是有些并不改变的。在这意义上，心理底地，人类也即平等到显著的程度。数学底思索的根柢，论理的根柢，也都一样。正如剪发的形式，并不将人们的根本典型，本质底地改变一样，传染病毒

3 现代汉语常用“哪个”。——编者注
4 现代汉语常用“糊涂”。——编者注

也不改变在人类的根本底的东西。自然，也有畸形。扁的头盖，大的背脊，或是跛了的细细的腿等，各种奇怪的令人想到文明的变态的这样的畸形，是从那单纯、体面、相称、便利、巩固，调和底，而同时又丰富，又充实的或一根本原则的虚伪的退却。是从横在一切名作之底的法则的离反。名作是不过随时有些暗晦而已，也就浮到表面来，出现之后经过二三百年、二三千年，便在人类的宝库中，占了坚固的位置。

在趣味，是有客观的法则的。谐和，以及和声的客观的法则，是容许无限的创造和无数的创造底变调和那全创造的丰富的发展的。和这一样，趣味的法则，或种特殊的匀整的法则，也都容许这适用的一切的自由。

大的艺术上的问题，解决这个的，不是我们，我们恐怕不过是为了孩子们，做着预备工作的。这样的大的艺术上的问题，是含在发见了关于创造之欢喜的单纯的、健全的、确固的原则，于是借了伟大的力的媒介，而将那原则，适用于比现在更其巨大的机械工业，以及我们的最近的幸福的子孙的生活和社会的建设的事情里面的。

艺术与阶级

可以有一种称为阶级底美学，特别存在的么？自然，这是可以存在的。

在这世间，可还有具有教养的人士，会反对各国民中，各有其不同的美学的呢？要获得发见几乎一切艺术品之美的才能，将皤多库陀人（巴西的蛮人）的木造偶像，和威内拉·米洛斯卡耶和勃尔兑黎的雕像，一样地赏玩，是文化底发达，必须达于颇高的独特的程度的。

怎样的见地为优呢，一时却难于断定。是能够在种种不同的国民和时代的一切美学中，只看见美学上的种差，即互相矛盾着的难以调和的种差的艺术史的见地为优，还是忠实于自己的样式，决定了自己的趣味，于是对于别的一切，都执着狭隘的态度的人的见地为优呢？即使将这些置之不问，而种种的国民，不但将女性之美、色彩之美、形式之美，种种地理解，将自己的神、自己的理想，种种地具现，他们还在各时代，变更他们的趣味，直接移向反对方面去，则已经明明白白了。

如果我们一检核趣味变更的缘由，我们将看见在那根柢上，横着经济组织的变更，大概是种种底阶级所及于文化的影响的程度上的变化。

有些处所，这事实是可以极其分明地目睹的。例如歌德，即曾以非凡的机智道破着。他说，由穿着各种不同的庞杂的衣服的群众，扰嚷声，谈话声，破裂似的笑声，吱吱地响的笛子，家畜的叫声，小贩的喊声等类所成立的民众的定期市，是将完全醉了似的阳气的印象，给与平民出身的人的。但反之，据歌德的意见，智识者却以这色彩为烦腻，这动弹为头眩的懊恼，这喧嚷为难堪的气闷的事情，从这热闹所拿来的，除头痛外，更无别物。和这相反，穿了黑衣服，周旋中节的智识者的规规矩矩的祝日，在胖胖的青年和阳气的村女，也觉得是受不住的无聊的事。车勒内绥夫斯基又以不亚于此的机智，增添了些。女性美的理想，农民的和智识者的，是不同的。居上流的智识者们车勒内绥夫斯基说：非常喜欢纤足和纤手。然而这些特征，是表示什么的呢？——这是退化，是寄生生活。身体的萎缩的发端，便是那样的贵族底的手和足。那样的东西，是使遮掩不住的嫌恶之情，渗进人们里去的。和这相反，农民当挑选新妇之际，却能够极其明确地决定对手的姑娘的健康的程度。就是自问自心，她作为劳作者，作为妻，作为母，是否出色的。

燃烧般的血色，肉体底力，分明地表现着的在直接的意义上的女性的特征。凡这些，是蛊惑农民的罢。

所以我们在社会的不同的两种对立的例子上，可见美学领域内的很相反对的见解。

这回特将注意，向那明白的一种历史底事实去罢。罗珂珂时代的画在旋涡纹的天井上，镀金的家具上，戈普阑织品上的飞翔着的爱神，令人觉得好像格吕斯所画的突然吃惊的老实的市民，又因为那画法，而成为干燥无味，偏于样式，色彩不足，则又好像革命画家大卫所特为喜欢的希腊罗马的爱国者。

各个阶级，既然各有其自己的生活样式，对于现实的自己的态度，自己的理想，便也有自己的美学。

自然，一概使资产阶级和无产阶级对立，是不得当的。资产阶级的美学是暴发户、商人、厂主的美学。和这一起，也还有旧式的贵族阶级的固定了的趣味；有略经洗练，虽然往往弛缓而且干涸了，但有时却很高雅，上等的专门家的智识阶级的趣味；有可怜的市民的俗恶的趣味等。

就无产阶级而言，他在那艺术品上，或在生活事情上，表明了那美学底形相的事，自然大概是并不怎样多，这是因为他们被捆在创造的日光所不照，即所谓“文化的地窖”里太长久了，所以从那里便不发生一点怎样的艺术底势力。

在带着无产者底性质的若干作品上，例如在受了无产阶级的强烈的影响的智识者的作品，或由劳动作家所写的作品上，表明出来的事情，因了无产阶级艺术和无产阶级美学的日见浓厚的发芽而被肯定，是无疑的。这些萌芽，我们在尚在苦闷的湿云之下的开放苏俄文化之花的春野上看见。

然而无产阶级，在或种关系上，则已经由先前的或一阶级和团体的创造，而表明了自己的美学底形相了。例如在开垒曼那样将有名的诗，给了机器和大工业的资产底工业底帝国主义，引我们向着赞美机器和生产的劳动者诗歌那边去。不过资本家们只将机器作机器看待，作为人类的协助者，作为正义之国里的伟大的建设工具的机器，是不能看见的。

在别的点上，则开垒曼和喀斯觉夫两人，较之对于照托尔斯泰所解释的诗的代表者们，他们互相近。就是较之对于旧的绚烂的趣味，以及用便宜的感伤，在机器中只看见恐怖和轰音和黑烟的市人的趣味，两人之间为相近。

从一方面说起来，当革命时代，有时是反动时代之际，在或一程度上，无产阶级是和无政府底罗曼底的智识阶级携手的。前者之际，是集团底地，后者之际，是单独底地，智识阶级的艺术家，则猛烈地抵抗现实，憎恨地鞭挞支配阶级，常常雄辩底地，并且热烈地，鼓动人们叛乱。

然而在这些智识阶级的作品中，往往分明地响出了明显的绝望，歇斯迭里[1]，从生活扭断了的理想主义。

于是无产阶级便开始来唱自己们的战斗之歌，一面将蕴蓄着充满一种生气的信念的东西，日见其多地注进那里面去。但对于未来

1 现代汉语常用“歇斯底里”。——编者注

的地平线，则无产者诗人将随着那地平线的开拓，拿来更大的广大，平安，和真实的幸福的罢。

又，在以毫不宽容的严峻，时或以同情之泪，来描写穷人们的生活，以无产者底热情，赤裸裸地来叙述在资本主义底工场的保护之下的自己和自己的腐烂了的生活的现实主义的智识者之间，也还有堤堰存在。

然而，当智识者循左拉的足迹，专心于自然主义者的客观性，或因他所描写的悲哀而哭泣的时候，无产阶级便同时拿来可惊的客观主义与平静，和这一同，还送到不但将艺术家当作观察者，而且特定为战士的独特的冷冷的愤怒。

在无产阶级，最为独创的东西，恐怕是那作品里的集团主义底调子罢。我将智识者，智识者式作家之中的好的分子，称为“无政府底罗曼主义者”，是并非无故的。在智识者那里，往往有向个人主义的倾向，而劳动者，则无论是谁，都因了明白的理由，较多地感得大众。劳动者诗人，是要成为大众的诗人的罢。他们已经为大众，经大众，向大众，开始唱着自己的赞歌了。

无产阶级要将有这样特质的独创性，能够表现出来，大概须在无产阶级用了自己的手，建设自己的宫殿和许多自己的都市，在无际的壁上，画上壁画，用许多影像，充满其中，使这自己的宫殿中嘹亮着新音乐，在自己们的街道的广场上兴起大热闹，而看客和登场人物，都融合于一样的欢喜之中的时候罢。那时候，无产阶级里面的资本主义的地狱所养成的集团底创造的特质，将以全力，而被表明；而无产者艺术的根本底特质，即对于科学和技术的爱，对于未来的广大的见解，火焰似的斗志，毫不宽假的正义感，都将在对于世界的集团主义底知觉和集团主义艺术的画布上挥洒，而惟在这时候，一面也获得未曾前闻的广大和未尝预感过的渊深。

这便是无产者美学的一般底特质。

美及其种类

一

苦痛或快乐，满足或不满——这是美底情绪所不可缺的基础。将在我们之中惹起美底情绪的一切对象，我们称之为美的东西，或美丽的东西。那么，凡将快乐给与我们者，我们都可以称之为美么？我们并没有可以将愉快的东西，鄙野而悦人的东西，从美学的领域截开的根据。美味地发香的一切，滑而宜抚的一切，冷时候的温暖的，热时候的冷的——凡有这些，我有着称之为美底的完全的权利。但在人类的言语里，“美的”或“美丽的”这形容词，是专适用于视觉和听觉，以及以这些为媒介的感情和思想的领域的。在陈年葡萄酒和夏天装着冷水的杯子中，寻出美来，总似乎有些可笑，然而这时候，虽然是在极其原始底的形式，我们是有着无可猜疑的美底情绪的。

我们知道有两种类的生命差[1]存在。即其一，是过度消费的生命差，这只在排除分明的苦痛或不满时，才许积极底的兴奋。又其一，是过度蓄积的生命差，这和前者相反，并无先行底的苦痛，并无分明地表现出来的苦恼的要求，而得积极底的兴奋。毫不禀着什么生命力的余剩的人，是不能自由地取乐的。他不过将环境所破坏的均衡，重行恢复。就是不过摄取营养品以自卫。自然，止饥渴，避危险之类的行动，是伴着积极底兴奋的，但在这里，并无兴奋的

1　生命差者，谓从生命的普通的流里横溢出来的事，由直接环境的影响，以及或种内底过程所惹起的。

大的多样性和发展和生长的余地。就是，被要求所限定的。使现实的要求满足的事，作为欢乐的源头，是极有限的。在出格的程度上，认识了强烈得多的积极底兴奋的人，于此就明白和必要及自卫紧结而不可分的快乐，为什么不包在美的概念里的缘故了。

丰富地摄取营养，具有普通状态所必要以上的力，且是分布于各器官的多量的力的人们，是另一问题。这样的人们，为一切器官的保存和成长计，非使器官动作不可，非游戏不可。而在这游戏中，即自然反映着作为顺应生存竞争的有机体的本质。即游戏者，盖包含于日常生活上可以遭遇，然而和精力的节约法严密地相一致之际所发生的反应中。和过度蓄积的生命差的排除相伴的快乐，本身就是目的。但这快乐愈纯粹，而且力的消费愈是规则底、节约底，换了话说，便是对于被消费了的精力的各单位，或一器官的活动愈获得较大的结果，则这快乐也愈显著。筋肉愿意竭力多运动，眼睛愿意多所见，耳愿意多所闻。人类在自由的舞蹈时，将力的过剩，以最大的挥霍来放散。为什么呢，因为当这样的舞蹈之际，人类的肢体，是自由地依着自己的法则运动的。在以眼或耳来知觉事物时，应该一计及事物的特质和那知觉，有怎样容易。凡是容易被知觉的东西，就是自由地来赴知觉器官者，或使那器官规则底地动作者，是大抵愉快的。然而在以看热闹为乐的眼睛，所要紧的，并非知觉的轻快，而在丰富。热闹的各要素愈是易被知觉，这丰富之度就愈大。力的最小限消费的原理，在这里，是并非以吝啬的意义，而以节约的意义在作用的。就是，所与的精力的总量，固非消费不可，但因此而得者必须力求其多。于是丰富的规则底的眼的机能，便被要求了。对于别的器官，也一样。

蓄积了的营养的消费，即营养之向积极底精力的变化，是容许无限的多样和生长的，所以这种的快乐，便特成为美的快乐了。快乐所固有的自由，和快乐相伴的力的增长和生活的高扬，凡这些，是都将快乐提高到必要的要求的单单的满足以上的。过度消费的生命差，是必要的生命差。过度蓄积的生命差，是生活和创造的渴望。前者是被消费了的精力一回复，便即中止的，和环境所给的损失为比例。第二的生命差，是无限的。为什么呢，就因为精力的阔绰的消费，即以促新的越加旺盛起来的营养的补充的缘故。这些快乐，惟在对于有机体，确保着营养的任意的补充之际，这才能有，那是不消说得的事。倘是那器官只能利用有限的食物分量那样的病底有机体，则对于生的欢欣、生的渴望，都是无能力。在他，节约的原理是有着别的意义的；在他，以竭力减少器官的动作为必要。无智的野蛮人，喜欢喧嚣的音乐、浓重的色彩、狂暴的运动。他还未懂得由于调整器官的活动，而能将快乐的总额，增加到几倍。懂得这个的，是真的乐天底的美学家。他只尊重适宜。他知道虽是非常多样的感觉，只要将一定的秩序引进那里面去，便易于知觉。最后，有着纤细的神经的疲倦了的颓废者，则蹙额于一切响亮的声音和活泼的色彩。在他，灰色的色调和静寂和阴影，是必要的。因为他的器官，是纤弱的缘故[2]。在这里，我们正遇到美学底评价的相对性的法则了，但关于这事，另外还有述说其详细的机会的罢。

现在是，移到人类究竟称什么为美呢的观察去。

我们所知觉的现象的一切的流，由解剖的方法，被分解为各不一致的诸要素。例如时间空间的感觉、味觉、嗅觉、听觉、视觉、触觉、温觉、筋肉感觉等就是，就味觉、嗅觉，触觉和温觉而言，这些平常都全从美学推开。不被认为美的要素。对于这事，我们已经指摘过，以为并不见有特别的深的根据了。我们在这些感觉和别的所

2　此处原文为“是纤弱的的缘故”，疑为原文多字，故更正。——编者注

谓高等的感觉之间，所能分划的境界，就如下面那样。就是，味觉，是和空腹及饱足的感觉紧紧地联结着的。温觉也一样，直接地和有机体的必要相联结。凡这些，是不随意感觉。但将味觉的快乐，归之于饱足的感觉，是不能够的。味觉和嗅觉相结合或相融合，就形成着有些人们作为艺术而在耽溺的快乐的颇为纤细的一阶梯。嗅觉则必要的范围还要宽大，且给心理上以许多的影响。温觉和纯粹的触觉，是很有限的。然而热脸的当风，以及抚摩光滑的或绵软的东西的表面，是全然解脱了先行的苦痛或欲求的解决的快乐。不过这些感觉是比较底单纯，与一般心理的生活和世界观的交涉又属寡薄的事，是成着将这些感觉，从美学的领域除开的理由之一罢了。和这一同，还有味和嗅的生理学底方面，现在尚未被十分研究，也是不愉快的事实。

但是，无论谁，也不见得说仅用这些要素，就可以创造什么美的东西罢。虽然如此，而这些感觉，却间接底地影响于我们的复杂的知觉的美无疑。橘子，较之香烈汁多的熟了的柠檬，美底价值要少得远，只要将柠檬一瞥，我们便感到了。引起例来，还多得很罢。恶臭能破坏一切美底情调，和芳香之能很提高美感是一样的。香气的作用，在所谓经验的伴奏的意义上，并不下于悦耳的音乐的作用。

但因为和这些感觉相应的生理底记载，在目下，我们还未了然，所以我们移到视觉和听觉去罢。这些感觉的解剖，是对于最广义的一切美底快感的理解，将确实的钥匙给与我们的。[3]

筋肉底或神经底感觉，都伴着一切视觉底知觉。由此而纯粹的视觉，即光的感觉，则摄取或种形式，布列于空间。这时候，要来

3　就触觉而言，则由此所惹起的快不快，我们从关于听觉所取的见地，就可以容易地加以说明的罢。读者可以将下述的理论，适当地推演开去的。

讲辅助那识别在三次元底的空间的方向的视觉底要素的相互的空间底距离的，谁都知道的眼睛的构造，大约是没有这必要罢。使眼睛向各种方向转动的筋肉，使水晶体缩短的筋肉，还有跟着所观察的物体的运动，而将头旋转的颈项的筋肉，都能够规则底地或不规则底地运动。首先，规则底的运动，是稳当而且节奏底的运动。实验指示得明明白白，凡锋利的、零碎的、凌乱的筋肉紧张，便立刻感觉为不快。节奏底和规则底，几乎成了同义语了。游戏之际，加入对于视觉底世界的知觉的过程的筋肉，必须规则底地适宜地动作。我们称之为波状线，正则的几何学底图形，直线，线的自由的跳跃，美的正确的装饰的律动者。这些一切，是正和眼的构造的要求相应的。和这相反，断续的线、不整的图、突出尖角的形态等，则使眼睛屡改其方向，耗去许多努力。所以易于知觉，是成为形态之端正，愉快的视觉底评价的根柢的。实验在分明教示，端正的形态，于眼睛是愉快的，不规则的形态则不快。在由眼所观察的空间内的物体的运动上，也可以适用一样的思索。

一切的律动，预想着后至的要素，和先行的要素相同。所以知觉机关只要一回适应过一要素的知觉，便毫无困难地知觉其余了。凡有律动底的东西，都容易被知觉，律动底的运动，容易被再现。因此之故，律动是形式底美学的基础。

这事，在听觉的世界里，比在视觉的世界里要显现得更分明。不但律动底的音响，被知觉为较愉快，而律动的一一的不规则，立刻作为不快的冲击，反映于意识上而已，物理学家于分解其要素——调子的事，也已成功了。而且已经明白，愉快者是由空气的律动底的震动而成的调子，音色和音阶。这些愉快的音响，在悠扬起伏之际，是画着有些复杂，然而有着规则地交替的波的波状线的。所以听官也分明受着和眼的神经筋肉器官同一的规则的支配。

要讲纯粹视觉，即光的感觉，是困难得多了。将这些（同样地并且也将这以外的一切的感觉）一括，而使之依照机械底的法则的假说，是有的，但这在现在，还不过是将作为无限之小的物体的机械作用的那化学的观念，当作基础的假说。

我们所明白的，只有下面那样的事。就是，极微的光（像极低的音一样），是不快的。这使视觉紧张，不生产地消费多量的精力。又，太明的光（像震耳的声响一样），则使于一时撒布多量的视力（正确地说，是化学底精力），因而感觉为苦痛。这事，是完全和我们的前提一致的。最美者，是饱和色，即不杂别的要素，而成于同一的要素那样的东西。色者，物理学底地说起来，则不过显现着客观底地，是自己内部并无分明的界限的，逐渐短缩下去的电磁波的渐进底阶段。所以我们只好这样设想，眼睛的装置，是几个器官的集团，那每一个，是只对于一定的波长会反应的。容许了这全然合法底的预想的时候，这才会明白和知觉器官的各种集团严密地相应的波，为什么在他们就成为轻快的，愉快的；并且为什么当此之际，色彩的最大的浓度和强度，是最为愉快的了。然而混合色，却使眼的各种要素，不规则地发生反应，引起疲劳来。否则，和这相反，有些时候，就被当作朦胧的无聊的东西。这所以然，全在和律动底的波状线，较单单的直线为美这一个一样的原因。就是，因为为了美底满足，是于知觉的轻快之外，还必须给以大的规则底的劳动的总量，即丰富的知觉的。

我们在这里，不能进于存在各种的色之间的复杂的关系的探究了。色的连续或配合的快不快，则已由因这些而在眼中所惹起的过程，一部分是相同，一部分是相反的事实，分明给着说明了。要之，这时候，应该也作用着同一的法则的。

色之分为所谓温色和冷色的事实，是极其重要的。就是，有最高的温度者，是赤色；蓝色则最冷。温色引心理于兴奋状态，冷色则镇静底地作用。以或种色为最愉快的认定，是和其人的气质以及一般心理状态相关，到最高的程度的。病底的、孱弱的、易感的，伤感底的有机体，寻求晦暗。那是因为眼中的精力的丰富的放散，视神经以及和这相应的在脑中枢的急速的律动，要惹起生命紧张的全部的增高的缘故。因为响亮的音乐也这样，明快的视觉底印象，是使物质的变化强盛，而全有机体遂被置于所谓最强有力的调子上的缘故。自然，在过度消费的生命差的一般底压迫之下的有机体，对于由同一的原因而在具有余力的人们则惹起积极底兴奋那样的现象，是只好极端地取着消极底态度的。但是，晦暗和静寂，虽为疲乏了的人们的诗人们所歌咏，却未必完全恰合于他们的要求。至少，也并不在带灰或带青的昏黄，冷的几乎没有浓淡的色彩，静的悦耳的声音之上。因为晦暗和静寂，是将病的有机体弃置在孤寂里，说道能睡去就很好，便算完事的。然而，倘若过度消费的生命差依然作为苦痛而存在，又怎么好呢？但是，幽静的音响和模胡[4]的物象，却因为分散注意，而令人镇静。就是，这些，是将兴奋而在不规则地震动着的神经系统，引向缓慢的律动底的振动去的。在这里，即存着泼剌而乐天底的，和镇静而抚慰的两种的艺术的根源。在音乐上，和温色及冷色相当者，有长音阶的音调和短音阶的音调。要显示长音阶和短音阶的纯生理学底基础，是困难的。但无论谁，涕泣、呻吟的时候，是短音阶底，笑或高兴的时候，是长音阶底。短音阶和哀愁同义，长音阶和快活同义。而这心绪，则和音的速度无关，说明起来，就是衰弱的有机体，当受到或种调子之际，因为不能堪受，便引下半音符去，使调子变低，而反之，高兴着的人，则为了新的力气的横溢之故，却使调子加高的事就是。由表现

4 现代汉语常用“模糊”。——编者注

高等有机体的悲哀和喜悦的这些方法联想开去，在我，是以为因为衰弱的有机体，而使短音阶底音乐，成着竟是如此愉快的东西的。

这样子，由视觉器官和听觉器官而知觉的美学底评价，是关系于有机体所支使的精力之量及其消费的规则底的程度之如何的。也就是，关系于知觉之际，眼睛和耳朵的反应，和那全构造可能完全一致与否的。语有之，曰："人，是一切的事物的尺度。"

现在，我们在低等的感觉的领域里，也能够指点出施行着同样的法则来。

嗅和味，也要求或一程度的精力的消费的。"无味"这一句话，将过度蓄积的生命差的不够办理妥帖，表明到怎样程度，只要看对于各种领域上的许多类似底的现象，都适用着这话——无味的文章，无味的音乐等，也就明白了。和这正相反对的，是尖而辣的味。这些是较有兴味，也较有内容。这些能引起大量的精力的撒布。古希腊的盐（细密的机智之意）这句话，就从这里出来的。然而，尖而辣的味道也能够过度。那时候，从皱眉来判断，即明白味觉的中心动作得太强，因此也一并刺戟了别的最近的中心了。和这一样，最愉快的气息，一强到过度，也就被感觉为不快。自然，虽然如此，对于何以或种气息是愉快或不快的缘故，却还是难于断定。关于味觉，一切味：酸味、咸味、辣味、苦味等，在适当的程度上，便是愉快的事，是几乎可以确凿地说出来的，但于气息，却不能一样地说。总之，在短短的论文里，对于在美学上比较底地不甚重要的这些感觉，是没有详细考究的余地了。

象这样，我们可以一般底地，定出下文那样的法则来。就是，可以规定一个原则：凡知觉之际，和积极底兴奋相伴的一切的要素，是恰如适应着人类的各器官似的，易被知觉的要素。而且这和生物机械学底法则，也全然一致的。

这些要素，怎样地结合着而表现出来，可以因此使效果更有力。且完全置低等的感觉于不问，单就视觉和听觉的要素，再来加以观察罢。凡这些，是都由律动底的反复，而增加其效果的。这事实的意义，无须来絮说。均齐者，是律动的部分底的显现。要知道各视觉底知觉，由均齐的程度而增加怎样的效果，说征之单纯的实验，也就可以分明。假如我们在纸上落了不快之形的墨渍，接着将纸对迭起来，则墨渍便染在两半张上，虽然是最小限度，但得了有着显著的美学底价值的那均齐底之形，却大概没有疑义的。将一定的统一和一定的正确，送给知觉，而知觉也同时得以轻快，评价较大了。

但是，知觉的轻快之度，未必常与美学底价值相等，却是无疑的事实。一般底地说起来，则耳朵和眼睛，是常常追踪着很错杂的不规则底的许多骚音和形态之后的。两器官在那觉醒中，总在动作，从事于解剖混沌的骚音和视觉底斑点，以及将这些安排于空间。那中枢，则从事于识别这些，即将这些东西，统括之于由先前的实验所获得的综合里。所以凡规则底者、轻快者，便即刻在我们的意识内，被识别为愉快的东西。但倘将我们的注意，集中于视觉或听觉受着一种限制的范围内的时候，即如我们要享乐热闹或音乐的时候，则我们不但要求各要素的轻快而已，并且要求印象的一般底高扬和丰富。我们是愿意消费与平时几乎同量的知觉底精力的，但希望所得的并非那未经组织化的刺冲，缺陷和痉挛底的刺戟，而是这些器官的计画底活动的可能性。倘若不使我们注意于别的音响，而只给听单调的音响的律动，那么，我们大约立刻会发见其无聊。那新的各要素，固然许是越加易于被容受的，但器官受了极不足够的活动，假使先导的精力的过度消费并不要求休息，则这种音乐，便要被当作讨厌的东西的罢。（在这里，自然一定也有少数的中枢机关，因为专来知觉了那单调的现象而起的疲劳的。）在别的处所，我们大约还要回到这事实上，指出那大的意义的罢。为免掉这样的无聊的印象起见，一切连续底的现象，即必须是多样；然而这多样性，又必须是合法底。可惜我们在这里，不能入于美学底多样性，美学底对立等诸法则的详细的检讨了。这之际的一般原则，是一个的。就是，知觉机关及其中枢的活动，必须保持着那完全的正确，而也达于最大限度。倘若种种的视觉底或听觉底现象，能全部捉住这些器官所能够消费的精力，同时律动底地规则底地使这振动，则那时候，能得到将人的全神经系统，瞬间底地捕获于甘美的近于忘我的欢喜的一种感觉之中这最高的快乐。

但是，我们所检讨了的要素和结合，还没有汲完了美的全领域。凡这些，都不过单是成着形式美的领域的。

一切的知觉，是在人的心理上，惹起那强有力地作用于各种现象的美学底意义上的随伴底观念的一定的联合的。有时候，这些联合底要素，比起直接形式底要素来，并且还要显著。例如，被评价为视觉底标本的最美的人，其实是不很正确，而且未尝加意修饰的形体。虽在第一流的美术家的画布上，对于未曾见过一次人们的存在，他是作为这样的东西而出现的罢。但在我们，和这形体，是联合底地连系着许多观念的。所以美底情绪之力，就见得非常之大。这种例子，可有无数罢。而有美学底意义最多的联合，则有两种。是和快乐的观念的联合，以及同情底联合。

熟的果实，一部是由于这是美味的这一个理由，给我们以美底印象；味觉和嗅觉的联合，也强有力地作用于所谓静物的美；女性的美，从性底见地而被评价：凡这些，是完全无疑的事实。

我们看见人，以他为美的时候，纵使匀称的脸，鬈旋的发等，也有些各各的意义，但我们的判断，是仅在极少的程度上，由形式底的要素而被决定的。这时候，快乐的联合，就远有着更多的意义。快乐的联合，是使女性的美，对于男性成为特是感觉底，又和这相反，使男性的美，对于女性成为特是感觉底的东西的。然而美学底地发达了的男性，女性也一样，却仅于观照同性的脸，也可以得到快乐无疑。在这里，就显现了最重要的联合底要素、同情底要素。

别人正在经验[5]着的许多感觉，立刻传染于我们，给我们以那感觉的反响，使我们归在同一的调子上。疾病、负伤、各种的苦恼、衰弱、白痴，约而言之，凡是那本身已经成了分明的过度消费的生命差的，或是成着有机体对于这样生命差的无力的分明的征候而显现的一切被低下了的生活，美学底地来看，则被知觉为消极底的东西。反之，高涨的生活、健康、力、智力、喜悦等，是最高级的美的要素。人类的美（身体和脸都如此），是大抵被将禀有活泼丰富的心理的健康而强有力的有机体，表示出来的特征的综合所包括的。

端正、力、清新、泼剌，轮廓的大的脸（一般底地说，则这常是发达了的头脑的特征），表情底的眼——这是美的最主要的要素。于此还可以附加感觉底的要素，即第二义底的性底特征。动物的美（对于这，大概有同一的要求。这时候，体格的端正的原理，常是应着动物的构造的一般底的格式而变化），是可以有静底以至动底的。前者的意思，是动物虽在屹然不动，我们也能够构成起来的美；后者，即所谓动底的美者，就是运动的美。这首先是关系于运动的优美的。我们指一切并无目所能见的努力，而在施行的最自由的运动，谓之优美。我们所行的一切努力，大抵是不快的。然而轻快的运动，则立刻由一种自由的预感，感染我们，且伴着极显著的积极底的兴奋。

然而，将活的存在的心绪和感情，以反映之形，再现于自己之

5 现代汉语常用“经历”。——编者注

内的事，还不止此。人们的脸，是有最多样的无限的联合，和那运动相连系的外界的一对象。我们要立刻决定，对于愤怒、喜悦、侮蔑、苦痛等及此外无数的精神底动摇，怎样的运动是正确地相当，这事恐怕是极其困难的。我们不能在形式底的意义上，说嫣然的微笑，美于侮蔑底的颦蹙。但我们是在人们的脸上，诵读他的心的一切音乐的。而我们的心理的或一部分，则将一切这些运动再现出来，使我们共鸣于同胞的悲哀或欣喜。

同情者，最先是供职于认识无疑的。凡动物，不可不活泼地辨识别的有生的存在，就是，友和敌所感的是什么，在怎样地期待他，在怎样地对付他。而现在呢，那自然，凡是有着最发达了的感觉的锐敏的人们，只要有些抽象力，足以综合及统驭在这范围内的自己的经验，便可以知道人们的心，过于别的人。但应该注意，当此之际，由于显在脸上的别人的心的动作，而我们所被其惹起的积极底兴奋，是能有二重的意义的。就是，读着嫣然的微笑，我们可以将这人对我们怀着好意，将给我们以利益和喜悦这一个观念，和那微笑连结起来；也可以仅是感到在这人的精神上的善良的宁静的世界，将这反映于自己的心，而以这反映自乐。

人类不但这样子，读着别人以及许多动物的脸或动作而已，还要进一层，竭力想由类推法，来读无生物，即周围的景色，植物，建筑的精神和心绪。这能力，就成着诗的主要的根源之一的。诗便将这种无生物的人格化，高声地立着证据，我们早没有证明我们之说的必要了。

建筑学的法则的大部分，都被包括在内的所谓动底均齐，即不外于这样的人格化的结果。假使不相称的重量，横在圆柱上，我们便不以为可。这并非单怕它倒塌（在绘画上也这样的），也因为受一种印象：这在圆柱，是很沉重的罢。轻快，典雅，端正之所以到处由我们加于建筑物者，和我们的到处谈着忧郁的云，悲哀的落日，激怒的狂风，微笑的清晨之类，全然一样的。我们在我们的心理上，会感觉到宛如从外部暗示我们似的意外的情绪。于是由带着同情底的暗示的类推法，来预想那活在周围的事物里面的精神。

从形式底的积极底的要素，即从易被知觉的要素，从生的欢欣和精力的高扬所包括的联合底要素，从一面引我们向新的较规则底的强有力的节约底的律动，而一面使我们的生活力高扬的联合底要素——创造出一切的美来。

所谓美者，就是在那一切要素上，是美学底的。诸要素的巧妙的结合，更可以提高这些要素的美。但是，广义上的美的领域，由美的概念是汲不完的。折转的线，模胡的色彩，骚音和叫唤，肉体及精神的苦恼，虽然在任何时会，都不是“美的”，然而大概可以成为美的要素。那么，反美学底的现象，怎么能获得美学底色彩的呢？这问题，是要成为次章的我们的研究的对象的罢。

二

倘若我们将注意向那非美学底的东西的广泛的世界，那么，将见那世界，先是分为全然反美学底的现象和比较底无差别的现象的。

我们名之为反美学底的现象者，是那知觉，伴着消极底的兴奋的。伴着消极底的兴奋者，是过度消费的生命差的一切的状态。这样，我们就可以作如此想，过度蓄积的生命差，是否定各种现象构成反美学底性质的可能的。有一部分，也确是这样。就是，生活力旺盛的人，有将一切看作不足介意的倾向。然而应该记得，问题与在全有机体的生命差无关，也不在有机体各个的生命差，而是关于在要素的生命差的。大抵，有机体纵使怎样地蓄积精力，但眼前的辉煌的光的闪烁，也不得不惹起视力的过度消费来。听官是恐怕能够喝干音响之海的罢。然而虽是微弱的骚音，也能够破坏或种听觉底要素，给以病底的刺冲。

凡有要求着过度而不相应的力的消费，使器官不规则地动作者，都是反美学底的。和形式底的美正相反对者，即都是形式底的丑罢。和苦痛、疾病、衰弱等相关联的，都被内容底地知觉为丑。然而，当此之际，我们和新的现象相见了。

人类以疾病、愚钝——一言以蔽之，是以弱的、低的，衰下去的生活的一切的现象为丑，是毫不容疑的。这样的本能的发生，不但从苦痛和衰弱的状态，也使我们的心，同情底地哀伤起来的事看去，便全得理解而已，凡有对于衰颓的嫌恶，是保存种的力，引向优良型范的杂婚或结合去的，所以也适合于目的。但是，这样地成着侮蔑的对象的弱的人们，也还得设法活下去。他们自己的丑，在他们之前提出闷闷的问题来，不绝地成着生命差的鼓舞者。他们对于运命和神明，对于社会，对于强者和傲者鸣不平……“我们何罪呢？”他们说。然而，为运命所虐的多数人中，则愈是添进全然不当地辱于社会者，即穷人去。对于病人，可怜人的侮蔑，在觉得自己是被弃者，是可怜者的穷人，不能是正当的感情。人们所感的同情底的苦痛，使健康者和强者皱眉，说：“将这病人弄到那边去。”然而这同情底苦痛，在惯于苦痛的心里，则变为一般底的意义的“同情”。相互的同情，相互的扶助，在贫人和失败者们，是成为必要的东西的。于此便发生了不遇薄命的人们的道德和宗教。这便包含在苦痛是一定会获幸福的赎罪这宣言中。于是最可怕的苦痛的种类，便渐次和天国的慰藉，或（在更加疲乏的人们）涅槃的安息的观念相连结了。

这世界观，既以苦痛为那运命，是总跟着一切民治主义的。但是，新时代的劳动底民治主义，则即成长于劳动的过程本身中。那所过的单纯的生活，和穷苦的战斗，这一切，当贵族底的家族在安逸和过剩的轭下灭亡下去时，确是锻炼了肉体和精神。于是民治主义开始自觉到自己之力了。他从自己身上拂落了不幸者们所致送的梦。而且创造那进取底的，满以希望的，自己的道德和宗教。宣言作为生活的意义的劳动和斗争，以及将基于连带心的社会改造，作为理想。为什么呢，因为养成连带心者，没有胜于对最强敌的共同底战斗的。

所以，衰退者、不幸者、不具者、弱者，和社会底民治主义，无论那里都没有混同的必要。

与弱者的道德和宗教相应，他们的美学也发达起来。我们还要回向这问题去的罢。但在这里，只要说这美学，是依据着同情，赎罪之类的感情，开着向反美学底的世界去的门，就很够了。弱者的艺术的作为目的之处，是在将苦痛，死灭，病弱等，加以美化。而且将正义给与这些为生活所虐的人们，是必要的，——他们在这种艺术上，收了可惊的成功了。[6]

然而，和因于羸弱的反美学底现象一同，也有别的现象。就是，也有发生较之人，较之知觉着的主观还要强有力的恐怖的现象。恐怖是极不快的感动，是无疑的。受惊的有机体，准备着攻击和逃走、竦震、毛竖、叫喊、失神，瞪着眼睛以送可怕的东西之后，心脏痉挛底地挤出血液来，待到恐怖一过，则来了完全的衰弱。那是乏尽一切的器官，至于这样的。然而可怕的东西，却不会令人发生嫌忌。可怕的东西，同时也是力，所以假使这精神底的动摇，不被自己保存的本能所减弱，那么，力的感情，该是同感底地感染于

6　这之际，正向衰颓的民众，是不能联想底地知觉到可喜的现象的，加以有只好满足于低调的音阶的运命，在这里，达了原熟之域，在近于自己的精神的低的生活的世界里，而觉得舒服的事，也与有大大的力量。

观察者的。我们能够使这本能暂时睡下或减弱，而我们便可以从可怕的东西，来期待强有力的美学底情绪了。实在，有比我们的生活力，还要远出其上的生活力，我们大约是要受感染的。

事实就显示着我们的假定完全正确。就是，艺术表现着咆哮的狮子，一切吓人底的怪物等，而确不惊吓我们，使我们经验可怕的东西。"爱好强烈的感觉的人们"是借了制止自己保存的本能的发现，以享乐力的显现，而受着美底效果的。愤怒这东西（当然并非无力的憎恶），是愉快的情绪，是斗争底的情绪。战斗底的祖先们名战争为斗戏，诗人们描写愤怒若狂，将身边一切，全加破坏的英雄，来和神明相比较，也不是偶然的事。曰——

……从天幕里，
彼得出来。他的眼在闪。
他的脸凄怆。
动作神速。他是美的。
他全如大雷雨一般地。
——普式庚

在最后的一行上，我们发见了所谓动底地有威力者的美的说明。伴着激烈的暴风雨和咆哮的奔流，伴着迅雷的威猛的鸣动和眩人似的电光的闪烁，伴着爬来爬去的大密云的大雷雨，正如在原始时代一样，至今也还使人类的想象力惊奇。尤其是南方的热带地方的雷雨，更令人怀抱那关于满以愤怒的破坏底的强烈的力的观念。当人们为恐怖所拘，躲在角落里，在那里发抖之间，他自然不能从美学底的见地，来评价现象的。但在人们毫无恐怖地观察着狂暴的自然力的时候，则爽快和勇壮的活泼泼的感情，能够怎样地将人们捉住，岂还有不知道的人么？这事实，即可用自然以这样的壮丽，来放散的巨大的精力，是将力和飞跃的感情，使我们同感底地受着感染的事，来作说明的。

但是，伟大的东西，还不独以巨大的压倒底的动作之形而显现，同时也静底地作为伟大者，而显现于平静中。即从术语本身看来，美底情绪这时即含在伟大的感情之中，也明明白白。为什么人们以眺望面前的海洋和太空，放眼于广远的地平线上为乐的呢？也曾提倡此说，以为人类在无限之前，虽感到自己的弱小，但一切这样无涯际，横亘在他的意识里，却同时也觉得愉快的。然而，借了自己观察的方法，一面从伟大者的观照的感情中，一面则从自己侮蔑的感情中，能否发见智底的夸耀，却是一个疑问。总之，首先，诸君倘能在自己身上，发见那由于静底地伟大者所惹起的欢喜的感情，则诸君便知道，这就是近于自己忘却的静而且深的心绪了。为什么呢，因为当此之际，客观是几乎占领着意识的全视野的。所以人们有"忘我于静观的欢喜中"呀、"全然沉在静观里"呀等类的话。静穆的崇敬，惟这个，乃是对于静底地伟大者所经验的感情。

倘若我们将"伟大"这观念，分析起来，大概就知道，凡认为伟大者，是空间或力的集积，为极其单纯的原理所统一的现象。海的无际的广远，在那波的同样的律动上，是一律的；天空则无论我们白天来看，夜里来看，都一样地巨大、单纯。不规则底的云样，不规则底的星群，都几乎并没有破掉这巨大的圆屋顶的纯一。一切巨大的东西，是容易被容纳的。就因为单纯的缘故。倘若诸君留心于细目，或是细目大体地上了前，那么，伟大者的印象便消灭了。但是，伟大者一面容易被容纳，一面又强有力地刺戟神经系。伟大者不细分神经系统的机能，也不使神经系统对于无数的调子发生反响。但却以强有力的一样的律动，使神经系统震动。那结果，是得到甘美的半催眠底状态。

假如诸君半睡似的，毫不动弹肢体，出神地凝眺着微隆的碧绿的柔滑的海面，天空的蔚蓝的天幕罢。在诸君之前的一切，是平稳而广远。眼睛描了大的弧线，自由地眺望着地平线。小小的白帆的斑点，沉在单调的景色的一般底的印象中。然而这单调，却并不惹起无聊。精神在波动。由神经系所营为的规则底的自由的作用，大概是大的。那作用，能够使敏感的人们的眼里，含起幸福之泪来。（泪的分泌，即证明着血液的盛行流入脑中枢以及那精力底的生活的）。倘若海上忽然来了各种颜色的许多船，倘若那些船行起比赛来，或者倘若游泳者在海岸边激起水花，大火轮喷着蒸汽，在港内慢慢地开始回转。倘若这些一切生动的巨细的光景，抓住了诸君，那么，伟大这一个印象便消失，诸君的姿势就活泼起来，诸君微笑，轩昂，无数的感情和思想，将在诸君的脑里往来疾走罢。而且这是有味，也是绘画底的罢。……但诸君大约也会感到，比起先前直面大海，忘了自己，诸君自己也恰如深的无涯际的海的一角似的时候来，感情的紧张力要低到不成比较，然而感觉器官的作用却较丰富，较多样了。于是有群众走近这里来，诸君在自己的周围，听到用各种言语的谈天，笑的爆发。港内是宛然看见莫名其妙的人类的蚁塔一般的杂沓，的混杂。海是遮满着几十几百只船。诸君转过眼去，喧嚣和色彩和动作都太多。神经全然弄慌张了，来不及跟随一切的踪迹。疲乏了。感情的紧张完全松散。虽然是最大限的多样，但诸君所受的有秩序的东西却太少。神经的作用变得很纤细，这错杂，在诸君便是无聊，立刻使诸君疲乏，同时也使诸君厌倦了。

但是，移到别的假定去罢。略在先前还是静静的海，突然变黑，满了喷作白色的波涛。恰如睡眠者的呼吸一般平稳的海的骚音，变成强有力的威吓底的了。奔腾的大涛，直扑海岸，碎而沸腾，啮着沙，愈加咬进陆地里去。天空早被黑云所遮，一切昏黑，鼎沸。骚音愈强，海水倒立，怒吼，啮岸。太空宛如为可怕的雷鸣所劈了一样，电光的舌，落在要在混沌的扰乱中，卷上天去的波涛上。一种不可解的争斗，在诸君之前展开了。就是，几个自然力，在猛烈的争斗之中相冲突。诸君胸中的一切都发抖，心脏快跳，筋肉收紧，眼睛发光。每一雷鸣，诸君则以新的，新的欢喜，来祝福暴风雨。而且恰如以尖利的叫声，高兴地，并且昂奋着，翱翔于天地之间的飞鸟一般，觉得争斗和力的欢喜，生长于诸君的内部的罢。力的发作和争斗这两样的伟大，使诸君感染其威力而奋起。为什么呢，因为诸君将那威力，作为活的发怒的力的争斗，无意识地容纳了。

多样之中的统一，是美的东西的几乎不可缺的原理。因为多样者，是蓄积得过度了的能力的完全的撒布这意思；统一者，是使易于知觉的作用的正确这意思的缘故。但以为据这原理，便可以明白美学的本质，却是不对的。就是，在伟大的东西上，统一有时排掉多样，而占着优位。在绘画，则如我们将要见于后文那样，是多样凌驾着统一的。美能够将损失于多样者，由接近伟大去，而从紧张力中获得。美又能够将损失于统一者，从接近绘画底的东西去，而由比较和对立的华丽和纤细来补偿。但是，关于这事，将来会更详细地讲说的罢。

我们已经说过，恐怖可以是美底。凡动底地伟大者，在这是和我们为敌的时候，则以将要压倒我们的意思，常常是可怕的。为能够享乐伟大的和威吓底的东西计，所必要的是大胆。惟有一定的客观性，给我们以纯美学底地来评价现象的可能。然而，主观底的兴味，对于被评价的对象的个人底关系，则惹起许多动摇和感情来，使我们的知觉的纯一，为之动摇、昏暗。由同感底的联想，评价受了制约的时候，这事就尤为确凿。就是，当看见强有力的和可怕的东西之际，我们能够同感底地感觉到力和勇气的意识。但反之，也能够将注意向了这样的敌和我们的个人底冲突的不愉快的结果。凡胆怯者，是不能接近伟大的和威吓底的东西之美的。

伟大的东西和威吓底的东西，不但作为那东西本身而显现，也显现于其结果，于其所征服的障害，于其所行的破坏。可怕的东西、威吓底的东西是施行破坏，给人苦痛的。人类从四面八方，被这种不可抗底的敌所围绕。然而对于他们，不可不用勇气。英雄底的战斗，是悲剧底的场面。因为这时候，我们不但是愤怒、征服、破坏，也直面着服从、倒掉，苦痛的力的冲突的。于人生看见悲剧底的事件的时候，我们同感底地一并感觉到争斗的感情和败北的感情。就是，我们看着可恐怖者和正在苦痛者，而自己也在恐怖和苦痛。再说一回罢，恐怖和苦痛，是消极底的，但却是强烈的感情。这消极性，即存在于以自卫为目的的能力的巨大的消费，对于苦痛的恐怖，以及苦痛这东西，在我们里面所呼起的痉挛底的激动中。倘抑住这些的激动，从恐怖和苦痛的情绪，除去这些的外面底的显现，则均衡便即改变的罢。就是，痉挛底的不规则底的作用的量，便即减少的罢。倘若惹起恐怖和苦痛的东西，能诱起规则底的作用，使我们感染自发、勇气、战斗的欢喜，又从大体说，倘若这是伟大，能在我们的里面发起强有力的单纯的动摇，则那时候，我们大概便得以享乐悲剧底的东西了。

凡是悲剧底地美的东西，如观察者的精神愈强韧，并且那精神被征服于恐怖与其结果的事愈少。又从大体说，于成着悲剧底的东西的本质的那精神底的动摇，经验得愈惯，便愈成为易于容纳的东西。艺术能够特由描写悲剧底的东西，而容易地收得美底效果。关于这事，我们已经在概论恐怖的时候说过了。凡悲剧底的东西的一切内容，都由艺术而被再现。但我们既然没有忘却所讲的是关于描写的，那么，我们就能够冷静。就是，我们能够对于外底的动摇的印象，不生以自卫或援助为目的的反应。将对于悲剧底的东西，取冷静的态度，经验恐怖和争斗之美，在英雄的苦恼中，他们的英雄主义之可尊重的事，教给人们者是伟大的使命。

恐怖，苦痛也一样，实在是由悲剧底的艺术，而被表现为可以惊叹的一种美的东西的。这训练我们，使在实际生活上，当恐怖袭来时，也能自制，不流优柔的眼泪，不因同时成排而倒的兄弟们的苦痛而啜泣。从小恐怖和胆怯的解放，是只能由对于恐怖的习惯的代偿而得的。从苦斗之际缚住我们手脚的易感的同情的解放，只由惯于苦痛的出现的事，才能够得到。而且惟有这个，是向悲剧底地美的东西，给以那最深的意义的净化。而这在我们之中所涵养者，并非冷淡，乃是能尊重争斗与其力量以及紧张力的能力，能措意于创伤和没有呻吟、勇气、机略，机智等能力。涵养勇气于人们中，是伟大的事业，真的悲剧底的艺术，于此是尽着职务的。

但悲剧正在逐渐小下去。现在我们每一步，便听到表现出日常生活的悲剧底的东西来罢的要求。然而，可惜，我们在日常生活上，寻不出悲剧底的东西来。琐事、偏见、贪婪、下劣的自负，廉价的忧郁和怠惰，这是悲剧底的东西的要素么？要将死亡，疾病，不可抗底运命，一样地压迫一切生物的一切的恐怖，容纳为悲剧底的东西，则必须有什么全底的东西、强韧的东西、勇敢的东西和这些相对立。被缚的泼罗美修斯——是悲剧。但亏空公款而被告发了的一家的父亲，则即使他、他的妻、孩子们的苦痛有怎么大，也不是悲剧。这些苦痛，能给我们什么呢？这些能用什么，并且怎样将我们提高呢？这些，是使我们感染高尚的生活的么？没有生活的向上之处，没有英雄底的东西之处。在那里，是不会有悲剧的。“斯托克曼医生”——虽说那里并无特别的苦痛罢，是悲剧。默退林克的颓废底的戏曲，则虽然全体是苦痛之海，却是贫弱的恶梦。

将衰弱的生活，不加嘲笑，却要同感着表现出来的现代艺术的倾向，是真的颓废。感染着死的恐怖，我怎么能经验快乐呢？然而，快乐是分明被经验的。人们为了要看见平凡的人们的悲哀而下泪，又为了要在契诃夫的三姊妹和她们似的人们的生活的葛藤上感到兴味，生活是应该怎样地灰色、颓丧、凝固的东西呵。教母们在茶会时，她们是大家谈些关于邻人的一切闲话的，但还要无聊的事，想来未必会再有了罢。她们叹息，大家蹙额，互相耳语，恶意地高兴。可怜的无聊的事件，在她们的可怕的空疏的日常生活上，是进展为显著的什么东西的。和美的伟大的悲剧底的东西一同，而可怜的，乏极的，可惨的，谁也用不着的那种美学的出现的事，是只由一般底的生活的低下，能够说明。虽在人类生活上最坏的时代，那美底感情，也还使人们探求什么明快的东西，强有力的东西，即使不美却是特殊的东西，而嘲笑丑恶的东西的。对于严肃的美学底的态度之对丑恶，虽只好完全失色，但营为高尚生活的本领，确已在日常琐事的纠纷之中渐渐磨耗着，吹熄着了。然而丑恶的东西的描写，倘若艺术家由此能够多唤起惯于生活在丑恶之中了的一切种类的联想，以及在俗人的眼中失其丑恶，而今特使他多记起素所亲密的丑恶之姿来，并且多震撼俗人的精神所习惯的活的小感情，那就成为很有兴味的东西了。

悲剧底的美的感情，渐渐在小下去的事，当讲述关于悲剧底地美的东西之际，是无论如何，应该确认的事实。[7]

丑恶者、可怜者、羸弱者，都能够令人发笑，一面作为滑稽底的东西，而成美底情绪的源泉。严密地说，则滑稽底的东西，并不是美的东西，以滑稽底的东西的表现为目的的艺术品，只在那是艺

7　一切这些事，都关系于革命的艺术。革命使这种艺术品成为更加无聊的东西了。

术底地做出对象来的时候，就是使我们容易地感受各种分明的现象的时候，才能成为美的东西。滑稽底的东西本身，并不是美。但是，虽然如此，却唤起美底情绪，即可笑味来。可笑味者，是有机体的愉快的状态，这之际，有机体的一切器官，则在自由的兴奋中。

从可笑味往往被和无聊相对照之处看来，则神经系统的兴奋，物质的强烈的交替，分明是可笑味的不可缺的特质。但自然，这兴奋，是不得超过由有机体的能力的一般底蓄积所决定的绝对底限度，也不得超过有机体的个别底要素的能力的个别底限度的。倘若我们将有机体引向兴奋，许以行动的完全的自由，则这和引他于愉快的心情者大约相等，自由的兴奋和愉快是同一的东西。然而，使我们兴奋，使我们自由，将供给游戏之力的可能性赋与我们的滑稽底东西的本质，究竟是什么呢？

兴奋者，仅在一种形式上，即作为生命差的解决，这才可能。假如诸君见了什么一种不知道的，不可解的东西。于是在脑里，便发生生命差，普通的动作的破坏和疑难。脑就在寻求解决。就是，因为要知道对于那不知道的东西该取怎样的态度，所以竭力来加以识别，想将这归纳于已知的东西中。联想接连而起。能力撒布得很多量。血液的集注，也应之而增加。倘若劳动并未超过那能力的消费诱起了疲劳的程度，又倘若脑的劳动，并未被消极底的复杂情绪的要素，例如对于未知的东西的恐怖、不安、不满等，弄得复杂，则能被经验为一种的快感。但现在，问题是解决了。一切都回原轨。劳动完毕了。假如诸君还未疲劳，那么，将如不至疲劳的体操之后一般，感到愉快的兴奋和力的过剩。[8]

最初的生命差愈显著，所与的现象离普通的形状愈大，则营养

8　将和满足或不满足相伴的一切情绪底特质或色彩，例如恐怖，愤怒等，阿筏那留斯名之为复杂情绪。

的注入于脑也愈强，这事是自然明白了。别一面，生命差的排除愈急速并且愈是不意地发生，则轻快的感情和力的过剩的感情也就愈高，这也是自然明白的事。滑稽的本质，是在这在心理上，惹起拟似底生命差来。

假如诸君戴了假面，去吓孩子罢。孩子们吃了惊，凝视诸君，不安和恐怖，抓住了孩子。孩子要哭了。但诸君在恰好的时候除下假面来，孩子便知道那是诸君。孩子看见没有可怕的了，就且笑，且喜，要求“再来一回”。

一切滑稽的东西，都以这方式作用着的。滑稽的东西是独创底，和普通的东西很不同。但这不同，在次一瞬间便被表明为假想底的或不很重要的东西。

人类的容貌和普通的模样略有偏倚者，都是滑稽。但倘若这些超过了一定的限度，就成为可嫌恶的、不具的东西了。些微的不合式[9]，也是滑稽，到更甚，就惹起愤懑。些微的不幸和灾难，是滑稽，但更大者，则呼起同情来。凡这些时候，我们是有着为觉其无意义的思虑所贯通，而且以意外的容易所解决了的，未完成的形式上的嫌恶，愤懑和同情的。

我们当观察或种现象的时候，我们预期着那现象的或种自然底的结果。倘若这并不立刻显现，而那现象走了意想之外的方向，则我们经验着一种的刺冲，或者认真地沉思，或者觉到了那偏倚之无价值和单单的假想底的意义而失笑。

假如那见解为诸君所深悉的诸君的朋友，突然在诸君所不相识的人们的集会之处，说出和他平常的见解全然矛盾的意见来了。那就使诸君疑惑、吃惊。诸君和他一同回去，一面认真地给他注意，说是“参不透那言动”。“那里，自己的意见我是一点也没有改变的，

9　现代汉语常用“合适”。——编者注

我不过给他们胡涂一下罢了。”那时候，诸君将因疑惑的消灭而失笑罢。但同时也生起“可是给好朋友们发胡涂，岂非不很好么”的思想来。诸君便再用认真的调子，给以这样的注意。他说，“是的，但他们不是十足的胡涂虫，半通不通么？”并且将这用事实来证明给诸君看。那么，诸君又将因自己的疑惑的落空而失笑了。较之这事，所笑的大约倒在想起了那半通不通怎样地将诸君的朋友的假设底的思想，认真地发着议论的情形。为什么呢，因为一切错误，全是滑稽的缘故。因为那滑稽，是含在和情况不符的行为之中，那行为的不相当底的对比之中的缘故。但是，倘错误招致重大的结果，那就成为可嫌忌，可害怕的了。

一切的机智，都无非是会话和议论的普通的进行的破坏。倘若这是含有认真的意义的奇警的思想，则于各种问题上，投以意外的光，使诸君的智底作用，容易起来，便不仅作为轻快的东西而发笑。然而纯粹的机智，是常常存在意外的对比之中的，那对比突然惹起惊愕，于是诸君叫道：“哦，原来如此！”而失笑了。

愚钝也是理论底地正确的思想连续的破坏。假如有谁说些呆话，诸君便像对于机智一样地发笑。然而倘若这愚钝，或其中所表现的或一人物的无智，带来不快的结果，那么，诸君就要嫌忌的罢。

要之，可笑味的情绪这东西，是起于什么强的，约言之，则消极底的情绪，就是疑惑、恐怖、不平、嫌恶、愤懑等，突然从抑制状态，得到解放之际的。

我们的关于滑稽的东西的观念之正当，那最好的证据，是将和滑稽底的东西的知觉相伴的笑的生理学底现象，加以解剖。

我们有着显著的生命差，就是，由于在血液集注于或一器官的形状上的能力的强度的流入，因而回复了的能力的流出。说起来，便是罅隙骤然合上了。不绝地输送营养的器官的作用，有停止的必要。因此而本能底地使别的器官活动，使营养的处理归于平均。先前曾在作用的器官的能力，便扩充而刺戟邻接的器官了。这时候，脑中枢则照一定的顺序，去刺戟运动中枢，其时因此所惹起的运动之量，是由皮质中枢的先行刺戟而决定的。就是，最先，是脸的筋肉动作了。我们称这为微笑。于是全身逐渐运动起来。我们就笑、哄笑、拍手、顿足、绝倒，恰如痉挛似的辗转。

笑、哄笑，即胸壁的振动和肺内空气的痉挛底放出。凡这些，据赫拔忒·斯宾塞的意见，是有着减少有机体内的酸素之量，使血液的酸化变弱，因而也使那作用之力变弱，而从已经太过度了的劳动，保护脑髓的价值的。

我们不能进于滑稽的一切领域和笑的许多形式的详细的研究去。只在这里说一声：以善良的宽大，观察许多事物，指摘各种的特殊性和差别，而不加以认真的意义者是成着幽默的本质的。假使我们从高处，并且轻蔑底地来对事物，则也如善良的宽大一样，即使许多东西，是有愤懑的影子的，但也在我们里面招起笑来，这是讽刺的本质。在轻妙的讽刺里笑为多；在恶毒的猛烈的讽刺里则愤懑胜。例如试去一留心在论争上激昂了的对手，说着“你的意见完全是滑稽的”那样的事实，就是颇有兴味的事。人们在这时决没有笑，是沸腾着的。然而他不过是想用了这话，来说那意见其实不必认真对付，却有用了笑的方法，来除掉所设定的生命差的必要罢了。笑的解剖，至今谁也还没有完全地施行过。然而笑的各种的形态，是令人深深地窥见人们的精神的。为了这事，自然，必须专门底的庞大的著述。[10]

倘若滑稽底的东西，即使惹起不可疑的美底情绪，却还不属于美的领域的，则关于类型底的东西，也就不得不一样地说了。美学

10　绥黎的研究，伯格森的研究，都难说是十分满足的东西。

的范围，不但不为美所限，且也不为最美的东西所限。虽在最狭的解释上，美学也含着类型底和滑稽的东西的。因为我们倘将这两种，在论美的种类这章里观察起来，则滑稽底和类型底的东西，照原来虽然决非美，但在艺术上，却作为美的有力的要素而显现的缘故。在天然中，类型底的东西的全部，是未必一定美的。然而在艺术上——全部是无条件地美。因为当艺术作品的知觉时，在普通的要素上，又加上关于艺术家的手段和那构成力的思想去了。契契珂夫（果戈理著作中的人物）并不美，我们不会酷爱他。然而我们虽然侮蔑着他，第一，却喜欢他是类型底的，第二，则酷爱果戈理的天才。诗底小说《死灵魂》（果戈理作），在那内底意义上，是可怕的。但在竟能联想底地呼醒关于人类的天才之力的观念的这作品上，却是美的。

假使我们在实生活上，和果戈理的不朽的作品的一切人物相遇，那么，我们决不会感到高扬底的情绪的罢。但倘若我们是观察者，便也如自然科学者的喜欢有兴味的类例一样，大约还是喜欢他们的。凡有类型底的东西，是呼起和从美及高扬的见地来看的评价无关的积极底的评价的。

什么是美的呢？就是在一切要素上，是美底，由美底的线、色彩、音响等所成立，而唤起快乐的联想的东西。什么是伟大的呢？就是将谐调底的律动，传给我们的神经系统，将高尚的生活，使我们感染的东西。什么是美学底的呢？就是对于被消费的能力的单位，给以非常多量的知觉的一切。

所以，假使虽然丑而且无价值，但仍能在我们里面，呼起许多的观念，或者有一现象，是给与把握别的许多现象的可能者，出现于我们之前，那么，我们就积极底地来评价它。这是类型底的东西的时候。类型底的东西，是教训底，给与在一个形象中，网罗许多东西的可能。我们看见丑和无价值的东西，能是美底。但倘要这样，必须将所观察的事物的丑和贫弱，加以或一程度的忽视，不将这太活泼地具体底地知觉，较之感情，倒是由理智去知觉它。这无非就是科学底的认识底的态度。在实际类型底的东西上，我们是从美学移向科学，从美的规准移向真理的规准的。这即是两者的亲近之度的证据，而同时也于两者之不同，分明给了特色。能享乐类型底的东西者，只有理智底的人们。他将如莱阿那陀·达·文希那样，以兴味来描类型底的杀人者罢，但情绪底的人们却相反，大约是要怀着恐怖和嫌恶，从这半人半猿转过脸去的。

独创性是滑稽所不可缺的要件。但并非凡有独创底的一切，都招起笑来。凡较常态有所偏倚者，唤起注意，提高有机体所行的作用，是自明之理。这种的高扬，倘若独创底的东西的性质愈是一般底地美底，大约就愈愉快。笑，是只起于较大的智底紧张，被解决于意外的容易之际的。凡是提高注意的现象，其特色都在作为独创底的东西，或是有兴味的东西。在别的事情上，则独创底的事物，对于蓄积着一些能力的一切心理，皆较之普通的事物，美学底地高尚。这事，在人类，几乎是成着普遍底的规则的。当过度蓄积的生命差已以倦怠的感觉之形而出现时的能力的显著的过剩之际，则能力放散的欲求，使独创性成为比美尤为可喜的东西。但是，从别一面说，凡是有着收支仅能相抵的保守底的脑髓的人们，则看见一切独创底的东西，就觉得不满。

赫拔忒·斯宾塞对于近时人们的喜欢将书籍的开头印得不均等，换了话说，就是将事物的普通的合理底的外形，加以破坏的事，表着强烈的不满之情。据他的意见，则这是将来的野蛮主义的征候。其实，新的书籍，是决不美于旧的书籍的。然而，却是独创底的。想由独创性以提高美底价值的倾向，即所以显示社会上的饱满和倦怠的程度。

独创性的尊重，开始于普通文明的圆熟期。整顿、谐调、美的要件，成了一种因袭底的东西，于是从新在不整顿的里面，开始来探求美底情绪的源泉。当论究艺术的进化之际，我们还要讲到这现象的罢。自然，虽然并非一切，不整顿的东西，便在饱满的人们，也是愉快的。他们在寻求绘画底的不整顿。而“绘画底”这句话之所表示，是这不整顿即使是自然底的所产，其中也应该有一种技巧底的，意匠底的，恰像画家的考案那样的东西。

其实，在绘画底的不整顿之中，是藏着难以捕捉的整顿，能够感到组织底精神的。成着出色的，而且最单纯的例子的，便是所谓黄金截率。单纯的比例，即全体的互相关系的长度，在大体上，较之不规则的关系更其容易被知觉。那自然，这样的比例，是可以从由于几个的一样的运动之助，即由于运动的一定的律动的媒介而被目击的事，得到说明的。然而和两等分、四等分，或中央和两翼，即三等分，五等分这些均齐底的分割的美学底意义一同，也不意地显现了在中央和两端的关系上的线的分割。（即小边对于大边之比，和大边的对于全体之比相等——1∶a = a∶B。）宰丁在人类于自己的身体的比例，以及自己的书籍、箱箧、门户、窗门等，都有进于一样的比例的倾向上，看见了一种神秘底的东西。这倾向的普遍性，自从伟大的精神物理学者斐锡纳尔的周到的研究之后，已经颇为脆弱了，但对于这种分割的一种爱执，却还是存在。这大约确可以用了黄金截率是“对称”和全然一面底的“不对称”的一种中间底的东西的事，给以说明的。当此之际，在第一的时候，“较小的”边等于大的边，在第二的时候，则等于零。

实在，这种几乎难以捕捉的微妙的法则，是自行规定着不整顿的绘画性的。然而将美底快乐的源泉，发见于不整顿的客观里的可能，在缺少明白的法则之处，捕捉致密的合法性的可能很扩张了美的范围。将希腊雕刻的古代期的均齐底的雕像和古典期的自由比较起来，或者将文艺复兴期大作家们的绘画的自由的构图和凝固了似的中世纪圣像画家的均齐比较起来看就好。但单是形式底的绘画性，于强的印象尚有所不足，那是自然明白的。对于绘画底的东西的敏感之度的生长，和对于自然的渐大的理解相偕。而自然的多样性，由明白地表现着的纯一，得到把握的事，却殊为稀有。光耀的纯一，性质的纯一——这于风景的大部分，是藻饰。所以“绘画底”这句话，就最是屡屡适用于自然描写上了。

然而个个的多样的部分，自由地投散于难以捕捉的美底不整顿中的绘画底的风景，即使在那色彩和线上是美的，也不能令人真觉得美。惟在那风景是伟大的，不以联想底要素为必要的时候，我们自己才将不尽之美移入自然中，反应自然之美，而灵化其特质。我们在美之中，即加以美由联想而在我们的内部所惹起的情绪。荒凉的岩石、险窄的鸟道、波涛的飞沫、神奇的光线等，令人怀抱傲慢的孤独，恶魔底的力，或者关于选取这样处所的勇敢的遁世者们的思想。……积雪的平原，为薄雾所遮的月，茫茫的青白的远景，辄令人念及无穷的寂寞的路，黯淡的，灰色的沉思，前途的绝无希望的事。心理愈是印象底，则见了易于变化的自然的面影，心理即愈是迅速地为种种的感情所拘执，并且将自然的不可解的特征，翻译为自己的人类的语言。指在我们里面，惹起不看惯的形象和感情的风景，我们名之曰幻想底。一般底地称为幻想底者，是那独创性超出了在现实上的可能性的界限，而又不因那非现实性，惹起什么重大的生命差的一切的东西。在自然界，刺戟我们的幻想，即在脑里呼起自由的游戏的一切，是愉快，而且美底的。倘若我们的幻想，当此之际，因惹起这来的现象的温和的爱抚底的特质，而在柔软的幸福的调子中动作，我们便指这样的现象，称之曰诗底。

绘画底、幻想底、诗底，这些术语，都在指示着由人类的创造而结合为一的要素。凡绘画底的东西，和幻想底和诗底的东西结合起来，即可以移入美的领域，较之滑稽底和类型底的东西，尤有更大的权利。然而令人在一切现象中，愈加发见许多的美的人类的美底发达，有时也间或成着病底的性质的。因此之故，而人类的美底发达，一面探求着独创底的东西，近于微妙的绘画底的东西，一面却移入了对于虚饰底的，而且非常纤细的东西的爱执。在健全的人们，或种烦腻的奇怪的现象之美，有时是全然不解的。虽然惹起立誓的唯美主义者们的欢喜，但在这些唯美主义者们，美者和伟大者，是成了卑俗的和平凡的东西了。在这些现象中，最为不快者，是有将趣味的独创性加以夸耀的愚劣的自负，混在直接的美底感情里面的事。凡人类，可以说，倘若示以美底快乐的现象的分量愈多，便愈是美底地发达着。我们倘一想不但理解美的和伟大的，并且也理解悲剧底、喜剧底、独创底、绘画底、类型底的东西的人们之前，展开着几条路，那么，我们就知道要想象从最有兴味的方面来观察一切事物，而能将那美底价值示给别人的天性，并非难事了。惟这个，乃是真的唯美主义者。以趣味的纤细为荣的人们，决非在人类发达的进步底的步伐上的开拓者，而是一种奇怪的复瓣的花朵。真的唯美主义者，虽“他们的美”也能理解，但在自己里面，藏着从享乐全人类，即野蛮人或小儿也能享乐的东西上，也会看出美来的才能。

凡得以美学底地享乐几乎一切的客观的可能，是由于生理学底地脑髓构造的微妙，或多种多样的联想的大大的丰富的。真的美学者，如精巧的机械一样，每受一回外来的一切刺冲，即在自己的心中，生出音乐底谐调来。自然，用这方法，就已经容易陷于善感的忠厚，失掉识别美丑的可能的了。然而人们则借了各种评价的谨严的区分而得免。就是，将类型底的恶人，我能够因其类型底的而鉴赏他，但同时也意识到他的精神和肉体的丑恶。美的各种的规准，判然地活在发达的评价者的心中。他不将独创性和美，美和伟大性，滑稽底和类型底，混同起来。他能够从最有利的见地，来观察现象，将它享乐，一面也批评底地加以观察，而锋利地抉剔其内部所含的一切的缺点。能够严密地区别观点的本领，是重要的美底才能。这才能，生理学底地，是在我们使别的器官减低作用，而使唯一的或一器官完全动作，以知觉事物。就是，在于不以眼睛，而以口盖来感觉蛎黄，用眼睛去看孔雀，却不倾耳于它的叫声那样，抑下别的，而只使一种适宜的联想，发展起来，以知觉事物。美学底地知觉事物云者，就是用了事物所可以惹起最相适应的活动的器官或脑髓要素，来知觉事物的事。也就是在能够从美学底见地，给以直接兴奋的评价的那么高的程度上，来知觉它。但是，倘若我们要将或一事物，不在我们的个人底关系，而在最高的美，即对于种之完成的关系上，加以评价，则我们便立刻变更观点，在联想中将所与的现象拿住其结果，而着重于这对于人类发达的能留影响之处。最后，从真理的见地观察现象云者。那意思，就是竭力完全地知觉那现象，同时又全不顾及感觉的感动底色彩，而惟以仅有客观底的知觉的观念、概念，以及纯粹感觉为凭依。人类的意志，是恰如共鸣器一样，有时将这种联想加强，有时将别种联想加强，这样地决定那将来的进行的。就是，意识的最高中心，有时和这种器官，有时和别种器官相结合。我们的意识，又能将光注在客观内的一团的现象上，而遗弃其余于局外的本领，大约也确是重要的适应性。据我们看来，这在最广义的美学上，即关于直接感动的评价的学问上，也有很大的意义的。倘若我们仔细地来观察这适应性，便知道那生物学底意义，是含在下列各点里面的罢。就是，将现象正确地加以评价，能在愉快的东西中，识别其有害者，在可嫌忌的东西中，识别其有益者；能将于此处有害的东西，有益地用之于别处；约言之，便是能够多方面地对付事物。为什么呢，因为在实际上，各事物是由于事情之如何，而对于人类有难以汲尽的多种多样的关系的。在对于人类这有机体的一切直接底以至间接底关系上，认识事物的事，即是完全地认识事物的意思。这样的认识，是科学底，也是美学底，而且在最广的意义上，也应该是实际底。这样的认识，于内则丰饶人类的精神，此外则使人类为事物的主人，在他面前展开进向幸福的路，给他从周围的一切里抽出这幸福来的可能。认识、幸福（或是美，这是同样的东西。因为幸福是我们本身和世界的美的感觉的缘故），善的理想是融合编织在生活一种努力，即对于谐调底的绚烂的发达的努力之中的。对于力的增进的一切步武，协助内底世界和外底世界的调和，这调和，又使力更加强大，这样而无限量地，或说得较为正确些，则只要进步不停止，就继续着这状态。

艺术与生活

一

生命者，是怎样的东西呢？活的有机体者，是怎样的东西呢？

有机体者，是有着种种物理学底和化学底性质，常在相互底关系之中的，固体和液体的复杂的聚合体。这聚合体的各种各样的机能，是互相调和，而且有机体，是以自已本身而存在，且以不失其自己的形体底全一性之形，和环境也相调和的。有机体自己的肉体的一切要素，即使常常变易，但自己的形体却作为大致不改的东西而存在之间。有机体有着这自己保存的能力，即虽遭环境的破坏底作用，却仍有恢复其自己的流动底均衡的能力之间，我们便称之为活的有机体。死的有机体，是被动底地服从环境的机械底、气温底、化学底作用，且被分解为那组成要素的。那么，生命者，是自己保存的能力，或者说得较为正确点，就是有机体的自己保存的过程。有机体的自己保存的能力愈伟大，我们就可以将这有机体看作较完全的，较能生活的东西。倘若我们将有机体在那大概常住底环境中，观察起来，大抵便能够确认，那有机体和那环境之间，确立着一定的均衡，而且有机体对于那环境的影响，渐次造成最相适应的若干的反应。每当对于有机体是本质底的环境的变化之际，有机体便或则消灭，或则自行变化，以造成新的反应，而且这也反映于那机构上。在对环境的顺应作用的过程中，施行于外底作用的影响之下的有机体的机构的变化，可以名之曰进化。在比较底地不变的条件之下，则造成对于所与的环境，比较底理想底的有机体来。就是，造成在所与的条件下，能最适于生存的有机体。这样的有机体，是有一个大大的缺点的。那有机体的各器官，对于一定的机能，愈是确定底地相适应，则一逢条件的变化，有机体便愈成为失了把握的东西。新的影响，是能够忽然使这保守底的有机体的生存，陷于危险之中的。因为在自然界中，不变的或均等地变化的环境，是几乎并不表现着普遍底的法则的，所以有机体为要生存，则不能使那反应的一团，和自然相对峙，然而又不得不和外底作用的特殊性相应，而有所变化。所以，最是善于生活底地，理想底地，完成了的有机体云者，大约便是能将在一切条件下足以维持其生命的多样的反应，善于处置的东西了。

这样，而易于变化的环境，便见得是育成有机体的要件似的。从被环境所惹起于生活上的反应的全部中，终于由选择和直接适应的方法，造好了自卫，袭击等各种手段的丰富的武库。于是有机体和环境的战斗，就愈加机敏起来。为什么呢，因为机智和适应件，不过是所以显示发达到高度了的有机体的同一的特质的，两个不同的表现。

由此就明白，那有机体所住的环境愈易于变化，则那有机体便不得不在适应的过程中，造成较多的反应，而且在一切种类的危险里，愈加成为机智底了。为什么呢，因为这机智和适应性，乃是经验的结果。

理想底的有机体云者，是那体验捕捉住一切存在（环境的一切作用），而那机智，征服对于那生命或生存的一切障害的东西。

使有机体由新的复杂的易变的反应的完成，退了开去的一切进化，我们可以名之曰退化。因了适合目的而反应愈加复杂的器官，使有机体更为丰富的一切进化，我们可以名之曰进步。

为或一个体的保存起见，退化可以有益，进化有时也能够有害。在实际上，假如复杂的有机体，陷于那器官的大多数已非必要的环境中了，则这时候，这些器官对于有机体确可以成为有害的东西的罢。然而，大体地，并且全体地说，则进步底进化，是使生命在自然界中愈加强固的。我们在人类里，看见这样进化的荣冠。

假使我们将在安静之中的，即在和那环境十分调和之中的有机体来想一想，那么，在我们之前，便将现出或一确固的过程，或一可动底的均齐来罢。和这均齐相背驰的一切事实，我们就名之曰生命差。生命差者，是从生命的普通的规则底的长流，脱了路线的事，无论这是由环境的不惯的作用直接地所惹起的，或是由什么内底的过程所惹起的，结局是一样，就是，由环境的这样作用的间接底的结果，而被惹起的东西。

一切生命差的设定，在若干程度上，总使生命受些限制和危险。如我们由经验而知道的那样，凡有机体，是将外界的影响，作为感觉，而体验于自己的心理的。而那反应的大多数则是对于这感觉的回答，目的是在将这感觉消灭，或增大，或维持。那么，就当然可以料想，在有机体中，是完成着顺应作用，在将有益于生活的过程，加以维持，或将有害的过程，竭力使其消灭的。

作为这些顺应作用的心理底表现而出现的，是苦痛和满足的感觉。倘若外底的刺戟，惹起生命的动摇，将危及有机体的均衡，则这刺戟，即被经验为苦痛，为苦恼，为不快。在有机体本身中的或种破坏底的过程（外底影响的间接底结果）也一样，被经验为疾病，为沉闷。和这相反，将破坏了的均衡，恢复转来的一切外底作用，以及目的和这相同的一切反应，则被感受为快感。由这内底和外底要件之所约制，有机体的感觉所表示出来的消极底或积极底色彩，我们就称之为积极底兴奋，或消极底兴奋。

于是我们就可以这样说了。凡是直接有利于生命的一切东西，即伴着直接底的积极底兴奋，给生命以障害的一切东西则伴着消极底兴奋。兴奋云者，不过是在有机体全部上，或那有机体的一部分上，生命有分明的增进或衰颓，而这在心理上的反映。这很容易明白，苦痛，即生命的低降，有时就如一种苦痛的手术一样，为救济生命计，是不可缺的有益的事，而和这相反，快乐，即生命的高扬，有时是有害的。如作为这样的快乐的直接的结果，后来非以更大的生命的低降来补偿不可的时候就是。然而直接的兴奋，是作为最初的顺应作用，并不虑及那过程的远在后来的结果的。这是留在先见底理性上的问题，虽然即使说是兴奋底色彩，自然也和时光的经过一同变化，能够成为更其顺应底的东西。理想底的均衡，伴着怎样的兴奋的呢，这事，因为我们大概是观察不到那样的均衡的，所以无从说起。但是，我们可以假定，绝对底地未经破坏的生命的均衡，是恰如无梦的睡眠一样，大约全然不能知觉的。在我们自身和别的有机体中，使我们知觉为生命的一切，是这样的均衡的破坏，是这样的破坏的结果。

从这里就引出这样的结论来，苦痛者，是一种初发底的东西。说得的确些则是均衡的破坏。快乐者，是一种后发底的东西，只在破坏了的均衡的恢复的时候，即作为苦痛的绝灭，才能占其地位。

但是，这样的结论，是全然不确实的罢。

问题是在有机体和环境的相互作用，是有两面的。从一方面，环境将有机体破坏，使有机体蒙一切种类的危险。而有机体则用各种方法，在这环境中自卫。从别方面，这环境又给有机体以恢复和保存的要件。这并非单是刺戟的环境，乃是营养的环境。有机体为了自己防卫和自己保存，势不得不常常放散其能力。而这能力，又常在恢复，必须将必要的分量，注入于有机体的各器官。各器官便各各呈着特殊的潜在底能力的一定的蓄积之观。而各器官则在环境的影响之下，导这潜在底能力于活动。于是蓄积就不能不恢复了。倘若能力的消费，多到和这同量的恢复竟至于不可能，或是能力的流入（以营养物质之形），少到不能补足普通的消费的时候，则器官便衰弱，均衡被破坏。而消极底兴奋，于是发生了。但均衡的破坏，恐怕在别方面也是可能的。倘有或一器官（重复地说在这里：显示着被组织化了的潜在底能力的一定量的器官），多时不被动用，那么，向这器官的营养的注入，完全成为无需。这注入，就不变形为必要的特殊的能力，即不被组织化，而分离为脂肪样的东西。到底，营养的注入不但逐渐停止而已，因为不被动用的器官本身的组织也被有机体所改造，所以器官不是变质，便是萎缩。在营养过剩这方面的均衡的破坏，最初是全不觉得沉闷的。只在久缺活动的时候，才有沉闷之感出现，好像器官在开始要求活动。这沉闷之感，就如久立的马，顿足摇身的时候，或人们做了不动身体的工作之后，极想运动一下的时候的感觉一般。

和营养分的过度蓄积相伴的消极底兴奋，较之和能力的过度消费相伴的兴奋，更为缓慢，更不分明，是很可明白的事实。均衡的这样的破坏，像以直接的不幸来危及有机体那样的事，是没有的。然而，在久不动用的器官中的能力的急激的发散，则被经验为快乐。倘若物质代谢上的停滞，不给人以苦痛的感觉，则代谢的速进，只要这不变为疲劳，就是营养的注入足够补足其消费，即被经验为快乐。倘若被消费了的能力的恢复，和积极底的兴奋相伴，那么，过度地蓄积了的营养的消费，也和积极底兴奋相伴的罢。在营养的过度蓄积的或一定的阶段上，就已经感到运动和精力消费的隐约的要求。当消费的最初的瞬息间，有大快乐，至于使有机体并无目的而耽溺于此。过度地被蓄积了的营养的，这样的无目的的消费，这营养向各种器官的特殊的能力的急速的变化，以及那能力的撒布——

我们名之曰游戏。和有机体的游戏相伴的积极底兴奋，是有大的生物学底意义的。这兴奋，助成器官的保存，保证进步底进化。

倘将在我们所确立了的两种生命差的术语上的进化，加以观察，这事大约就完全明白了。

假如有机体落在环境的或一新影响里了，或是必须将自己的什么机能（为了完成工作之故）增强到远出于普通限度的时候，那是明明白白，我们是正遇着必当除去的能力的过度消费的生命差。然而这生命差，能用两种方法来消除，也是明白的事。就是，以为工作过度了的时候，要除去这不调和，则将工作减少，或将以营养之形的能力的注入，更其加多。在有机体，这两种方法是非常地屡屡一样地见得可能的。这两种方法之一，是整形底，为增进自己的精力起见，做出新的复杂的反应来，或者将较不习惯，然而较为经济底的反应，来替换或种反应。又其一，是被动底方法，只将工作拒绝、退却、回避、忍从、萎缩罢了。凡生命差，或积极底地（由于增加全有机体或是或一器官的能力的总量，或者完成别器官确能援助一器官的新的顺应作用）而被除去，或者以被动底的方法（由于逃避新的任务）而被除去。生命差的积极底解决，招致有机体的分化，使那有机体的经验，机智，一般底的生命力增加。然而被动底解决，即使做得好，也是置有机体于旧态上，而且往往缩小那有机体的生命的领域，招致部分底死灭和或种要求的萎缩的。

取了例子来说明罢。假如有或一人种和动物的种族，侵入了先前是别的人种，别的种族所占有的领域里了。于是生活就艰难起来，一切的要件都一变。无论是侵入者直接地袭击土著民，或是侵入者和土著民相竞争，使食料和别的生活资料更难以得到，都是一样的。土著民们可以反抗。或者想出和这新的敌人打仗的最适宜的战法，作直接的斗争；或者用了将获得生活所必需的一切东西的机关和武器,造得更加完全的方法,来行反抗。但他们也可以较之力的紧张,更尊重平和和贫弱的生存,服从运命,而离开那土地,逃向远方,愈加逃向惠泽很薄的土地,占着作为臣仆的隶属底位置。于是他们渐惯于营养和食料的不足,那发育也可以缩小起来。在前者的时候,即在以积极底反抗或用完善的方法来竞争的时候,新的敌人的侵入,于民族和种族是极有益处的,使勇气、敏捷、敏感、智性等,都臻于发达。在后者的时候,则敌的侵入,使土著民的生活程度,降下几段去。

西欧的积极底的人们,一遇一切苦痛、不快、不幸,即力究其原因,并且竭力想将这用决定底的手段来疗治。东洋的被动底的人们,却用麻醉剂以毒害自己,否则只浸在宿命观中。前者是现实底地除去生命差,后者则对于生命差掩了眼睛,装着无关心,将意识的范围收小。那结果,是自然明白的了。

积极底地或被动底地,来解决生命差的倾向,是由于非常复杂的繁多的原因而被决定的。在这里,我们不来涉及那原因的探究。

和这一样的事,我们也见于生命差的别的种类中。假如有机体有了营养的过剩了,而有机体正在或种有利的条件之下,并无消费掉营养分的全量的必要。并且作为这事情,是因了无关系的不被组织化的物质(譬如脂肪组织)的过度的蓄积,而使有机体不安的罢。这种生命差的被动底解决,是在减少相当的营养量。当这样的解决之际,由有机体所代表的能力的总量,便下降了。而不被使用的器官,则开始萎缩。这些器官,其要求营养将愈少,而从环境的力的袭来,有机体即因活动的停滞的结果,便将近于最小限度。这样的有机体,那自然,必然底地要灭亡的。因为即使有利的时期过去,而艰苦的时期复来,那先前的适应性也早经丧失了。

成为上述那样生命差的积极底解决者是游戏,即精力过剩的无目的的消费罢。这消费，对于诸器官，给以能够十分活动的可能性，不但借此有益于自己保存而已，并且使之强固。其实，向着实际底的目的的诸器官的活动，或那诸器官的劳动，是跟着各种的必要，又随事情的如何，总不能不有些成为不规则底的。例如一切劳动，在向律动性而进，是分明的事实，现在这努力上，却时时遇到难以征服的障害。然而在游戏上，诸器官却以完全的自由而显现的。就是，在这些诸器官所最为自然，和全机构的完全的一致上，将自由表现。在这里，有由游戏得来的特殊的快乐，有为游戏之特色的自由的感情。当游戏时，有机体是以最正规的生活而生活着的。就是，在必需的程度上，消费些能力，于是只依着自己，即只依着自己的组织，而享受最大的满足。[1]

游戏着的动物，是在自行锻炼的动物。我们为什么说游戏是进步底进化的保证的呢，到现在，大约已经明白了罢。

在将一切种类的生命差，积极底地解决着的动物，是在发达着，以向理想底的有机体的。这动物在努力，当环境的一切变化之际，则完成新的机能。为了一切多余的消费，则发见新的力的源泉，又对于一切精力过剩，则发见实际底地有益的计画底的工作。

当生存竞争时，积极底有机体胜于被动底有机体，进步底有机体胜于单是顺应底有机体，这是无可疑的优越性，以这优越性为基础，可以假定如下文（能否用确信来肯定呢，却很难说）。就是：力的生长，生命的进步，是和积极底兴奋相伴的。也就是：在一切有机体中，固有着对于力的渴望，对于生命的生长的渴望。只就人类的进步底的特状而论，则这样的进步的要求，是已无可疑的余地的。

但是，只这一点，是不够的。我们还应该再研究生命的一个特质，即有着大价值的那生命差的解决。

1　例如游戏体操。

我们是在讲关于最小限度的精力消费的原理。有机体的力，是有限的。当和自然相斗争时，有机体不可不打算。当意识尚在发芽状态之间，这打算，由选择而确立。即他之所被规定者，是在有着够将自己保存，增殖之力的有机体的维持的方法，和衰弱了的有机体的直接的死亡的方法。在斗争中不衰弱，仅由收入生活而不动本钱，这是在生存竞争中，本然底地要发生的根本问题。心理者，乃是在这竞争中的一定的顺应，是想起，发见那要件的相似和不同，应之而整顿自己的反应的个性的能力，所以心理也当然一样，要服从这法则的。在发达低的阶段上，有机体不由思虑，却由感觉，或者说得较为正确些，则是由和感觉相伴的感动来指导。一切外底的刺戟，有机体本身的一切作用，都带着积极底或消极底的感情底色彩。从本来来说，这是可以作为演绎法的发端而研究的。就是，假如感觉了或一主观底的或是客观底的现象 A。这是不快的东西，有机体则竭力要加以否拒。又假如感觉了别的现象 B。这是愉快的东西，有机体便竭力要将这继续，加强。在发达高的阶段上，即例如在人类，则直接的苦痛和快乐，却早不演这样的特殊的脚色了。在这里，和生物学底"演绎法"一同，也出现了由此发生出来的论理学底"演绎法"。就是，凡于生活有害者，都应该绝灭。现象 A，于我是有害的。所以我应该努力于那现象的绝灭。

因为在有机体，一切无益的能力的撒布，是见得无条件地有害的，所以我们可以预料，这能力的非合理底的消费，伴着消极底兴奋，而合理底的消费，则伴着积极底兴奋。能得最多的效果者，我们称之为得着合理底的指导的力。或者反过来，为获得效果而消费的能力的量愈少，我们便以为合理底地收效愈多的东西。无论是怎样的工作，能力的一部为了傍系[2]底结果，不生产地被撒布，是分明

2 现代汉语常用"旁系""非正统"。——编者注

的事。一切器官，是适应着一定的机械底乃至化学底作用的一种的机械；有着依一定的样式而作用，将消费了的能力恢复转来的能力的。假如在我们，用手做事是不中用，那么，这是因为我们的动作不能如意，为了要达目的，我们不得不徒然费去力的大部分的缘故。含在“不中用”的感情之中的消极底兴奋，即在表现能力的不生产底的撒布的。耳朵、眼睛、手和脚的自由的愉快的工作云者，是对于做这工作，器官最相适应，只用最小限度的精力消费，而使有机体能获得其必要的结果的工作。

过劳，我们大抵知道是不快的。但我们不能断言，在不快的音响，耀眼的闪光以及类此的现象的一切时候，立刻有过劳发现。在各器官之中，有特殊的计量器，即将力的相对底消费，加以测量的计量器存在，是明明白白的。自动调节机之动其调节装置，并不在工作的过度的速度，就要惹起了力的消耗的时候，而在工作开始了不整的时候。和这一样的事，我们也见之于器官。一定的工作在施行，苦痛或不中用之感一偕起，这工作便停止。虽然还不见有力的消耗，但倘若工作继续下去，也就会出现的罢。器官好像在立即通知，这种工作一 à la longue（涉长期），于器官是禁受不住的事。一言以蔽之：凡工作，其被评价，是并不由能力的绝对底的消费，而是由于相对底的消费的。

到这里，那生命差的理论的最初创始者们所觉到的困难，就立刻明白了。能力的相对底过度的消费云者，是什么呢？生命差的理论，是只在能力的充溢和那消费之间，设定了或种关系的。但是，当此之际，粗粗一看，则问题似乎并不见得更深于关于这关系。能有辛苦的工作，要求很大的紧张，至于一时超过那能力的充溢。但这是例如体操教练那样，倒是被经验为愉快的。然而，不足道的无聊的工作，却惟由于消费较多的能力而获得极微的结果这一个理由，才可以成为不快的事。于此就可见，被消费的能力和被获得的效果的关系，也有应该着眼的必要了。

在发达最高的阶段，例如在人类，关于结果和手段的不均衡，完全可以判断，是并无疑义的。然而在直接兴奋的领域内，则对于能力的消费和那恢复的关系之外，还有别的什么关系，有来适应评价的必要呢，却很难言。

实在，倘要确信在力的经济上，只要这一个评价，便够指导有机体，那么，只将有机体和各个器官的作用，总括于那构成要素的作用里，就尽够了。器官本身，就是适应的所产，而非他物者，即因为在所与的条件下，所与的那构造，最适应于目的的缘故。然而这构造，到底，是由构成要素（一对的细胞）所成立的。而那各个，则各营一定的工作，并且能借营养以恢复自己。就是，器官为要不破灭，必须有对于那构成要素是均等的工作，要说得较正确，则是和那构成要素的力相应的工作。倘若或一细胞，作为所与的工作的特异性而被破坏，别的细胞的集团也都不能工作了，则那时候，能力的消费过度大约便立被证明的。

假如有一百个人在搬沉重的东西。倘若他们律动底地一齐向上拉，那么，就以满足而做成大大的工作。然而比方这些人们却各别地，九十人的集团和九个，还有一个，各自独立底地拉。九十个人，是觉不出大两样的罢。九个呢，对于禁不起的重量，大约要鸣不平。然而单个的背教者，对于同人们毫不给一点协力，恐怕是总要死于疲劳的。为最经济底的劳动计，那劳动的均等和正确的安排，一句话，则劳动的组织化，是必要的事。而器官呢，也是构成要素的劳动组织。就是，器官因了或种事情，被强迫其非组织地作工的时候，器官便不经济地工作着。对于器官，成为经济底的劳动者，必须是当器官遂行那劳动之际，能够和自己的组织的要件相协合而动作的事。器官是决不因无聊的工作而疲劳的，但倘若那工作是不规则底，则那器官的若干要素，大约就要疲劳起来。这些要素，陷于过度消费的生命差，于是唤起苦痛，作为危险的信号。

这样子，据我们之所见，则不但能力的过度消费的恢复和能力的过剩的出格的放散而已，便是那正当的常规底的经济底的消费，也惹起积极底兴奋来；又，消极底兴奋，不但和能力的一般底的消耗以及仅只蓄积而不被组织的物质的过剩相伴而已，从最小限度的精力消费的原理看来，也伴着不合目的的能力的消费：这两种事实，都已被说明了。

我们还应该以力所能及的简明，来设定两三条生物学底，心理学底前提。我们应该为了这些无味干燥的预备底考察，请读者宽恕，但是，这美学既然是关于评价的学问，既然一部分是从评价所分生出来关于创造底活动的学问，则这于实证美学，正是毫不可缺的基础。这样子，美学是作为关于生活的科学，成着生物学的重要的一部门的事，大概也明白了。

有机体应该最现实底地和环境的具体底的作用相战斗。然而当此之际，心理并不由综合和普遍化的方法而发达，却由纯然的分析底方法，发达起来。实在，看起来，心理最初是含在对于外底环境的要素的有机体的二元底的关系之中的。就是，和那些要素的或一种相接触，则伴着积极底兴奋，又和别一种相接触，则伴着消极底兴奋。而有机体，是或则向着对于那有机体的影响的源泉方面，或则向着那反对方面而进行。这二元主义，从最单纯的 Protozoa（原形质）起，直至文化人类的最高的典型，一条红线似的一贯着。这就是成着对于世界的评价的根底，成着善恶的观念的源泉的。

心理的在此后的发达，是在和感觉底情绪（苦痛和快乐）一同，不绝地将纯粹感觉，即触觉、味觉、温觉、嗅觉、听觉、视觉、筋觉等，分化出来。兴奋则依然显示着反应的一般底性质，即接近和离反的性质。但反应已成为非常复杂，分裂为种差和结合的巨大的集团了。要详细地观察心理的进化，当那理论还是满是假说和不分明的今日，在我们，是做不到的事。

我们移到人类去，在那里发见同样的类型底的性质罢。人类是靠着对于外底现象的许多很复杂的反应，以支持自己的生活的，这之际，人类的感情，即指导着人类。所谓最强有力的适应性者，不消说，是能够立刻决定对于或一客观底的现象，应该用怎样的反应来对立的能力。更正确地说，则反应者，在人类，是显现于复杂的内底过程之后的。倘若现象是极其普通的，那么这过程非常之短，有机体几乎无意识地在反应。然而，如果那现象新颖而且异常，则有机体寻求着反应，呼起先行经验来，于是从那经验之中，成型底地造成新反应。这时候，追想、认识等的过程，是伴着脑神经质的消费的。因为脑是记忆的器官，也是借了旧的反应的结合，以完成新的反应的器官。

因为影响于人的环境非常各样，现象的种类，就当然于人类心理的生活上，给以非常重大的事。多种多样的现象，非竭力统辖于一般底的类型之下不可。就是，非在人类的心象上，系属于或一反应不可。然而，和这一同，为了要使反应适当地变化开去，则将所与的一团的现象，从一般底类型加以区别，也极重要的。在这些的要求的压迫之下，而且照着最小限度的精力消费的法则，技术的发达，言语，文法，论理的完成，便激发出来了。一切这些，那最初，是半无意识底地营为，自然地集积，只解决了具体底的生命差的，但借记忆之赐，经验集积起来，逐渐组织起来了。于是和事实分明矛盾者，一切便非逐渐独自落伍不可了。

脑髓也如一切别的器官一样，发生、发达了。那适应性，是生存竞争的自然的所产，是对于环境和选择的作用的直接顺应之所产。由脑髓的居间，行着身体上一切器官所做的工作的评价，和那工作的调节。但是，这些之外，脑髓也能够评价脑髓本身直接地所做的工作。就是，也能够经验为了那工作的过度或不规则，因而受着的苦痛，以及将蓄积了的能力，规则底地消费的快乐。脑髓也是借营养而恢复的。在脑髓，安逸也一样有害；蓄积了的能力的急速的消费，倘在不至于过度的程度上，也一样地有益。又，在那脑髓之中，工作在那各要素之间是否正当地安排着的事，也能感觉。一言以蔽之，则脑髓者，是被支配于一切生物学底法则的。假如手在适宜地，规则底而且强有力的运动之际，经验到快乐（因为这是手的顺应的结果），则思想在并无停滞，并无矛盾，精力底地发展的时候，也感觉到快乐的。

在脑髓中，蓄积着过去的经验。脑髓将现在和过去结合，以调整反应。脑髓超越瞬间。而在那里面，保存着过去的足迹，也存在着关于未来的想念。这过去和未来，是从和外底的环境不相直接，并不单纯，间接底的复杂的关系之中，发生出来的漠然的形象所成立的。具体底的回想的个人底征候渐被拭去，只剩下和一定的符号和言语相连结了的一般底的概念。外底环境毫不给与什么工作，而其中蓄积着能力的时候——脑髓便在游戏。脑髓是只自由地服从着自己的组织而作用的。脑髓将形象组合起来，将这玩弄，或者创造。脑髓又玩弄概念，将这结合，则为思索。

安逸，是科学之母。没有为了生存而不绝地战斗的必要的阶级一出现，人类进步的新的强有力的动机，也一同显现了。安逸的人们，能够使自己的一切器官，从筋肉到脑髓，都正当地发达。这是因为他们能够游戏，这里有他们的自由。Labstvo（奴隶性）这字，是出于Labota（劳动）这字的。在奴隶，在劳动者，是难以亲近艺术和科学的。游戏将可怕的力，给与贵族社会了。为什么呢，因为游戏不但锻炼了上层阶级的代表者们的肉体和脑髓而已，并且给他们以将具体底的斗争，搬到抽象之野去的可能性。他们能够组合了几世的经验，大胆地综合起来。他们能够将问题凑在最普遍底的抽象底的术语里。脑髓游戏着，而设定了新的生命差。脑髓向着关于世界的正当的思索而突进，照了最小限度的精力消费的原理，向关于世界的思索而突进了。当日常生活的人们，和几千的各样的敌相争斗的时候，自由的思想家们的智力，便将这些小小的问题综合，造成了幻影的强敌，即抽象底问题。在这形式上，这问题是认识底生命差，是脑髓的作用的均整的破坏，然而这样问题的解决，这样问题的征服，那实际底的适用，却除却解决了一切部分底的困难的可以满足的理论以外，什么也没有。

认识者，如我们所已经指摘，是有着大大的生物学底意义的。经验，和由此而生的机智，或实在的法则的智识，即科学，和适应于目的的行动，即技术，这是人类生活的基础。作为理想底的认识而显现者，那是无疑，是关于世界的最适切的思索罢，能以最大的容易，把握一切经验的思索罢。这是认识的理想。

倘若一切的理论化，是最初的游戏，是安逸的所产，则和时光的经过一同，最直接底地和生活底的实际相连结的那思索，就逐渐失掉内底自由的性质。那思索，就不得不服从于在所研究的现实，于是渐渐带上智底劳动的性质来，同时也愈加密接地和人类的劳动的领域相连结。远于实际的领域，大约是留遗在安逸的记号之下，还有不少时候的。然而这领域之上，也渐渐展布了方法的科学底严肃性。思想家成为研究家，游艺者成为智底劳动者。然而，倘若这样，而自由的思想，和生活的实际以及“劳动”相连结了，则思想和劳动的结合的共通的目的，便是由劳动的一般的解放，是劳动向着一切过程的自由的创造的接近，是由于征服自然力的全人类的解放。

理智的游戏，自由的认识，辩证法，哲学等，其异于理智的劳动和实验底研究者，和一切游戏之异于一切劳动，全然是一样的。两者都伴以能力的消费，两者都由那时的器官的构造而规定的。但在劳动，不得不服从外界所加的要件。而在游戏，则一切活动，仅自主观而规定，仅从最小限度的精力消费的原理，仅由兴奋所指导。思索世界，将无限的杂多的现象，统括于几个一般底的原则中，恐怕也是烦难事。研究实在界的物理学者即思想家的预备底建设和推论，步步为经验所破坏。这经验，是易变而难捉的，是乱杂的。感情的证明，充满着矛盾和撞着。在活动的脑髓，步步病底地为障碍所踬绊。思想从这一推论奔向别一推论去，站在一处，深的疲劳终于征服了人们，在人们，觉得智识这东西，是不完全，无能力的东西了，人们于是含着苦恼的微笑，躲进怀疑主义里面去。而且说："什么也不能知道，即使有什么能够认识，而所认识者，也无从证明。"

然而，在别的领域上——在数学的领域上，那成功，却从第一步起就是很大的。从几何学和算术的定义出发，自由地研究着心理的内底法则，那些的发见之重要和确实，已经到了不能疑惑的地步了。

那在高空上，神秘底地运动着的天体的世界，看去恰像是服从着数的法则的。在那里，一切都有规则。在那里，有调和的王国。然而在这里的地上的幽谷里，却什么也不能懂得。几何学的图形无从整齐，正确的法则不能确立。这里，是偶然的王国。

然而，依从着一种热烈的要求，就是由数理底归纳底方法出发，由天上的世界对于地上的世界的分明的矛盾出发。而没有矛盾地来思索，全体地、明确地、健全地、整然地来思索的要求，哲学和科学的父祖们，便于可视的世界，现象的世界以外，确立了别的"真实"

的世界，和思索的法则同一法则的世界。于是形而上学出现了。噶来亚派、毕撒哥拉斯派、柏拉图派，以及别的许多的学派，不走艰难的路，将思想完成到认识的理想，就是将思想完成到把握实在的全领域之广，而却走了别的路。他们给自己创造出可由理智而到达的世界来。并且傲然地声明，以为惟这个才是“真实”的世界。

认识的理想，是关于世界的思索。认识底理想主义，是世界的幻影。在真实的认识，思想是完成实验底的现实的。但在理想主义底哲学，则思想照出自己的影子来，而要借此来躲开现实。但幸而这是不可能的。事实用了铁一般的声音说：“不然。”于是理想主义者的脆弱的学说，便和现实的坚固的岩石相撞，无可逃避地粉碎了。

然而形而上学底体系的美学底价值，是无可疑的。在那体系之中，一切都很单纯，而且完整。在那里，令人觉得安舒。在还将自己的思想所造的幻影当作现实的时候，在体系的美学底价值于他还和科学底价值相一致的时候，那人，是怎样地幸福呵。然而那人，一到自觉了应思想的要求而建设了的这建筑物，不过是空中楼阁的时候，自觉了思想并非世界的建设者，却是应该研究那只是造得谜一般的，满是危险的，加以无边的、混沌的、非合理底的，然而无限地丰富神奇的现实的建筑物的时候，就是他在这现实的深渊和峭壁之间醒了转来的时候，那这人，这才衔了悲痛去问哲学者们罢，“你们为什么骗我的呢？”于是才赶忙不及，悟出应该将他们作为诗人而评价的了。

但是，形而上学者，哲学者们，是坦然的。他们说，诚然，形而上学将这现实世界，讲解得不高明。然而，倘以为这是惟一[3]的现实世界，却错的。看罢，倒是那世界里，一切在迁变……我们在想那用了别的理智可以到达的超自然底的世界，有谁来妨碍呢？来研究那世界罢。在那里，我们的思想能够建设，在那里，我们的思想可

3 现代汉语常用“唯一”。——编者注

以做女王。在那里，于她毫无障碍。为什么呢，在那里，因为是空虚的处所，实体是从顺的。实体是沉默的。那和执拗的现象，是两样的。

我们已经讲过，科学所向往的理想底认识，是理想底的生活的要件。可是，生活的理想，是什么呢？生活的理想者，其实，是有机体能够在那生活上经验Maximum（最大限度）的快乐的事。但是，积极底快乐，如我们所知道，是只在有机体受足营养，自由地，只依着自己的内的法则而放散其能力的时候——即那有机体正在游戏的时候，才能得到的。所以，生活的理想云者，是使诸器官能够只觉到节奏底的、谐调底的、流畅的、愉快的东西；一切运动能自由地、轻快地施行；生长和创造的本能，能够十分满足的最强有力的自由的生活。这是人类所梦想着的所谓幸福的生活罢。人类总是愿意在富有野禽的森林和平野上打猎的罢。人类总是愿意和那相称的敌战斗的罢。人类总是愿意开宴，唱歌，爱美人的罢。人类总是愿意快活地休息（是疲劳了的人们的憧憬），瞑想佳日的罢。人类总是愿意强有力地，快乐地思想的罢……然而，在实生活上，游戏的事却少有。劳苦、危险、疾病、近亲的不幸、死亡，从一切方面窥伺着人们。有机体想创造出自己的世界，自己的住所，自由和调和的别一美好世界来。但是，只要一看，对于君临这世界的奇怪的要素的那恶之力，以为能够战胜么？幸福的获得的路，是长远的……人们学着在空想中，看见幸福的反映。他们歌幸福的生活，讲关于这的故事，往往将幸福的生活，归之于自己的祖先。他为了要他的梦更灿烂，就服麻醉剂，喝陶醉的饮料。当人类浸在幸福的本能底的热烈的渴望中，宣言了这梦想，惟在别一世界，即祖先已经前往，而精魂时时于梦中飞去的来世，真真存在的时候，人类的梦想，是获得了怎么巨大的威力的呢？

于是和惟认识自然而征服这要素，才能到达的，作为远的目的的生活的理想相并，而将幸福搬到彼岸的世界去的，梦幻的理想主义，就展布开来了。在这里，生命遭了否定，而于有机体是比什么都更可怕的死，却以幻想的一切色彩而被张扬，被粉饰了。而且恰如形而上学的真理，和物理学底真理相对立了的一样，死后的幸福，也和现实的幸福相对立了。

人类是必须训练的。种族保存了那祖先所曾获得的经验。在那里，是有许多合理底习惯和许多非合理底习惯的。将这些习惯，加以批判，最初，是想也想不到的事。祖先既然这样地规定了，那就应该奉行。倘不奉行或一习惯，如果那习惯是合理底的，便蒙自然之罚。以为凡有什么不幸，就是为了破坏了或一习惯之罚。种族又怕触祖先和群神、契约和仪式的保存者们之怒，则自来责罚违反真实即正义的罪人。自然，正义在最初，是有惟一，而且不可争的意义的为万人所容纳，所确立，而且有条理的，是正义。这正义正在君临之间，彼岸的世界仅止于是那正义的律法。那是幸福无量的世界。在那里，确立着正义的法则。从那里，赋与那法则，从那里，监守着那法则的强有力的存在。

但是，社会复杂起来了。而且别的正义出现了。亚哈夫的正义，和伊里亚的正义相冲突。主人的道德和奴隶的道德相冲突。而且都顺次地复杂化，并且分裂了。主人们大概强行自己们的正义。奴隶们只是苦恼，梦想自己们的正义的胜利，屡屡在那旗帜下起来反抗。然而，时代到了。从局外眺望这世界，吃了惊的个性出现了。在将形式给与种种利害关系的种种正义的名目之下，人们在相冲突，相杀害，相虐待，创出了比最恶的自然力还要恶到无限的恶。被寸断了的人类，是号泣着，痉挛着，自己撕碎了自己。能够规定那关于正义大体，关于全人类的正义的问题的旁观者，对于人类觉到了恐怖，那是一定的。于是同情、愤怒、悲哀，矫正人类的渴望，焦灼了这旁观者的心。他能够说了怎样的正义的理想，怎样的绝对善的诫律呢？这诫律，是由各有机体对于幸福的欲求的自然之势，被指命如下的。在人类社会里，有平和；互相爱罢；各有个性，各有对于幸福的自己的权利；一切个性，是应该尊重的。将爱的道德，互相的道德，作为理想底的善，将平和的协调，人们的调和底的同胞底的共存，宣言出来了。然而那实现的路，能有各种各样。有些道德家们，则注意于个人，将个人看作利己底，邪恶，不德的东西，由矫正个人，以期待理想的实现。这样的道德家，对个性说，"Neminem laede，sed omnes，quantum potes，juva." [4]但倘若个性彻底于这道德了，怕已经灭亡于"homo homini lupusest" [5]这叫喊之中了罢。较为洞察底的道德家们，则懂得人们的各种的正义这东西，是出于在社会上他们的境遇之不同的，而且为社会组织的不正和那露骨的阶级斗争而战栗。于是建立起在博爱和平等和自由的原理之上，改造社会的计画来。但这工作是困难的。社会并不听道德家们的话。道德家们里面，没有一个能够止住这可怕的，满怀憎恶的，人类的轧轹。那些事，是虽在十字架的旗帜之下，也还在用了和先前一样狂暴的力，闹个不完。

然而正义的渴望是很激切的。当绝望捉住了道德家们时，他们便开始相信自己的梦。相信从天上的千年的王国的来到了。无视了人类的意志和欲求，开始相信天上的耶路撒冷的存在，在别一世界上的正义的胜利了。奴隶们尤其欢喜迎接这样的教义，他们是不希望用自己们的力，来实现自己的正义的。

于是真、美、善、或是认识、幸福、正义，在积极底现实主义者

4　勿害任何人，但竭力援助一切罢。

5　人之于人，是豺狼也。

那里，和人类在地上用了经验底认识的方法才能获得的强有力的完全的生活的一理想，结合起来的时候，真美善之在理想主义者，便和能由理想而至的一个彼岸的世界——天上的王国相融会了。

向未来的理想，是对于劳动的强有力的动机，我们的头上的理想，使我们失掉劳动的必要。理想已经存在，这是和我们无干系地存在着的。而且这并不须认识和争斗和改革，是能由神秘底的透视，由神秘底的法悦和自己深化而到达的。理想主义者愈想将天上的王国照得辉煌，他们便愈将悲剧底的黑暗投在地上。他们说："实验科学是未必给与知识的。为幸福的斗争和社会底改革，是未必有什么所得的。那些却是无价值的东西。一切那些东西，和天上的王国的一切美丽比较起来，不过是空心的摇鼓玩具。"

但是，积极底现实主义者的悲剧，是含在认识了困难得可怕的路程和屹立于人类面前的可怕的障壁之中的。而现实主义者的慰安，则在胜利是可能的这一个希望里，尤其是——惟有人类，惟有有着自己的出众的头和中用的手的他，这才能建设在地上的人性的王国，无论怎样的天上的力，也不能对抗他，就在这样的自觉，有着他的慰安。为什么呢，因为他的理想这东西，在他，就不过是由那人类底的有机体所指命的缘故。积极底现实主义者的理想，那艺术的理想，就如以上那样。那理想的意义和使命，从这见地，即可以很够说明了。

二

其实，所谓美底情绪者，是什么呢？人们对于东西看得出神的时候，是感着什么的呢？那是愉快的东西，是给与快乐的东西——对于这事，是一无可疑的。但这情绪的最浅近的定义，关于那情绪的最浅近的本质底说明的问题，却虽在最伟大的权威者们之间，意见也不一样。

关于这点，有两种意见特为值得注目。一群的美学者们，主张美是将我们的生活，镇静低下，使我们的希望和欲望入睡，而令我们享乐平和和安息的瞬间的东西。[6]别的一群，则宣言曰，美，这“Promesse de bonheur”就是幸福的约束，令人恰如对于遥远的，怀念的，而且美的故乡的回忆一样，将对于理想的憧憬觉醒转来的东西[7]。这便是说，所谓美者，是幸福的渴望，捉住我们，而在达于美底快乐的最高程度的我们的喜悦上，添一点哀愁。

从我们看来，矛盾是表面底的。自然和艺术之美，委实使我们忘却我们日常的心劳和生活上的琐事，在这意义上，给我们平安，这事有谁会否定呢？从别一面，将生活的低下和意志的嗜眠的理论，最热心地加以拥护的人们，也不能否定在赏鉴上的欲望和冲动的要素。其实，虽是最为超拔的，即所谓否定底美学的代表者。且在艺术中见了几个阶梯，从满是情热和扰乱的生活，以向完全的自己否定和绝对底的死灭的冰冷的太空的思想家——叔本华自己，也未曾断言，且不能断言，说是凡现象，其中生活愈少就愈美。不但如此，他且至于和柏拉图的观念论相合致了。但在柏拉图，绝对者，就是生活的核心，是我们的欲求的中心，是我们不幸已经由此坠落，却还在向此突进的实在世界的源泉。观念者，在他，是绝对的最初的反映，在这里面，较之在第二次歪斜了的反映的地上世界的存在和事物之中，更有较多的现实性和生命和真理。观念论者，是从要思索那完成了的世界的渴望，是从要将那世界，建设为人类所当然希求着的形状的欲求，自然地生出来的。观念世界者，一切

6　例如叔本华。
7　例如彼尔·斯丹达尔。

是直观底地被理解的世界。就是，在这世界，现实是和自由的游戏的结果相一致的。在这世界，一切皆美，即一切物体和人类的知觉器官相一致，在人类之中，独独觉醒着幸福的联想的。然而在叔本华，世界意志却并非一种理想底的东西，倒是邪恶而混沌。所以，这些观念，是怎样的东西呢，那是不可解的。为什么作为世界意志的最近最初的客观化的那观念，是成为从世界意志解放出来的阶段的呢？总之，事实是如此。就是，叔本华的意思，是以自然现象之中，接近纯粹观念者为美，以观照那观念为幸福，而这幸福，便是将我们从 Principium individuationis[8] 解放的东西。正是这样的。但这事，我们是当作从意欲一般解放出来的意义的么？而且对于这些观念的愈加完全的表现的渴望，怎么办呢？叔本华所以为向虚无之欲求的那对于安息和安静的调和的欲求，又怎么办呢？

绝对底厌世主义，和柏拉图的理想主义是不相容的。这是因为柏拉图的厌世主义，只关于地上生活，而不认那浴幸福之光，不死的，陶醉底地美的彼岸的世界的缘故。

无论如何，人类虽只漠然地在想，但总得为自己建设一个理想的世界，其中一切是永远，是美，其中既无眼泪，也无叹息的世界，是无可置疑的事实。以为一切的美，是从这王国所泄漏出来的光辉。大概是，所谓理想的王国者，是觉得好像一切不可思议的，在我们自己也不分明的有机体的欲求，和现实性相一致，而且好像是不绝地被恢复的能力的大计画底的消费的罢。地上的美，在这关系上，这才虽只一瞬间，虽经或种器官的媒介，总还使我们满足。于此就知道，倘在或人的精神上，他的理想底美愈明了，则这瞬间的美即以相称之大的力，唤醒他绝对美的希求。人类，是从规则底生活里的幽微的要求之中，从作为环境的不整和非人间性的结果而发

8　个性的原理。

现的接连的不满足之中，从对于突然像易懂而看惯的好东西一般，分明在眼前出现的现象的个个的观察之中，引出了一个结论，以为理想存于我们的身外，而那理想之光，是从外面射进我们的牢狱里来的。但其实，并不如此。有机体的要求和现实的偶然的一致，总是最初是由于有机体去适应环境，其次是由于有机体使环境来适应自己，不绝地反复着的。

我要引了例子，来说明美底情绪在那完全的外延上，是怎样的东西。

假如诸君站在戈谛克式的教堂里。那么，高的圆柱，成着长回廊而远引的如矢的圆天蓬之类的整然的世界，就环绕了诸君罢。一切的线，奔凑上方，而规则地屈曲着。眼睛便轻快而且自由地追迹这些线，把住空间，测定其深和高。那时候，诸君将觉得这教堂，仿佛是由于一种突进底的冲动，从地中生长起来，又仿佛是强有力到不可测度的磁石，将这教堂吸向上面那样，屹然挺立着的罢。而这调和底地屹立着的世界，又满以各种色彩的阴影，满以织在神奇的结合之中的多样的色彩和阴暗的壁龛。那壁龛深处，厚玻璃的星星又辉煌着豪华的色调。视觉器官和中枢的愉快的强有力的兴奋，便渐次和对于天国的自由的崇高的冲动相结合。而渗透诸君的一切神经系统。新的律动，这化石的祈祷的律动，这些辉煌的窗饰的律动，恰如流入了我们里面似的，那律动，便将不安，坏的回忆，在疲劳中出现的种种中枢器官的颤动和痉挛拭去，征服了。这律动，至少，是竭力要将一个谐调，来替换在诸君日常的精神生活中的不调和的。于是伟大的幽静的调和，支配了诸君，诸君同时也愈加分明地觉察了掩盖诸君之魂的悲哀的影子。就是，仿佛觉得有所寻求似的。而且不知道为什么，心被压住了，甘美地、沉痛地。恐怕是为了要补充对于眼睛的调和之故，诸君是在希求音乐底的调和罢？

于是四面的墙壁和圆柱震颤着，空气在诸君的周围动摇，并且连在诸君的心胸里。色彩辉煌的教堂的深处，全部充满着活的低语声。这些音乐，好像华丽的、凄凉的、沉重的、幽婉的、魅惑底的波，从上面泻下。新的律动，成为新的强有力的波，来增强首先的律动的力，更成神奇的洪流，而浸及诸君的神经，并使这神经互相调和，互相结合。但当这时候，在为美底的律动所拘的心理（或是物理学底地说，则为脑神经系统）的各部分，和别的不调和的，病的，为生活而受伤的部分之间，觉得或一种对照似的东西。倘若诸君是宗教底的人，那么，诸君就要在被遗弃，被忘却的孩子似的，可怜的，穷蹙于不可思议的生活的迷宫的自己，和以一种甘美的光，来触诸君的苦恼的心似的，使诸君以为上界的魅惑底的至福之间，感到大的深渊的罢。而幸福的思慕，同时也将在诸君的心中涌起，眼中含泪，并且要下跪，作一回热烈的祈祷的罢。然而，倘若诸君并不是宗教底，则诸君大约不将美的力，这样地拟人化的。诸君是毫不期待超自然底的力的。但是，诸君恐怕还是感到向完全的幸福的思慕的。为悲哀的幸福所麻痹着的心，现在在寻求什么呢？恐怕是爱罢。是别人可以给与我们的那幸福罢。也许，诸君之所爱的存在，在完全的调和的理想之前，和诸君相并，一样地在感激，一样地在哀愁，也说不定的。诸君将仰望这存在，握这存在的手罢。诸君将洞悉人类是怎样地被遗弃着，一想到那所谓人类者，是怎样地可怕，有多少危险在环伺我们一切，有多少丑恶在要污蔑我们罢。我们的日常的运命，和有机体之所期望者，是非常地相矛盾的。凡有机体，是常常期望着美的调和底的远方，爱抚一般的常变的调子，芬芳的世界，正确柔和的适宜的运动的罢。是愿意歌，舞，尽心的爱的罢。不但这样，凡有机体，并且还愿意生长发达，在自己之中，觉得永有新的力量的充实的罢。愿意重大的事件，深的情绪的罢。

期望有危险，但是伟大的危险，有战斗，但是英雄底的战斗的罢。期望周围的美、本身中的美、精神的壮大的或强烈的昂扬的罢。假如充满着这样光明的，美的，壮大的生活的渴望，诸君从巴黎圣母寺那样的寺院里走了出来。于是诸君之前，街头马车和杂坐马车是轰轰地作响了，将无聊的顾虑、悲哀、贫苦，或是懒惰和丑恶的刻印，印在那脸上的人们，左来右往。梦似的心的音乐正将经过了，而日常的不调和的琐事，却从四面八方来冲散了心的音乐，一切顾虑和不快的回忆，好像群聚在死尸上的骚然的禽鸟一样，从集于可怜的心，如果对于美的渴望，依然还活在诸君之中，则这就变形为对于这样的现实的憎恶。但是，那憎恶的热一镇静——便又变形为想要逃进美的角落里去的欲求，或者将现实来装饰，调和，创造的欲求的罢。

我们在这里，就看见了艺术的两条路，两种的理解。人们将走那一条路呢？寻觅美的小小的绿洲的空想的路，还是积极底的创造的路呢？这事，自然一部分是关系于理想的水准的。理想愈低，人们大概便愈是实际底，这理想和现实之间的深渊，在他，即不成为绝望。但是，大概，那是关系于人们的力的分量，关系于能力的蓄积，和左右那有机体的营养的紧张力的。紧张的生活，便有紧张力和创造及斗争的渴望，作为那自然底的补足。

但是，不要以为装饰，润饰的装饰底艺术，便是积极底精神的惟一的艺术。在那向往理想的欲求上，这些是不但装饰市街[9]，装饰自己，自己的近亲，自己的住处而已，还在艺术的自由的创造上，描出自己的理想，或描出向那理想的阶段来。或将这从肉体底的方面，表现于大理石中，以及用色彩描写；或从情绪的方面，表现于音乐中；或叙述关于这的事，表现于诗歌中。这些也描写正向理想

9 现代汉语常用“街市”。——编者注

前进的人物。表现那人物的斗争本能，强烈的热情，紧张的思想和意志。到最后，他们撞着了现实，便粉碎了。他们将在那现实之中的一切，不快的污秽的东西，明了地张大起来，他们将人类没有他们便未必觉得的东西指出。他们在人类面前曝露出人类的生活的溃烂的创伤。凡这种艺术，可以称为现实底理想主义。因为这些艺术，是都引向理想的，是将对于那理想的欲求，作为本质的。然而，这理想，是属于地的。在那一切特质上的理想本身，和导引着他的一切路程，都不出于现实世界的范围外。

现实底理想主义的第一种类，即将作为欲求的目标的那完全的生活，加以表现者，是调和底地发达起来，怀着平静的希望，为进向超人，人神的社会所固有。这种艺术，可以称为古典底的罢。节度，调和，微笑的安息——这，乃是这种艺术的特征。

第二，第三的种类，即正在向上的人类的表现，这“向着彼岸的箭”，[10]这“向着理想的桥”的表现，是洞察了一切内底分裂性和冲动，创造的苦恼，善和恶，有着在前面看见光明，又在周围看见黑暗和泥泞的生产底的心之搅乱的。为了要从这里面，拉出同胞的人类，使向光明，因而表现这黑暗和这泥泞者——这，被称为飙兴浡起的罗曼主义。一切再生的时代，是充满着这样的人们，和描写这样的人们的作品的。这种艺术，大抵为由争斗之道而在发达的社会的阶级所固有。

然而，人们也能够走别的路。绝望于世界的改善，便一任世界躺在恶里面，而他们则求救于作为存在的本身满足底的形式的艺术之中。现实底理想主义者们，是通一切世纪，一切时代，要将大地这东西，变形为艺术作品的。凡那时代的艺术，都有益于教养完全的人类，或者至少是有益于教养为那完成而在战斗的人们。反之，

10　尼采。

纯艺术的一伙，则艺术便是究竟的目的。从现实的沉闷而粗野的世界脱离，自由地梦想着，将那梦想具现于音响、石头、色彩、言语中，或者赏鉴着这样的具现，而休息着，他们就要这东西。但是，只有少数的纤细的唯美主义者，作为纯艺术家而出现，人类的众多而且受苦的大多数，则在不幸、灾害，社会底不公平的压迫之下，不想在地上能够寻到现实底的幸福了。而渴望那现实底的幸福，否则，便是在大地的界限的那边的被理想化了的安息和休息、平和。这时候，艺术便成为天上的幸福的象征了。这一种类的艺术，可以称之为神秘底理想主义。在几乎一切时地，又在内容上，这和现实主义者的理想主义的艺术的一切种类，都不相同。属于绝望了人生的人们，疲乏生病的人们的这艺术，是回避一切大胆的，乐天的，强有力的东西的。而将吹嘘安息和忧愁和静寂的一切东西，加以描写。和理想底的罗曼主义相对，有神秘底的罗曼主义。这罗曼主义，也一样地表现正在追求理想的人们。但因为那理想，是彼岸的东西，所以这样的罗曼派艺术家的主人公，是苦行者，或神秘家，那些人物之中，地上底之处，所余者非常之少。这一种类的艺术，是绝望底地受了压迫的阶级，或渐归死灭的阶级所固有的。

和艺术底理想主义相并，也有艺术底现实主义。成着这现实主义的基础者，大抵是类型性，因此那意义，也大抵是认识底。这现实主义，令人知道周围的现实和过去的历史底的时代。倘若这现实主义之中，并不含有现实的罗曼底的否定的特质，则这便是表示着实际底的有产阶级那样，真被制限的阶级所固有的停滞和自己满足的东西。[11]

我们在这里，不能将关于艺术的发生和那实际的历史，以及关

11　关于这种艺术的社会底基础的详细的说明，请看我的论文《摩理斯·默退林克——教育》一九〇二年，一〇号，一一号。这论文，再录在一九二三年出版的《研究》中。

于通行的分类，详细地来讲述了。尤其是，关于后者，几乎没有什么新的可说。但在我们，只有一件事，就是，将决定进步底进化一般的重要性质的，那艺术的发达的内底法则，加以讲解，是很切要的。

艺术是照着怎样的法则而发达的呢？我们知道，科学和艺术（哲学和宗教也一样）是发达于一定的社会里，而和那社会的组织的发达密接地相联系，因而又和横在社会的基础上的社会生物学底，或经济底基础的发达相联系的。艺术在和经济的同一的地盘上，即由有机体对于那要求的环境的适应这地盘上发生起来，并非以死怖人的缺乏，而仅作为给人喜悦的满足自己的自由的要求的东西，那最初的要求，纵使是一时底的罢，但得以充足的时候，这才能够开花。艺术的发达，最直接地和技术的发达相联系，是自然明白的事。富豪有闲者阶级的出现，是和专门底艺术家的出现相伴的。专门底艺术家们，虽成了物质底地完全独立者，也还是无意识底地在自己的作品中，反映着打动和他们最近的阶级的理想和思想和情热。艺术家又往往为支配阶级的代表者们工作。而那时候，便不得不做得适合于他们的要求。各个阶级，对于生活各有其自己的观念和自己的理想，一面将或种形式，或种意义给与于艺术，一面印上了本身的刻印。艺术和宗教的关系，宗教和决定什么理想的性质的现实的关系，从来未曾被否定。艺术，是和一定的文化和科学和阶级一同生长，也和这些一同衰颓的。

虽然，倘断定艺术并无自己本身的发达的法则，却未免于肤浅罢。水的流，是由那河底和河岸而被决定的。或展为死一般的池，或流为静静的川，或者冲击多石的河床，奔腾喷薄，成瀑布而倾泻，左右曲折，甚至于急激地倒流起来。然而，纵使河流由外底要件的铁似的确固的必然，而被决定，是怎样地明白的事，但河流的本质，却依然由水力学的法则而被决定的。就是，其所据以决定者，是我们不能从外底要件知道，而仅由研究水这东西，才能知道的法则。

艺术也和这完全一样，在那一切的运命上，虽然一面也由那把持者运命而被决定，但总之，一面也依着那内底的法则而发达的。

假如我们遇到了或种复杂的现象，例如交响乐罢。倘使我们对于这现象，还没有相顺应的适应性，则我们在最初，为了解明这个，不得不消费大大的努力。我们听到混乱的声音。有时候，我们觉得仿佛在抓丝线。于是一切又纷纷然成了非合理底的，一见好像混乱的，音响之群了。首先，诸君是经验到离美底情绪很远的气忿。到末尾，则经验到厉害的疲劳，也许是晕眩、头痛。是过度消费的生命差的结果出现了。但假如诸君听这同一的交响乐，到了第三回，音响便仿佛在先经开凿的路上流行一般，诸君就理解这音响。在诸君，顺应的事，愈加容易起来。内底的理论，乐曲的音乐底构成，也逐渐明了起来。所不明了的，只有个个的细目了。

每历一回新的经验，这些细目也明了一些，于是诸君就如旧相识一般，迎接全乐曲。诸君容易知觉它了，诸君的听觉，简直好像在低声报告其次要来的一切，理解了所有的音响，恰如支配着全交响乐一般。现在是，这音乐的世界，在诸君觉得是调和底的，轻快的了，它来爱抚耳朵，同时又在诸君的心中，叫醒感情的复杂的全音阶。因为欢喜、悲哀、忧愁、勇壮、冲动等，都可以在这些音响中听取的缘故。一切现象，都照着和它习惯的程度，成为易于驯熟的，易于接近的东西。倘若那现象之中，是有美的要素的，那么，那要素，便浮到最上层的表面来。在这里，就有所谓习惯之力在作用着。神经逐渐和这所与的现象的知觉相适应起来了。而为此所需的能力的消费，被要求者也愈少。于是假如什么时候，诸君到音乐会去，听到了同一的音乐，诸君便会说罢，“唉唉，又是那个……弄些什么新的，不好么。”诸君不能将自己的注意，集中于音乐了。

诸君环顾四近，倘在那里不能发见什么惹心的东西，诸君就打呵欠。诸君饱于乐曲了。那乐曲，已不能吞完在听觉器官和意识的中枢的能力的现存量的全部。这是不利于过度蓄积的生命差的。况且诸君既然是特地前去听音乐的则过度蓄积，当然原先就有。

在被评价的现象，要成为习惯底，而后来不致厌倦，则那现象不可不常有新的内面底的宝藏。然而，能够从作品之中，榨取那内底意义的一切的人，是很少的。竭力挤了柠檬之后，其中虽然还有许多汁水，却已将那柠檬抛掉了。伟大的作品的有几扇门，对于大多数者，是永久关着的。所以访伟大的作品，而只将开着之处，窥探一下的中材的人，便打着呵欠，在大厅上踱来踱去。因此之故，艺术就被逼得不能不复杂化了。有些巨匠的雕像，早被看厌，但于这是超拔之作，却并无异言。然而我们远在先前，在市场上经过那雕像的旁边，就几乎并不注意到。但是，倘有新的巨匠，和这并列，建起成于精神相同的古的雕像来，那么，他将由什么使我们吃惊呢？我们大约不过用了冷淡的视线，一瞥那雕像而已罢。那巨匠，是应该给与什么新颖的，更复杂的东西的，他是应该将我们引向前方的。他倘若令人感觉较丰富，那么，纵使因此必需较多的能力的消费，我们也还来评定其美的罢。将美的东西来评价，理解，我们不是早经熟习的么？

这样，而雕像术乃从正规的均齐的单纯的雕像，愈加进向大的自由。姿态生动起来，形式化为繁复，日益见其进步。人体不单是窥镜，或优美地倚杖了，他们掷圆盘、疾走、苦闷、哭泣，筋肉因紧张而隆起，面貌歪斜着。从此雕像就开始过度地长生，应该和古的加以区别，注意于那卓越之处的。但是，在有些民族，有些阶级，已经不能想出新的，较完成的东西来了。为新奇和独创性的渴望所驱，有些民族是忘却了美，而代以新奇的形式，有味的题目、绘画底的东西、奇怪底的东西的出现。古的东西，根本底地被忘却于新的东西的探求里了。民众享乐着神经的新的刺戟，享乐着讽刺和嫌恶和色欲的香味，而于艺术堕落到怎样可怕的事，并不留心。仅由后来的世代，以惊愕来证明其堕落。在一切艺术，在一切时代，艺术的发达，是都走了这样道路的。

这事，就是艺术的发达，常是周期底，常是遵着向于没落的路的意思么？当然并不是的。艺术应该生长，复杂化，那是无疑的事。但这岂是必然底地引到装饰化去的呢？艺术之中，竟不能注进更多的内底的内容去的么，竟会有 noc plus ultra（终极点）这东西的么？恰如在科学的发达上，少有终极点一样，在人类的心理，人类社会的发达上，终极点这东西，也少有的。然而，有些阶级，民族，有些文化，一到最高顶，恐怕是失了前进之力的罢。给与了艺术的灿烂的类型之后，为艺术家者，是还应该更加更加凌驾自己的。但是，倘若社会退化，民众分裂为互相敌对的势力，失掉自己的品位，失掉对于自己的使命和神的信仰，则将在什么地方，去寻求较高的内容、新的思想、新的精神的水准呢？倘若阶级在相抗争的势力的压迫之下，又为了自己的颓废，全部都由可怜的后继者所形成了的时候？文化和社会，趋于没落，但艺术，却还继续其发达，努力于给与愈加华美的花的罢，然而那花，却大约是作为奇怪的不结子的淡花而出现的。

但是，新的国民，新的阶级，并非发端于旧的国民，旧的阶级的临终之际的。在这里，有别的法则，美的相对性的原理在作用着。于诸君是容易，是熟悉的东西，在我却有困难，或正相反的时候。因为我们的习惯，是各式各样的。诸君所期望的事，于我也会毫不相干。这里应该加添几句话，就是，新的阶级或种族，大抵是发达于对于以前的支配者的反抗之中的。而且憎恶他们的文化，是成了习惯。所以文化发达的事实底的步调，大概断断续续。在种种处所，在种种时代，人类开手[12]建设起来。而一达到可能的限度，便倾于衰颓。这并非因为遇到了客观底的不可能，乃是主观底的可能性受了害。

然而，最为后来的世代，却和精神的发达，即丰富的联想，评价原理的设定，历史底意义及感情的生长一同，愈加学着客观底地来享乐一切的艺术的。于是吸雅片者的呓语似的华丽而奇怪的印度人的伽蓝，压人地沉重地施了烦腻的色彩的埃及人的庙宇、希腊人的雅致、戈谛克的法悦、文艺复兴期的暴风雨似享乐性，在他，都成为能理解，有价值的东西。为什么呢，因为是新的人类的这完人，于人类底的东西，什么都是无所关心的。将或种联想压倒，将别的联想加强，完人在自己的心理的深处，唤起印度人和埃及人的情绪来。能够并无信仰，而感动于孩子们的祷告，并不渴血，而欣然移情于亚契莱斯的破坏底的愤怒，能够沉潜于浮士德的无底的深的思想中，而以微笑凝眺着欢娱底的笑剧和滑稽的喜歌剧。

自然，一切时代和民族的对于艺术的这反应性，是可以灭掉独自的创造和固有的样式，使我们成为折衷主义者的。但是，这不过是当我们之中，组织力尚有不足之际，我们没有自己的理想之际，我们是劳倦着的旅行者，安逸的观察者之际，我们只为读者而写，为观者而画之际，这才能有的事。倘若支配着那时代的社会的不满的要素的那剧烈的动摇，生活和太阳和社会生活的调和和自由和连带心的渴望（我们是怀着欣喜的不安，凝视其成功的）占了胜利，那么，人类便要进向美底发达的大路的罢。未来的美的要素，已经在什么处所可以看见了。有着我们以前，怎样的文化也梦想不到的具有惊人的飞扬的大穹门的巨大明朗的整然的钢铁的建筑物，并不破

12 现代汉语常用“开始”。——编者注

坏建筑物的调和，而能给我们以无穷尽的或悲或喜的远景，和理想化了的自然，和音乐一般使我们移情于壮丽的调子的人物。彪惠斯和他这一派的这可惊的装饰艺术，据最纤细的美学者准尔特所证明，则虽小屋中也都波及的艺术底产业的这发达。凡这些，一切统是将来的艺术的要素，[13]现在呢，新的民众艺术正要产生了。而作为这艺术的要求者而出现的，将不是富人，而是民众。

民众是渴望着较好的未来的，民众是太古以来的理想主义者。但是，他愈意识到自己的力，他的理想便愈成为现实底。在现在，民众是将天国委之于天使和雀子们，要将地上的生活无限地开拓，提高，而来过那生活了。助民众对于自己的力，对于较好的未来的信仰的生长，寻出到这未来的合理底的道路来，这是人类的使命。竭力美化民众的生活，描出为幸福和理想所照耀的未来，而同时也描出现在一切可憎的恶，使悲剧底的感情，争斗的欢喜和胜利，泼罗美修斯底欲求，顽强的高迈心和非妥协底的勇猛心，都发达起来，将人们的心，和向于超人的情热的一般底的感情相结合，这是艺术家的使命。

人生的意义，是生活。生活发生于地上，努力于自己保存。然而在战斗上成了强固之后，生活便带进攻底的性质。我们不愿意像市人将零钱积在钱柜里一样，将生命收存起来。我们渴望着生命的扩大，而运转生命，使这在几千的企业之中生长。生活的意义，在人类，是生命的扩大……被扩充，被深造，被充实的生活，以及引向那些去的一切，是美。美呼起欢喜，令感幸福。而且这之外，并没有什么目的，也不愿有什么目的。人类建设起未来的美的理想，他觉得现在个人底地为了自己得以到达了的东西，是怎样地不足

13 在这里，革命虽然还显现得很微末，但对于艺术上的这新的问题，还能够加添许多东西罢。

取。并且将为了理想的自己的努力，和同胞的努力结合起来，他为了世纪，在大工作场中创造。他即使不将这殿堂的建筑，看作被完成了的东西，但那是什么呢？他是以渐近于建设的荣冠为乐，将这留在人类之手，而将自己的幸福，发见于那争斗之中，那创造之中的。积极底的人们的信仰，是对于未来的人类的信仰。他的宗教，是使他成为人类的生活的参与者，使他成为连锁的一环，展向超人，美的强有力的存在，完成了的有机体去的感情和思想的结合。而在这完成了的有机体，则是生命和理性，对于自然力得了胜利的。我们可以确信这事么？世界上最为宗教底的人们之中的一人，这样地写着，"我们由希望而得救"云。但是，希望者，一到目睹的时候，就已经不是希望。因为在已经目睹了这个的人，还有希望什么的必要呢？并非作为使我们成为被动底，使我们的努力成为虚耗底，对于幸福的王国的宿命底的到来的信仰的信仰，而是作为信仰的希望，这是人类的宗教的本质。那宗教，是有着尽其力量，协助生活的意义，生活的完成的义务的。或者有着对于和那些完全是同一的东西的，作为胜利所必需的要件和前提，含有善和真的美，加以协助的义务的。

属望于彼岸的世界，由神的宗教而成为宗教底，这事，在积极底的人们，是不期望的，也不能期望的。为什么呢，因为那世界纵使存在，也因了那超自然性，决不在我们之前现形。而且对于神的预期，又非常欺人，害其活动的缘故。况且那些神们，我们看不见，听不到那些神们的消息，又惟独经由了过于高远的形而上学者们和朦胧的神秘主义者流。恰如天和地之间的连络驿一般的仙境纳斐罗珂吉基亚的居民们的传递，这才能够收到，所以那就更甚了。我们，是要和泼罗美修斯一同，来这样地说的——

和巨人们的战斗时，
谁帮了我？
从死亡，从束缚，
谁救了我？
都不是你自己做的么？
神圣的，火焰的心呵！
为对于睡在天上者的
感谢所欺骗，
清新地，而且洁净地，
你没有烧起来么？
宙斯，我应该尊敬你么？
为什么？
你曾将负着重荷者的悲哀
医好过了么？
你将被虐者的眼泪
什么时候干燥过了么？
还是说，由我锻成男子的
既不是全能的时光，
也不是永远的运命，
而是我和你的主宰者呢？
还是你在想，
我的咒生存，
走旷野，
是因为绚烂的梦，
在现实还未全熟呢？
我坐在这里，

照着我的脸和模样，
在创造着人们。
在那精神上，
和我一样的火焰，
苦痛，哭泣，
快乐，欢喜，
而且像我一样，
一眼也不看你……

我们加添几句在这里罢——比我更善，更多。问题不仅在生出和自己相等的生来，而在创造比自己更高的生。如果一切生活的本质，是在自己保存，则美的、善的、真的生活，乃是自己完成。无论那一件，自然，都不能嵌在个人底生活的框子内，而总得关联于一般底生活的。惟一的至福，惟一的至美，是被完成了的生活。

附录

美学是什么？

美学者，是关于评价的科学。[1]人从三种见地，即从真、善、美的见地，以评判价值。惟一切这些的评价相一致之间，惟在其间，才能够讲惟一而全体的美学。然而那些是未必常相一致的，所以作为原则，乃是惟一的美学，而从自己之中，派生了认识论和伦理学。

在怎样的意义上，这些评价得以一致呢，在怎样的意义上，他们是不一致呢，而且，此外还有怎样的评价存在呢——这是在这章里，我们所将研究的，当前的重要的问题。

从生物学的见地来看，则评价是自然只能有一个的，助长生活的一切，是真，是善，也是美，是凡有大抵积极底的，善的，魅惑底的东西。将生活破坏、低降，以及加以限制者，是虚伪，是恶，也是丑——是凡有消极底的，恶的，反拨底的东西。在这意义上，则凡从真善美的见地所加的评价，一定应该相一致。其实，由我们看来，是包括一切而无余的知识，和人类生活的正当的构成，和美的胜利的理想，容易融合于生活的最大限度的一理想的。

但是，在这里也自有其限制。一切这些理想之相克，我们见得往往过于多。在事实上，岂竟没有凭正义之名，而破坏雕像，咒诅快活的音乐，遁入荒野，在那里破坏着自己的生活，且自施鞭扑的么，因为以为美和生活这东西，就和难以割断的罪孽相连结的缘故？岂不见我们自己，我们的希求强大的意志，美底冲动，即常在

1 这定义，是不普通的。普通总将美学定义为关于美的科学，但他们故意地讲着关于真理的永远之美，关于道德底美。美学之被看作关于评价一般的基础学的所以然的理由，是在这一章里，将被证明的罢。

贻害别人，破坏对于幸福的他们的权利么？

别一面，冷静的科学，不在将美的故事陆续破坏么？正义对于知识，没有以那教理为不道德，而加以反抗么？美的信仰者们，不在竭其精魂所有之力，以咒诅科学底的散文底的灰白的光辉和道德家们的禁欲底的非难么？

凡这些，都是无可疑的事实。而且常常发出使真和美来从善的理想，使善和真来从美罢的声音。要统一这些理想的漠然的思想，也就在这些倾向中出现。

但是，将注意移到问题的别一面去罢。凡有机体，虽是人类，离完全之域还很远。只要就完全的一切特征之中，所最不可缺的，Sine que non（必至的）的特征，各个机能的调和去一看，大约就明白人类是还是怎样可怜的存在了。

那直接底的本能大抵是纯然的动物底本能，在所与的瞬息之间，他要吃这食物，喝这饮料，伸手去拿这金色的苹果……，然而这食物是有毒的，于健康有害的，饮料使醉倒，使胡涂，金色的苹果是别人的东西，那是不和的苹果。防卫底思虑要成熟到变为本能，是很少有的事，一切有害的食物，味道全是不佳的么？喝到酩酊，开初不给与快乐么？人类是应该用理性来抑制自己的本能的。理性将将来的不愉快的，甚至于会有破灭底的结果的苍白断片的画，和那用了直接底的快乐，积极底兴奋所藻绘的明朗的画相对照。在理想的结论的根柢里，是横着同是情绪底本质，同是快乐的渴望，对于苦恼的恐怖无疑的，但那些的显现，却并不以直接底的活的形态，而是抽象底的形态、思想的形态。于是内底斗争便开始了。物，或行为，两样地被评价，就是，从直接底的快乐的见地，和从较远的结果的见地。这，是欲望和睿智的斗争。倘我们一观察正在斗争的两面，就知道任何一面的评价，都是发于同是生物学底倾向的了，但欲望的评价，是不正确的，急遽的；理性的评价，则是由有机体的新的器官，能达观较远的过去和未来的可靠的器官所加的订正。

因为心理底活动的中心，逐渐移往无意识底或半意识底的习惯底动作发生较少，而优于意识底，顺应底反应的，高尚的脑髓机关去，于是随之而起的直接底的本能和抑压底观念的战斗，我们大抵称之为我们的“我”和欲望之间的斗争。

但在我们，在两种评价的根本底同一性存在，而且粗杂的冲动底的直接底的欲望，也必须渐次和人类的理性底要求相融合，则是明明白白的事。现在往往以理智的过剩为讨厌。我们常常帮助欲望，然而，这其实是因为理性考虑各种的事情，倾于妥协，倾于回避斗争和责任之所致，在理想上，理性是应该和欲望之声完全一致的。人类不但将不再希求不可致的东西，非常要紧者，要将由获得强大和智能，而领悟对于一切自己的欲求，给以满足的罢。理性恰如富于经验的老仆，常在抑制热情底而不是理性底的主人，他说：“主人，这欲望，是为我们的资力所不及的。”然而他的职务，却不只在限制主人的欲求的范围，也在发见新的源泉，使他更加富裕。

但是，在现今，确执还很厉害。是理智底的外交官，又是深心的财政家的理性，能够冷却有机体的有时很狂暴，而常有着一分的存在权的冲动。凡是理性底的事，未必一定常常好。倘若这是带着引向自己否定的倾向的，那便是生活之敌，他是不但不应该回避问题而已，还必须发见那解决之道的。

我们在这举例上，已经看见，为欲望的利益而做的问题的解决，为理性的利益而做的问题的解决，同样是偏于一面的。这是会引向暗淡的生活否定，或小资产者底的独善主义，或完全的破灭底的无拘束去的罢。但是，倘将本能底和理性底评价的内底本质，得了理解之后，则我们便将以着眼于生活的向上和扩张，使满足要求的手段和那要求一同发达起来的努力，为最高目的，并且借此得到为事物的真的评价的确固的地盘，倘有一个时候，本能或理性的任何一面，迅速而又无误地洞察了一切助长生活的东西，并且惟有这样的现象和行为，渲染着积极底兴奋，那么，那时候，便将有调和底的性格，在我们的眼前了。精神和肉体可以达到这样的美的调和，是无疑的，人类正在自然底地向此努力于自己的发达，在那里，有着理智和情热的斗争的自然底的终局，情热将成为理性底，理性将成为欲望的坚忍而富于机智的实现者罢。达了这样程度的人类，我们可以称之曰美的人，因为他的欲望的调和以及使这满足的手段之丰富，就有强健的，健康的有机体，以作必然底的补足，人就成为美的，善的了。

如果对于理性和情热，我们屡屡较同情于后者，则这并非单因为未熟的，而且胆怯的理性的小商人底打算的界限性而已，也为了他的偏狭的利己主义。

在历史的竞争场里，人类携了或种的超个人底性质而登场，例如母性本能，许多的团体本能，爱国心等，凡这些本能，在或种条件之下，是于个性有害也说不定的，但到终极，这些都为生活所必要，不过并非为了个人底生活，乃是为了种的生活。个的利益和种的利益，是未必常相一致的。两者之一，当才以半无意识底的精神底动摇的形态而发现的时候，则两者的冲突，不俟理性的干涉，而由两者的力的大小而解决。

但在具体底的生活差，能变形为抽象底的课题那样的，发达较高的阶段，则人类开始意识到自己的利害和那所属的家族，氏族，团体，国民的利害的对立。家族、氏族、国民、人类，凡这些的种的观念的代表者们，是有本身常在敌对之中，而利己底倾向和社会底倾向之间的敌对，大体尤为分明的。理性帮助了个性。他嘲笑那爱他的，即种的本能；他懂得了牺牲自己，是愚蠢的事，于是使团体底精神腐败了。

这个人主义底的理性，是必须克服的，否则，向理想的路，就将永远地闭塞。[2]

在事实上，作为认识的理想、理想底生活，以及个性的发达的自然底基础的正当的社会组织的达成，在个人底的生活的范围内，又由个人底的努力的方法，是不成其为问题的。将自己的运命和自己的目的，与种的运命和目的相结合的事，断然拒绝了的个性，即不得不将自己的课题，限制到最可怜的最小限度。自然，也许是因了全不顾别人对于幸福的权利，因了强制，人类才能够成为颇强的动物的。但是，虽然如此，由他所成就的认识，力，完成的程度，倘和由人类在和自然相斗争的几世纪的历程上的共同的努力所成就者，比较起来，却总是可怜得很。诚然，人类之间的斗争，是有力的进步的动因，然而那是无意识底的，非打算底的动因，那损害往往过于利益。全人类的平和底的共同底的劳动，现在不成为问题。凡“远的”幸福的最热烈的信奉者，远的未来的透视者和拥护者，还有社会的最进步底的而且意识底的阶级，都应该和别的人们和别的阶级的利己、怠慢，自负相战斗，都应该和得着实权者的贪婪、痴钝，被虐待者的无智和奴隶底精神相战斗。在这战斗上，他们应该断然，而且竟是残酷。他们无论如何，为了以自己的路来导引人类，应该竭其全力，因为他们是从他们的见地看来，不得不信自己的路，为最近于理想的。种的睿智，真的爱他主义的精神，不在邻人爱之中，而在为了种的利益的断然的果决的战斗之中，发见其最

2　个人主义，是并非这般的理性里所固有的，因为理性发达于愈加成为个人主义底的社会中，所以就成了他的支配底性质了，特为声明于此。自然发生的，历史底性质的原因，经济底原因，是将集团解体，使个性自立，使他适当地武装起来的。

鲜明的表现。

为理想的斗争——惟这个，是人类由此道而愈加分明地自觉到自己的任务的，必要不可缺的内底斗争。反之，我们能够想象那爱他底本能确是十分发达着的人们，也常常目睹，他们讲忍从，他们不侮辱谁，他们于什么事都决不负责任，反而安慰一切人，要对一切人说以少许东西而满足的必要，并且大约还要这样说罢——应该大家相爱呀，云。然而，言其究竟，这是正在寻觅那将要求引入渐次底的死灭，即引人类种族之力于渐次底的死灭的平安的，最弱的利己主义者。[3]

有一暴君，将自己的意志联结于国民，将都市武装起来，使人类种族相接近，培养着国家底意义和自己的臣民的智识底扩大，在他本心，也许是以为遵从着自己的利己主义的，他要他的国民强大，他要在文化的记念碑上留存自己的记念，等。然而，纵使他的努力的个人主义底形态，骗了他自己，也骗了像他一样、不能懂得为斗争和矛盾的世界的偶像崇拜所遮盖的人类底的真意义的，他的同时代者罢，但其实，从他的事业的本质说起来，种的睿智却在他的里面说话，觉得他是在为世纪建设，他是在加意于子孙的意见，他是在创造历史。反之，在历史中看不见意义的人们，则即使他怎样善良，也不过是毫不将人类的特状提高一点的，单是曾经存在过了的利己主义者，在他死后，是决没有什么东西留下的罢。

社会底本能在未熟的理性的审判之前，往往见得好像非理性底，“空无而已，”理性说，“荣誉于死者何有，一切往矣，”于是理性还添着说道，“吃罢，喝罢，寻快活罢，”但饱于这些了的时候，理性就什么也说不出来——而 taedium vitae[4] 于是将人类征服。

---

3 在二十年前，著者幸由所讲的那些思想之助，他现在得以成为多数党员了。

4 生之饱满。

但是，倘若历史底意义，在人类里面成熟，人类的过去和未来，自然底地占了我们的心，出于我们个人底的过去和未来之上，则超个人底本能，就容易高扬到理性底的程度的罢。这何以没有实现呢？这不但并非不可能，我们还正在向此前进。我们愈加自觉着"我"的概念是怎样地不定，而且在我，极为明白的事，是我之所爱的史上的英雄们。例如乔尔达诺，勃鲁拿或霍典，较之从幼小时候的照相里，看着我这一面的穿着短衫，捏着大脚趾头的那个无疑的"我"，或者很不愿意地学着读书写字的少年，都更近于我，也更其是"这我"。

一到种的本能，和个人底的本能合一，个性作为种的伟大的生活上的契机，而将自己加以价值的时候，那时候，非理性底的东西，就都将成为理性底的罢。和这相反，倘若种的利益，靠着道德，靠着所谓义务，总之是靠着外底的力，就是靠着刑罚、恐怖、良心（因为良心既然和个性的自然底的欲望不一致，全相矛盾，则在个性，便是一种没有关系的东西），而为个性所抵拒。倘若它们表现为理性底的思虑的形式，和我们的个人底的欲求相争斗，则它们之变为恰如母性本能一般的常住底的本能，不是不可能么？自然，是这样的。

物和行为，是可以从个底见地，和大体是道德底的种底见地，给以评价的。但在任何评价的根柢里，都横着同一的评价，从生活的最大限度的见地的评价，而也不得不然。纵使个的利益，往往和种的利益不相一致，但在别一面，他们却全然同一，因为种者，除了现为个性以外，不是无从存在么？富于生活力而强大的种，不就是富于生活力而强大的个性的集合是什么？在现在，个人底的我的生活的最大限度的充实，和种的最大限度的利益，这两理想的妥协，是未必常是可能的。但既然智识底和肉体底两方面，愈加发达，我的生活也愈加充实了，则我于人类，也分明就愈加有益。而且在别一面，发达的要素之一的我的所在的环境，愈加发达起来，我也就愈加容易企及最大的发达。

这以上，我们不能研究着这些人生的大问题了，我们的思想，是明了的，个和种的评价，在本质上是同一的，然而个的评价不正当，太急遽，少看见过去和未来。倘若人类发达到不再愿为要瞬息间而生活，却为了自己的全生涯计画底地生活下去的地步了，那么，他也就发达到以为自己的个人底生活，从种的生活看来，是一瞬息间的地步。因为我不从瞬间底的冲动，而要毕生健康，强壮而且快乐，所以我的生存的各个的具体底的瞬间，不至于贫弱而适得其反。因为人类会将超个人底的理想，看作什么比个人底的生活较为高尚的东西，所以这生活也将不至于贫弱，要发达起来，直到充满着创造底的斗争和伟大的努力，充满着结合一切世纪和民族的为理想而战的战士的协同和同情的欢喜，为个人主义者所万想不到的，如此之美的罢。

美和正义的理想，为什么不能一致，现在是理解了，美的生活，即充实而强有力的丰富的生活，须购以别的生活之破灭的代价，而想立刻在现在之中，来要求美的狭窄的美学底见地，又锁闭了进向理想的门。为了未来的较大的美，往往非牺牲现在的较小的美不可。但倘若我们立在狭隘的道德底见地上，则将视一切文化为罪恶，并且恐怕破坏那一个可怜的小资产阶级底幸福，而至于停止了我们的前进，也说不定的。惟有最高的见地、即生活的充实、全人类种族的最大的力和美的要求、正义等，自能成为美的基础那样的未来的渴望的见地，给我们以指导的线索，而凡是引向人类的力的成长，生活的昂扬者，是全底的惟一的美和善，凡有使人类羸弱者，是恶，是丑。为了一把寄食者而牺牲全国民，是文化的进步，而要求破坏这样的秩序的事，也许见得好像以正义之名，将美来做牺牲罢，但矛盾不过是外观，自由的民众，创造无限地强有力的美。

在各个的时会，必须从人类的力的进步的见地，来评价现象。有时候，这自然是困难的。然而这也还是灿烂的光，在这光中，较之凭着毫不念及人类的生活。而仅为现存的个性的权利设想的绝对底道德之名，或凭着为了一时底的贵族主义底文化的装饰，令活的精神萎于泥土而不顾的绝对底美之名者，错误要少得远。

美的，因而在自己的欲望上是调和底的、创造底的，因此也常在为人类希求着成长不止的生活的个性的理想。人类之间的斗争，带起由种种的路，来达目的的竞争的性质来了的，这样的人们的社会的理想，这，是广义上的美的理想。为什么呢，因为那美的感情，先就捉住我们，这目的，先就是美的的缘故。倘以为在这理想之中，美和善相妥协，倒不如说，是因了社会底无秩序而脱离着的善，回到美，即强有力而自由的生活的怀抱里来了。

看见了论理学和美学的亲和力，于任何问题，投以正的，尤其是新的光明的思想，给人美底快乐，纠纷的思想，则怀着困难和不满而被接收。正的思索，这首先是轻快的思索，即最小限度的力的消费的原理是依照着美学底原理的思索。我们常常说，那一篇论文的条理“整然”，那一个证明美，问题的“壮丽”的解决之类。围棋一般，思想底的问题的联络似的游戏，分明证明着美学和思索的接近。那些问题的解决，是毫没有什么实际底的价值的，那全然是思想的游戏，那目的之所在，是思想之练习所给与的那快乐，那美底情绪，和脑髓的经济底的作用相伴而起的积极底兴奋。[5]

认识，不但能够依从美学的法则，力的最小的消费或消费的最大的结果的原理，合目的性的原理而已，也非依从不可的。然而作

5 于此还必须加添一事，即共同的满足。

为评价的标准的真和美的差违，也就发端于此。理性是决不柔软的，她不急于嵌进理性底的体系的框子里面去[6]。形而上学者总为企思索之完全的努力所率领，他们依据了不完全的归纳，急于要立起一种恰如永劫的穹窿似的，能够包括事实的全世界的法则来。但事实却和美的组织相矛盾。“精神”正在如此热心地追求着全底的思索时，经验则这样地为相互矛盾所充满，这样地纠纷错杂而困难万分。哲学者形而上学者，便不得不到这一个结论来，就是他的认识的源泉，清于现实的浊水，而且思索的结果虽然和自明之理相反，也还是对的。形而上学者于认识却特依美学底评价，将认识化为游戏，其实，在他们的建筑的各部分之间，是主宰着调和和秩序的，但这些一切，作为全体，却在和现实的甚为矛盾之中了。

这矛盾，是触了不能不看现实者的眼睛的。想整顿形而上学底体系的许多彻底的尝试，终于在最强地感着现实的人们的眼前，曝露了先验底方法的完全破产，经验底方法便走出前舞台来。他的要求是这样的：理论应该严密地和事实相应，各个的理论不一致也不妨，不完成也不妨，但用了虚伪，即和事实相矛盾的货价，来买理论的完成，是不可能的。

倘我们一观察这种的评价，那就看见，在那根柢里，是横着和力的最小限度的消费相同的原理的。真理的追求，无疑地就是依这原理的关于世界的思索的追求，科学和形而上学的不同，即在形而上学急于企望的结果，他向建设在那上面的基础的不当之处，闭上了眼睛，而科学却缓缓地，然而坚固地在建设。科学也受着一样的美学底原理的指导，不过在统一和明确的要求上，还要添上一个要求，是和事实的绝对底一致。科学不但建设，也批判自己，不绝地

6　此处原文为“她不急急于嵌进理性底的体系的框子里面去”，疑为原文多字，故更正。——编者注

调查所建设的东西的坚牢，就是，建筑物的坚牢的事，已经成着令人认科学的殿堂为美之所不可缺的条件了。

这条件的要求一经成为本能，这一经成为“思想的本能底洁白”，美和真之间的确执就在这里收场。然而，不能活在未来之中、创造之中、努力之中的人们，是要离广场而去的罢。在那里，生活的大宫殿正在慢慢地增高；在那里，世代正在接着世代劳苦。然而在那里，还只看见一些石堆、塞门汀洞、支柱、铁版、地面上的基址的轮廓。在那里，全般底的计画不过才画在纸片上，在那里，预约一切，然而悦目的东西，却一点也没有……。性急的人们，要离开这里的罢，他们要非难未成的工作为无效的罢，他们要指示激荡基址的水，必须炸破的磐石，人类的力的界限性的罢，于是赶忙用了云彩去建造如画的空中楼阁的罢。我们也许含了微笑回顾他们，对于他们的多彩的蜃气楼看得出神的，然而一到劝我们搬到空想的宇下去住的时候，我们便觉得希奇，而且我们再开手做工作。

当此之际，我们有着同样的矛盾，即直接底的个人底本能，为自己的思索的完整的要求，和向着永久不动的坚牢的真理的种的努力。在根本上，原是同一的统一的感情和企图明确的努力，指导着学者，学者也同是美学者，是艺术家。然而他并非无所不可的空虚，却应该将现实的坚石，变为真理的灿烂的形象，但他仍知道为他的真理所领导，人类不但在那鉴赏上，感到幸福而已，也将成为宇宙的帝王。真理在适用于活的生活时，乃再合一于充实的强有力的生活的理想，为什么呢？因为那是在人类和自然的斗争上的最良的武器的缘故。适用于社会组织的真理，只在研究社会发展的诸法则和发见为要将社会引到由他的理想——生活充实的渴望，美的渴望定了方向的理想去，可以支配这些诸法则之道，这样，而真理的理想，即自然底地和正义的理想合致。但在现在，科学会将早熟的理想，主观底的建设破坏，也不可知，科学指示出支配着我们的铁似的必然性，科学确言了单是欲望是不够的，我们应该能认识历史的真的弹簧，于是顺应着它，而创造底地去活动。这使乌托邦人们站住的严肃的声音，看去仿佛是真理向着正义的领域，鲁莽地闯了进去似的，但在这里，我们也不过看见了一时底的矛盾，与真和美的外观底的矛盾全然相同。形而上学和乌托邦，是真理和正义的预期，思想的洁白，禁止我们和宽慰我们的小说，或使我们成为走自己的任意的路，而不识现实世界的事物的梦游病者的小说相妥协。

所以，在现在，将本来底美学底评价，和科学底，社会底或道德底评价混同起来，是不行的。但在本质上，美学却包括着这些的领域，什么时候，总要完全地来做的罢。

美学底、科学底和社会底评价以外，别的怎样的评价，可以适用于任何客观底现象或人类的行为呢？

普通还举出实际底或功利底评价来。这评价，在本质上，自然，是归于和上列三种的同一的基础的。在事实上，评价的事，除了兴奋底色彩，由被评价者在我们内部所惹起的满足或不满足之外，什么也没有。这满足，有时是直接底的，当此之际，问题便和本来底美学底评价相关。这些也或由理性的判断所协助，就是，例如蚕和肥料的堆积，那本身是使我们嫌恶的，但理性，却在我们之前，作为这些对象的或种经营的结果，描出绸绢和腴田来，使我们给以评价。但是，这时候加价值于这些东西者，是可以从这些东西发生出来的终局底快乐，即仅和所与的现象的“结果”相关联的同是美学底评价，是明明白白的。所以一切评价，在本质上，常是同一的，归结之处，就在关于由被评价的现象所惹起的生活的成长或衰退的判断。这判断，能以直接底感情的形式，即照字义的判断的形式而表现，和正在评价的个体、个人、或别的个人、或种相关，但在本质上，常是同一的。

凡是有益的东西，必须于谁有益，而实际，是往往意识底地或无意识底地，从终极的目的，即对于个人，其近亲或种的幸福的关系，来加观察的。这幸福，常如我们之所见，虽在生活被说为恶，并无被认为幸福之处，也还被解释为生活的成长的意思。

我们看见，真理的追求，往往和直接底的美底感情相矛盾，将美的。然而早熟的建设来破坏，使我们不得不念虑我们的世界观中，看去仿佛运进了不调和一般的事实。在将现实主义哲学的一切，悉数包罗的体系中的真和美的完全一致的希望，仅在远方给学者微微发闪而已。和这完全一样，正义也屡屡提出在个人的生活渴望，殊为困难的要求，惟在美的未来之中，我们能够预想个性和社会的利害，完全调和的社会组织。还有，实际底的评价，表面底地看来，是和美学底评价很相矛盾的罢。如施肥所必要的肥料的例子那样，但这时候，矛盾更其小，物或行为的有用性，即刻地或飞速地作为快乐而被现实化或接近真理，或将快乐给与别的个体了。有用性还能有别的怎样的意义呢？

虽然如此，我们预料着反驳。生存的意义，果在快乐么？快乐往往相反，于生活的充实所显现的精神力的生长，是有害的。确是如此，然而这意思，只在说或种直接底的快乐，也许减掉未来的较为强有力的现实底的快乐，谁会否定惟精神生活的充实，是最大的快乐呢。因为充实的强有力的生活和多样的强有力的快乐的行列，结局还是同一的东西。

然而，苦恼不是高度的昂扬底的么？自然是的，但只在这使个人或种的力成长的时候（因为必须记得，我们是将种的生活的成长，看作一部分是本能底地，一部分是意识底地被造成了的最后底的规范的缘故）。那意义不在给与怎样的快乐，而在排除苦恼上的有益的事物，是常有的。这之际，这些事物和在兴奋底或广义上的美学底评价的关系，就更加是间接底了，然而这也明明白白的。

这样子，美学，是可以想作关于评价一般的科学的罢，那使我们能够将种的生活的最高度的发展的规范，认为不能争而又不绝地活动着的了。但当在实际上，人们还很不将助成这目的者，即以为美，妨碍这目的者，即以为丑的时候，我们可以将美学定义为关于和我们的知觉和我们的行为相伴的直接底兴奋的科学。在这较狭的范围里，我们也将看见作为人类种族的成长的结果，必然底地到处出现的，愈高的特状的评价的规范的进程，即等级的。在发达低的个性以为美者，于发达较高的程度，即退往后方，在程度低的头脑之所难近的美，将为较发达者而辉煌罢。这等级，即将我们从瞬间底的动物底的快乐，一直引到由于以直接底兴奋的一切强度，为被选者所感的种的生活的发展的那快乐去。